古典文獻研究輯刊

四　編

曾永義　主編

第 30 冊

林琴南古文研究

王　瓊　馨　著

國家圖書館出版品預行編目資料

林琴南古文研究／王瓊馨 著 ── 初版 ── 台北縣永和市：花木
蘭文化出版社，2012〔民 101〕
序 2+ 目 4+182 面；19×26 公分
（古典文學研究輯刊 四編：第 30 冊）
ISBN：978-986-254-779-3（精裝）
1. 林琴南 2. 學術思想 3. 古文 4. 文學理論
820.8   101001753

ISBN-978-986-254-779-3

9 789862 547793

古典文學研究輯刊
四 編 第三十冊   ISBN：978-986-254-779-3

林琴南古文研究

作　　者　王瓊馨
主　　編　曾永義
總 編 輯　杜潔祥
出　　版　花木蘭文化出版社
發 行 所　花木蘭文化出版社
發 行 人　高小娟
聯絡地址　新北市永和區中正路五九五號七樓
　　　　　電話：02-2923-1455 ／傳真：02-2923-1452
網　　址　http://www.huamulan.tw 信箱 sut81518@ms59.hinet.net
印　　刷　普羅文化出版廣告事業
初　　版　2012 年 3 月
定　　價　四編 32 冊（精裝）新台幣 52,000 元

林琴南古文研究

王瓊馨　著

作者簡介

王瓊馨，臺灣台中人，國立中興大學中國文學博士，現任建國科技大學通識教育中心副教授。博士論文以《溥心畬先生書詩畫研究》為題，由文學向度切入、融匯，解構一代舊王孫文人畫家溥心畬先生的藝術文學天地，發表相關學術論文有：〈舊王孫的人格象徵—溥心畬詠松題畫詩試探〉、〈溥心畬鍾馗題畫詩研究〉、〈傳統繪畫藝術對心靈治療的兩種模式〉、〈顛覆客觀美學的心靈治療－陳洪綬誇張變形的女性形象〉、〈堅貞秀逸的人格表現－溥心畬理想中「真、善、美」的典範〉、〈從觀音圖像談文人畫對儒釋道的融合與再現〉等。

提　　要

　　清末民初的林琴南，在古文方面的造詣深厚，寫作古文不僅組織嚴密，章法井然，且有「抑遏掩蔽」的含蓄美，頗能反應時代精神，因此他的古文名著於時。本論文以林琴南的古文創作，《畏廬文集》、《畏廬續集》、《畏廬三集》中，二百八十四篇作品，為主要研究範圍，採分析歸納的方法，就生平及時代背景、古文理論、古文內容及古文藝術等方面加以探討。

　　全文共分為六章：

　　第一章，闡述本文之研究動機、範圍、方法及研究步驟。

　　第二章，概述林琴南的生平，所處的時代背景，同時探討其個性、思想、政治和文學立場，以達知人論世的效果。

　　第三章，以基本思想、作家修養論、古文創作論等三方面，來探究林琴南的古文理論，發現其認為多讀書、明道理、廣閱歷，三者合一，才能有真正的好文章出現，進而發揮明道、立教、輔世成俗的積極道德功能。第四章，本章就《文集》、《續集》、《三集》中的文章，依文體分為論辨、序跋、書牘、贈序、傳狀、碑誌、雜記、哀祭等八節，討論其主要內容。

　　第五章，歸納其古文的藝術特色，可發現在風格方面，具有含蓄、冷峻、平易等特點，同時於寫景構圖時，能援引畫理；在結構方面，能有明確的主題、前後呼應、同時虛實有變化；語言方面，更有簡鍊、清麗、蘊藉等特點。

　　第六章，結論為本文研究之成果。發現林琴南在為人方面，具有高古的特質，且其文論忠經徵聖。在古文的內容上，強半是愛國思親之作。至於描寫下層社會、敘說家常瑣事、啟迪浪漫情懷等寫作題材，正是開啟了新文學寫作觀的先河，在文學轉型期中，扮演著重要的角色。

目次

序

　　文隨代變，當今之世，白話文成爲文學之主流，乃時勢所趨，然治學術者，仍從事古文之研究，何爲？是當中蘊含著先民的生活經驗與智慧，流傳予子孫，積數千年而未絕，以是中國有文化古國之譽。然近代西方文化，伴隨著優勢的現代武力侵入，一時國本爲之動搖，人心價值丕變，有人高唱白話文學，而欲盡廢古文，使後世子孫無人能讀古書，此無異乎刨我祖墳，挖我根柢，斷我千年文化之命脈，推吾國於蠻陌矣！故吾從事古文之研究，是欲發先人之智慧、經驗，廣爲世人所用，並祈能保此薪傳，使吾國文化得以延續。故於今講究平易、普及的時代中，不改初衷，從事此「不合時宜」之研究。

　　本論文承蒙胡師楚生先生的指導、裁訂、釐析，以及王更生教授、何寄澎教授，撥冗予以指正，並提供寶貴意見，使得本論文增色不少，感激之情，銘於五內。另感謝大陸學者張俊才先生，及本校李建福老師，惠予提供資料；東海大學吳福助老師，幫忙蒐集資料；文書處理及排版方面，感謝台中市政府建管課課長黃崇典先生、鍾文煌先生、廖宗敏先生及吾友紀良育等的協助；另外，感謝白鶴拳聯誼會主任委員賴醒民先生，及其門下諸師兄弟姊妹，長期的精神支持。

　　一篇論文，就在這麼多人的協助與期許下，匆促完成了，內心是無限感激與惶恐的，疏漏之處在所難免，尚祈博雅之士，不吝惠賜卓見。面對著未來，想想自己的所學，該如何來回饋給社會國家呢？理想是遠大的，社會是現實的。最後，願以此論文，作爲進入學術研究的試金石！

王瓊馨誌於興大中文所　1996 年 7 月

林琴南畫像

（圖片轉引自《國文天地》六卷四期）

林紓　秋山圖

（圖片轉引自《藝術家》二十八卷三期）

林紓〈送林生仲易之日本序〉書法條屏之一

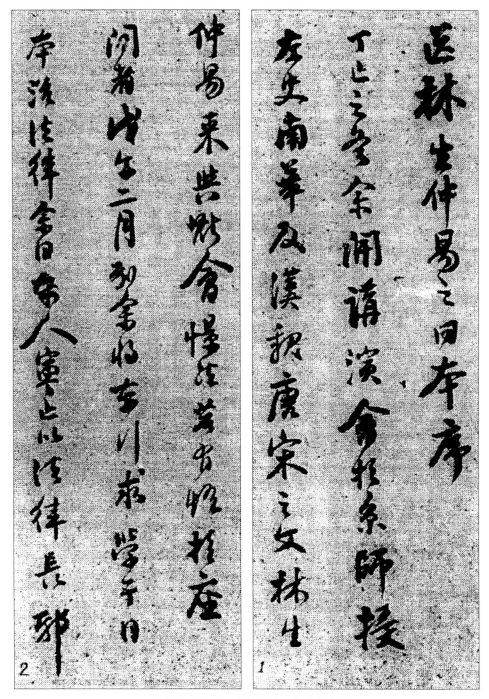

（圖片採自林薇《林紓選集・文詩詞卷》）

林紓〈送林生仲易之日本序〉書法條屏之二

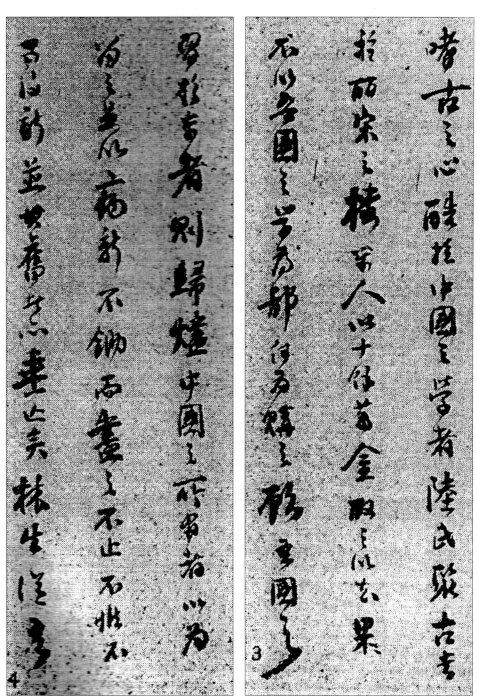

林紓〈送林生仲易之日本序〉書法條屏之三

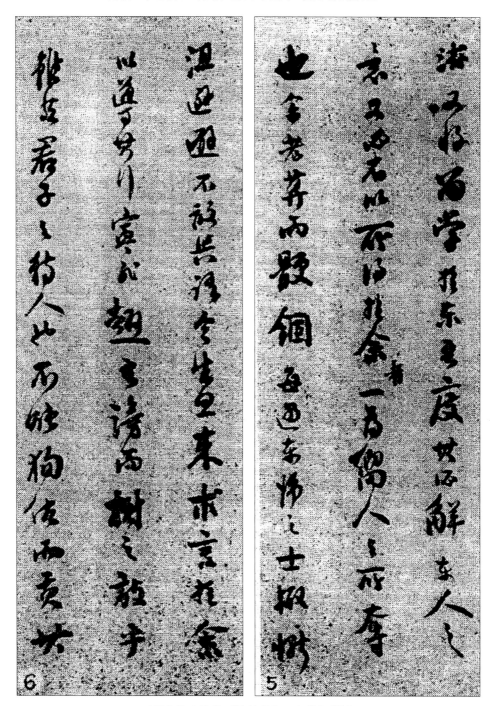

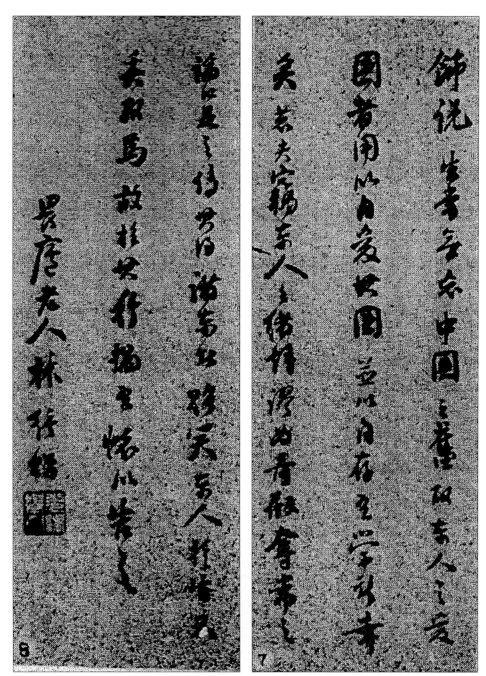

第一章 緒 論

　　本文是以清末民初林琴南的古文創作爲研究對象，探討其古文理論及古文作品的內容、藝術技巧等相關問題。本章茲就撰作之動機、目的，範圍及方法等問題，分述如下。

第一節　研究動機與目的

　　關於本文的研究動機，有如下兩點：

一、基於「古文殿軍」的文學成就

　　梁任公認爲有清兩百餘年間，可稱之爲中國的「文藝復興時代」〔註1〕，的確，傳統的各種文學形式，幾乎都在有清一代被兼容並包，百花怒放，爭奇鬥妍，無怪乎劉大杰認爲：清代文學是幾千年來各種舊體文學的總結〔註2〕。而林琴南佔了歷史發展的優勢，大量的汲取古人的理論和創作優點。在傳統古文的範疇裏，他有專門的理論著作、有古文的創作。從理論到實際寫作，成績斐然可觀。又因時值白話文學的推廣與倡導，其堅持古文的態度，所以被譽稱爲「古文殿軍」〔註3〕，實有其時代的代表性。此本文研究動機之一。

〔註1〕見梁啓超《清代學術概論》，〈自序〉（台北：臺灣商務印書館，1985年2月），頁2。作者按：在此梁啓超先生所謂的「文藝復興時代」，應是就文學方面在有清一代的蓬勃發展而言，與「文藝復興」在歐洲，屬全面性的改革有所不同。

〔註2〕劉大杰《中國文學發展史‧清代文學的特質與文風的演變》（台北：華正書局，1991年7月），頁1145～1146。

〔註3〕見張俊才《林紓評傳》（天津：南開大學出版社，1992年3月），頁220。

二、基於林琴南對古文運用範圍的開拓

　　林琴南本人不審西文，譯作全憑合作友人口述，雖然轟動一時，卻也有不少人批評他的譯作訛誤多、對題材不加選擇等等。於是有人將其書之暢銷，歸諸於潮流使然。如果是時勢所趨，那麼周作人兄弟挾良好的外文基礎及古文素養，而所從事的譯作，卻無法引起大眾注目〔註4〕，原因何在呢？問題可能就在古文的表現能力了。沒有深厚的古文寫作根柢，是不可能有好的譯作出現。現在大家把林琴南的成就放在他的翻譯事業上，事實上，基礎仍在他的古文寫作造詣上。此特激起筆者研究其古文創作的興趣，乃研究動機之二。

　　上述兩點，為本文研究之內在動機。

　　又查歷來學者有關林琴南的研究，大多就其生平、軼事簡介，如《林琴南傳記資料》、《中國大陸傳記文學研究資料——林紓》等；或是概略性的談幾篇文章，如錢基博《現代中國文學史》、大陸學者夏曉虹《林紓的古文與文論》等；而大多數則專力在探究他的翻譯成就，如錢鍾書《林紓的翻譯》，其餘或側重在其遺老的政治立場，或是就反對白話文學來探析。而大陸學者張俊才《林紓評傳》則全面性的對林琴南一生作研究，所論頗多可探，因其全面，又加上所重在其翻譯事業，對於古文創作的探討，著墨不多，以故迄今尚無人對這位「古文殿軍」的古文創作，從事較廣泛而深入的探討，是以更增筆者一探究竟之心，此即本文研究之外在動機。

　　綜上所述，林琴南的古典散文創作確有研究之必要，茲就本論文研究之目的，敘述如下：

1. 透過林琴南古文內容之分析，可補證對其生平作風的瞭解。
2. 透過林琴南古文作品藝術特色的研究，有助於瞭解其古文藝術的造詣。
3. 透過林琴南古文創作的內容及藝術特色之探究，確定林琴南的古文成就。

〔註4〕 胡適《胡適文存》第二集，卷二〈五十年來中國之文學〉，云：「周作人同他的哥哥也曾用古文來譯小說。他們的古文工夫既是很高的，又都能直接了解西文，故他們譯的域外小說集比林譯的小說確是高的多。」又云：「但周氏兄弟辛辛苦苦譯的這部書，十年之中，只銷了二十一冊！」（台北：遠東圖書公司，1979 年 11 月，頁 200～201）

4. 透過林琴南的古文理論，可瞭解他對文章體性源委、功能、寫作等文
學主張。

5. 透過其古文理論的創獲及應用，肯定林琴南在古文造詣上的地位。

第二節　研究範圍與限制

有關林琴南的文論和創作的撰述，爲數頗豐，在理論上有《韓柳文研究
法》（1914 年，由商務印書館出版），《春覺齋論文》（1916 年，由北京都門印
書局出版，1921 年由商務印書館再版，易名爲《畏廬論文》），及弟子朱羲胄
依據聽講時的筆記，出版了《文微》。創作的古文集則有《畏廬文集》、《畏廬
續集》及《畏廬三集》等，分別出版於 1910 年、1916 年及 1924 年。

另外林琴南也編選了《中學國文讀本》十卷、《左孟莊騷精華錄》、《古文
辭類纂選本》、《左傳擷華》、《莊子淺說》及《林氏選評名家文集》，分別是：
《後山文集選》（宋・陳師道）、《嘉祐集選》（宋・蘇洵）、《元豐類稿選本》
（宋・曾鞏）、《虞道園集選》（宋・虞集）、《唐荊川集選》（明・唐順之）、《汪
堯峰集選》（清・汪琬）、《譙東父子集》（魏・曹操、曹丕）、《震川集選》（明・
歸有光）、《淮海集選》（宋・秦觀）、《歐孫集選》（唐・歐陽詹、孫樵）、《柳
河東集選》（唐・柳宗元）、《劉賓客集選》（唐・劉禹錫）、《蔡中郎集》（漢・
蔡邕）、《劉子政集選》與《劉子駿集選》（漢・劉向、劉歆，此二種合爲一
冊）、《方望溪集選》（清・方苞）等，共十五冊十六種。足見他在有關古文的
著述上，爲數之可觀。

政府遷台後，文物多所亡佚，在眾多的選評集中，今日吾輩所見已不齊
全〔註5〕。因此在材料的蒐集上，頗爲困擾，此即本論文在研究上的限制。因
此本文之研究範圍乃界定在：

1. 文學理論以《畏廬論文》、《韓柳文研究法》爲主，輔以《文微》爲主
要研究資料。

2. 創作作品則以《畏廬文集》、《畏廬續集》、《畏廬三集》爲主要原典。

3. 參佐以朱羲胄《林琴南學行譜記四種》中所錄各家著述中的序跋語
等。

〔註 5〕 目前筆者所能掌握《林氏選評名家文集》，僅有《方望溪集》、《元豐類稿》、
《汪堯峰集》、《歐孫合集》、《劉子政集》等五冊六種，現藏台北中央圖書
館。

此爲本論文撰寫研究的範圍。

　　經蒐集後，上述之版本有：

1. 《韓柳文研究法》由台北廣文書局，於 1980 年 7 月出版。

2. 《畏廬論文・文集・續集》，有台北文津出版社，於 1978 年 7 月印行本。

3. 朱羲冑《林琴南學行譜記四種》，則有台北世界書局，1965 年 4 月版。

4. 另外《畏廬三集》則見於 1985 年北京中國書店出版之《林琴南文集》一書中。而《文微》則載於由李家驥，李茂肅、薛祥生整理之《林紓詩文選・附錄一》中，於 1993 年 10 月，由北京商務印書館出版。

5. 又香港商務印書館於 1963 年 5 月，出版了由范先淵校點的《論文偶記・初月樓古文緒論・春覺齋論文》合集，可供參考。

以上爲本論文研究所根據之版本。

第三節　研究方法與步驟

　　本論文使用之研究方法有下列四種：

1. 使用蒐集法，廣羅林琴南所出版之著作，及有關評論林琴南或是林琴南之相關著作及文章。

2. 使用概述法，考察林琴南之古文理論及文學主張。

3. 使用分析法，將林琴南的古文作品，依文體分類方式，加以分析詳述。

4. 使用歸納法，綜合各類文體，賞析其風格、結構、語言等藝術技巧。

　　至於採行之研究步驟，大體而言，有以下四點：

1. 首述林琴南的生平事蹟及其時代背景，以達知人論事的效果。

2. 次述其古文理論，以知其對古文內容的要求，及其對古文所寄予的期許。

3. 詳察其各類文體的作品，可對其創作內容達全面性的瞭解。

4. 末則就其古文創作的藝術技巧，依文章風格、篇章結構、語言特色等加以討論。

第二章　林琴南的生平與時代背景

　　文學作品是作家表現心境與紀錄時代的媒介，要深入解析作品內層的意涵，對於作家所處的時代環境與個人際遇實不可忽視。章學誠《文史通義‧文德》云：

> 不知古人之世，不可妄論古人文辭也；知其世矣，不知古人之身處，
> 亦不可遽論其文也。[註1]

所言甚是。只有正確地掌握作家的生平事蹟與時代背景，鑑賞文學作品時，才不會流於個人主觀的美感經驗。為此，本章第一節為瞭解客觀環境，先對琴南所處的時代背景描述；第二節述其生平大略，有助瞭解其一生的梗概；第三節就生平的行誼略述，以呈顯其個性與思想。第四節探究文學與政治立場以明受詆毀之源。希望透過本章的探討，能全面性的呈顯出琴南生前的原始面貌。

第一節　時代背景

　　十九世紀以前的中國是亞洲獨一無二的大國，政治安定，經濟自足，素以「文明古國」、「禮儀之邦」著稱於世。十八世紀中葉，清朝到了乾嘉後期，卻步入暮年，由盛轉亂，在政治、經濟和文化諸方面已陷入無法擺脫的困境。至鴉片戰爭，經工業革命洗禮的西方列強挾雷霆萬鈞之勢，迫使中國不得不打開貿易與外交的大門，中國從此由穩定靜止轉為動盪變革，面臨一個全新的國際形勢，在這段蛻變中，遭遇到前所未有的衝擊。為了客觀準確的呈顯

[註1] 章學誠《文史通義》，卷三〈文德〉（台北：中華書局聚珍倣宋版印，未著年代），頁20下。

出琴南一生的言行，首先闡述其生活的時代環境簡況。

一、政治劇變

近代世變，若自傳統歷史經驗體察，則其遭遇頗如春秋戰國之變局。舊制度解體，傳統禮俗崩壞，一切社會秩序顛倒錯亂，而道德規範、價值觀念，也均顯現出新舊脫節現象。更複雜的，是西方勢力之衝擊。因此，近代知識份子在國族何去何從的問題上，面臨了前所未有的徬徨與困惑。從前閉關自守的天朝大門已被轟開，那些「夷」、「戎」，卻挾著科技文明與文化制度排山倒海而來，於是，有人認清世局，力主學習西方，有人則頑強抵抗。在新舊潮流的對峙、前進與保守劇烈衝突中，近代變局的危機應運而生，但同時整個民族發展的生機也含蘊其中，蓄勢待發。

在保守傾向的表現方面，最直接易見之處，是對外族的反應。由於宋、元儒家提倡的結果，以中國爲本位的文化觀念深植人心，這種傳統性格，一旦遭遇外力挑戰，往往形成堅閉固拒的保守動向。而此種保守態度造成徹底斷絕對外認識。如內閣學士文治，其於光緒間〈爭鐵路疏〉有云：「聞鐵路而心驚，睹電杆而淚下。」〔註2〕更是堅僻固陋。王闓運認爲「中外之防，自古所嚴」〔註3〕等，都是從保守立場來議論，而這種保守立場的形成，是由傳統性格而來。

從保守固舊到盲目排外，是一種必然的轉變，見火車、輪船、電線、機器則協力以攻毀，視西學爲異端學說，洋人爲洪水猛獸。這種觀念嚴重發展的結果，是庚子年間，打著「助清滅洋，替天行道」旗幟，假借「神力」，圍攻大使館，殺洋人、燒教堂的義和團之亂，最後訂立了喪權辱國的「辛丑條約」。也因反洋的失敗，這種保守性格中的質素改變了，由排外，到懼外，甚至媚外。

和保守趨勢相反的，是求變求新。這種動機的產生，是在民族存亡的危機意識中醞釀而成。譚嗣同說：「歐美二洲，以好新而興；日本效之，至變其衣食嗜好。亞非澳三洲，以好古而亡。」〔註4〕表達出強烈的求新意圖。類似

〔註2〕《知過軒談屑》卷二，轉引自王爾敏《中國現代思想史論》（台北：華世出版社，1978年），頁168。

〔註3〕王闓運《湘綺樓文集》，卷二〈陳夷務疏〉（台北：文海出版社，《近代中國史料叢刊》第六十輯），頁8上。

〔註4〕譚嗣同《譚嗣同全集》（台北：華世出版社，1977年），頁36。

這些講求西學、接受西化的言論，逐漸地凝聚成一股巨大力量，他們開始組織學會，發行報刊，演說討論。要求改革的呼聲最後終於「上達天聽」，光緒二十四年（1898）六月，光緒帝頒布「定國是詔」，這是要求改革者一次重大的勝利，只是這場勝利來得快去得也快，「維新運動」在以慈禧爲首的守舊派發動政變下，煙消瓦解。

民國成立，中國從此進入一個嶄新階段。然而，南北議和時，袁世凱擁有雄厚軍事力量，迫使清帝退位，逼得孫中山宣布辭職，袁世凱被舉爲臨時大總統。局面急劇逆轉，辛亥革命的成果很快被袁世凱竊取，稱帝醜劇終於上場。中國人民在迎接黎明之前，仍須經歷一段最黑暗的歲月。

中國近代政治經歷了漫長而痛苦的變革，其演進過程劇烈的震盪和深遠的回旋，對中國近代社會經濟、思想文化產生巨大影響。

二、社會環境

清朝統治權的真正奠立，是在平定三藩之後。十七世紀的八十年代至十八世紀的九十年代，最稱盛世，乾隆一朝又被視爲盛世的顛峰，其實是虛有其表，中葉已漸入衰運。晚期因貪婪黷貨之和珅當政，不僅財政虧空，吏制更爲敗壞，國計民生日益凋零。嘉慶、道光時上下因循欺蒙愈盛，國勢衰退日甚〔註5〕。舉例來說，嘉慶、道光兩朝，叛亂四起，河決頻繁，在在需款，不得不對農民增加額外徵收，而農民收入均來自土地生產。清初全國耕地，約六百萬頃，人口約一萬萬，平均每人耕地約五、六畝。乾隆以至道光，耕地約七百萬畝，人口卻增至三、四萬萬，平均每人耕地不足二畝，縱令「竭力耕耘，兼收並穫，欲家室盈寧，必不可得」〔註6〕，加以官吏搜刮，連年飢饉，人民流離，爲了生存，惟有鋌而走險。此外，清朝採取高壓政策，並未使人完全馴服，潛伏的民族意識仍在滋蔓，伺機而動。因此嘉慶以後，白蓮教在湖北、四川、河南擴大騷擾〔註7〕，雲南、浙江、福建、臺灣的叛亂，爲天地會所領導。甘肅有回亂，貴州、湖南有苗亂。規模最大，爲禍最烈的太平天國之亂，蔓延湖北、四川、陝西、甘肅等省，作亂十餘年，這場「官逼民反」而對抗清政府的行動，使清朝元氣大傷。其後白蓮教的別支天理教，又有一次大舉，黨眾遍佈華北各省。道光時代，天地會及傜、夷、回

〔註5〕傅樂成《中國通史》下冊（台北：大中國圖書公司，1971年7月），頁675。
〔註6〕轉引自郭廷以《近代中國史綱》（香港：中文大學出版社，1980年），頁11。
〔註7〕蕭一山《清史》（台北：中國文化學院，1979年），頁82。

的擾攘，幾無寧日。其實，十八世紀後期至十九世紀前期，中國內部動亂不已，即使無外來的衝擊，清廷治權也不易保，一旦西方強敵虎視眈眈時，又如何能抵禦？

　　動亂的連年不斷之外，晚清社會中尚存在著一些落後的風俗，既腐蝕人心，又戕害國族命脈，其中為禍最烈的，首推鴉片與纏足。由於西方國家計劃性的傾銷鴉片，造成銀元外流嚴重，國計民生日艱，「上自官府縉紳，下至工、商、優、隸以及婦女、僧尼、道士，隨在吸食」〔註8〕。這只要從林則徐在「虎門銷煙」，歷時二十二日才處理完畢的浩大工程，即可窺知當時鴉片泛濫之烈。而纏足之不符合天理人性，陋習與動亂的相結合。加之，又有列強帝國主義的侵略瓜分，以中日甲午戰爭為例，「馬關條約」訂定賠款二萬萬兩，簽訂後的第六天，俄、德、法三國干涉還遼，又增加「酬報費」三千萬兩。如此不斷地割地賠款，加上天災人禍，造成了嚴重的社會與經濟危機。

　　民國成立，依舊戰亂迭起，民生凋弊。袁世凱當政，即因稅捐苛濫，先後暴發抗捐、抗稅風潮。民國二年（1913）四月，英、法、德、日、俄五國銀行團和袁世凱簽訂二千五百萬英鎊善後大借款；民國三年（1914），接受日本妄圖鯨吞中國的二十一條要求，全國人民感到國亡無日，遂暴發大規模愛國運動，各地學生罷課，工人罷工，各地陷入一片混亂，難以維計的困境。

　　全國各地連年混亂，政府對外交涉軟弱，對內苛濫剝削，造成政局的不安，社會的動盪，全民遭受嚴重的破產失業，流離失所，過著飢寒交迫又毫無政治權利的生活，中國人民的貧困和不自由的程度，是世界所罕見的。

三、文學風貌

　　「時運交移，質文代變」，時至晚清，文壇發生一連串空前變化，先覺之士向域外尋求改革救亡真理。從閉關自守而面向世界的社會變革，必然相應的引起文學變革。具體而言，近代的文學變革，主要表現在內容、文體、語言三個方面。

（一）在內容方面
帝國列強的侵略，民族危機的發生，封建專制的窳敗，人民生活的痛

〔註 8〕同註6，頁52。

苦，有識之士，在從事救亡圖存的同時，又以文學爲武器，宣傳政治主張。所以，這時期的文學，其基本內容都與近代社會現實息息相關，尤其封建專制的崩潰，尊奉數千年的儒家道統，抵擋不住西方文化思想的衝擊，使傳統文學在「道所不存，不可以爲文」〔註9〕之下，思想內容陷入「無道可載」的窘境。

　　隨著中西文化交流頻繁，不少作家在傳統文學基礎上，採擷學習西方文學，促使近代文學吸納西學，面向世界。例如散文令人眼界大開，除介紹新知識、新思想外，世界景物、海外風雲已洒落筆下。詩歌更是突破國界吟詠他國山川風物，英雄豪傑和聲光電化，開拓出「直開前古不到境，筆力縱橫東西球」的新意境。借他國琴弦，彈自己的心聲，作品中回響著強烈愛國思想，進取奮鬥精神，突破傳統「溫柔敦厚」、「怨而不怒」、「思無邪」的藩籬，開「古人未有之物，未闢之境」。當時文學革新者，以西方文學改造中國文學，合中西融爲一片。於是文學與時代，文學與人群結合的途徑更爲緊密，這是近代文學一個重要特色。

（二）在文體方面

　　在此時期文學可謂是新舊相衝擊的時代，在舊的方面，有桐城（湘鄉）派、文選（駢體）派以及同光體詩人的宋詩運動；在新的方面，有詩界（和小說界）革命，有「新文體」，有白話文運動。這其中存在著極其複雜的對抗關係，以或稱爲「報章文體」的「新文體」來說，其理論的提出者與實踐者譚嗣同（1865～1898）和梁啓超（1873～1929），就曾對桐城派的文學主張和其時的狀況提出批評，而其所撰寫的報章文章，亦遭受到桐城派後繼者嚴復（1853～1921）的抨擊〔註10〕。而在這對抗關係中，不只是譚、梁以其「新」反桐城，被視爲「文化保守主義」的章炳麟和劉師培〔註11〕，也曾從根本上

〔註9〕　魏源《魏源集・國朝古文類鈔敍》（台北：漢京文化事業公司，1984年7月），頁229。

〔註10〕　嚴復說：「且文界復何革命之與？……若徒爲近俗之辭，以取便市井鄉僻之不學，此於文界，乃所謂陵遲，非革命也。」見《嚴幾道文鈔・與梁任公論所譯原富書》，轉引自李瑞騰《晚清文學思想論》（台北：漢光文化事業公司，1992年），頁122。下引此書版本並同。

〔註11〕　研究中國近代思想史的西方漢學家，如使華茲（Benjamin I. Schwartz）、傅樂詩（Qharlotte Furth）以及 Martin Bernal 等人都把章、劉視爲「文化保守主義」。見《近代中國思想人物論・保守主義》，轉引至李瑞騰，《晚清文學思想論》，頁122。

反對桐城。在一片反桐城的聲浪中，琴南卻扮演著爲桐城辯護的角色。

（三）在語言方面

文體的改革，還需與淺顯平易的語言配合，以便於市井鄉僻之不學，才能促進文學的繁盛。因此，一時之間「崇白話而廢文言」、「言文合一」的呼聲高入雲霄，反映在作品中，文學語言呈現適俗趨勢，不避方言俚語、外國名詞，外國語法，文字語言從艱澀怪僻的文言文中釋放出來，口語化、生活化，形成古典文學過渡到現代文學的先聲。

第二節　生平述略

林琴南，名紓，字琴南，號畏廬，又曰群玉、徽及秉輝，福建閩縣南臺人。民國二年，閩縣、侯官併爲閩侯縣，學者遂稱之爲閩侯先生。因居閩之瓊水，所居多楓樹，取「楓落吳江冷」詩意，自號冷紅生〔註12〕。後客杭州之時，又自號六橋補柳翁，民國改元，自號蠡叟，晚號踐卓翁。據〈冷紅生傳〉〔註13〕及〈貞文先生年譜〉〔註14〕記載，琴南先祖系出金陵，自其前十一代祖對墅公遷閩定居後，世代爲農。林琴南的父親林國銓，字雲溪，曾於建寧佐人治鹽，勤勞儉樸，遂積有千金，典得閩縣玉尺山背屋宇居住，他的母親是清太學生陳元培的女兒，諱蓉。林琴南生於咸豐二年壬子九月二十七日（1852 年 11 月 8 日），卒於民國十三年十月九日（1924），即夏九月十一日，年七十三歲。其上有伯姊，下有兩妹一弟，其中二妹生而殤，弟耀又於十九歲時以疾卒於臺灣。

根據其生平，可畫分爲三個時期，一是幼年未中舉前的窮苦生活；二是中舉人後，廣交社會名流；三爲譯書成名，賣畫長安的遺老生活。以下就分述之：

一、幼年貧苦，少年狂生

琴南幼時家裡甚爲貧窮，五歲的時候，父親渡海客居臺灣，琴南曾一度

〔註12〕見《畏廬文集》，〈冷紅生傳〉（台北：文津出版社，1978 年 7 月版），頁 25 下。下引此書版本並同。

〔註13〕同註 12。

〔註14〕見朱羲冑撰《林琴南學行譜記四種》，卷一〈貞文先生年譜〉（台北：世界書局出版，1965 年 4 月再版），頁 2。下引此書版本並同。

寄食於外祖家，他的外祖母鄭太孺人，知書且深明大義，嘗說童子以志向來決定成就，不患無美食，而患無大志。琴南也自認受益於外祖母的教誨匪淺，頗爲感激〔註15〕。九歲時，原居玉尺山典屋被贖，遂遷家橫山〔註16〕。此時

〔註15〕見《畏廬文集》，〈謁外大母鄭太孺人墓記〉，頁53下。
〔註16〕朱羲冑撰《林琴南學行譜記四種》之一，卷一〈貞文先生年譜〉，頁4記載：
「咸豐十一年辛酉⋯⋯會玉尺山典屋被贖，遂遷家橫山，距馬江三里。」此乃據《畏廬續集・先大母陳太孺人事略》一文而定。然經考證，此誤，宜以咸豐十年庚申遷家橫山爲是。考證如下：
考據一：
張俊才〈林紓年譜簡編〉亦言：「咸豐十年庚申，本年，林紓家移居閩縣橫山。」見薛綏之、張俊才編《林紓研究資料》（福建：人民出版社，1983年），頁13。
考據二：
沈乃慧〈林琴南及其翻譯小說研究〉中考據云：
《畏廬續集・先大母陳太孺人事略》記載：「城中某公治醠於建甯，廉先君能則盡屬以事，於是積千金典得屋宇於玉尺山之趺。咸豐季年，閩中行鐵錢，錢千抵銅錢百，然典券中但書錢數，不署其爲銅鐵。有陳蓮峰者，以孝廉武斷鄉曲，操券提鐵錢一千五百緡贖吾屋，實則値錢百有五十，時閩俗厚禮重科名，陳蓮峰至吾家，飛擲杯盌，摧折几案，驤突咆勃如悍吏，先君居建甯未歸，太孺人從容出面曰：『先生科名中人，異日即爲他省之官吏，獄貴察情，寧不知鐵錢千僅抵銅錢百耶？老婦辛苦哺兒，幸兒能典屋以安老婦，今先生必欲覆吾巢，何也？』陳不答，趣出券。太孺人喟曰：『果讀書人不可理喻者，老婦受贖還屋，可也。』明天擲屋券與陳，更一月移家於橫山。時先君賃得二舟載醠赴甯，舟碎於洑，官中治鹽課嚴，先君則罄所有以清官逋，家復落，太孺人曰：『吾子謹愿，今如此，天也，且余少居貧，迨老再困，直復吾故而已，吾不貧之畏也。』先君旣喪資，遂客臺灣三年，母孺人亦率吾伯姊治針黹贍家，如太孺人，及吾長姑作苦時，太孺人雖在困約中，偶見親族，未嘗言貧，有族老善相人，謂太孺人溫藹，如處素封之家，決不終困。已而先君果以金歸，紓年十一矣！」
又據《畏廬文集・先妣事略》載：「庚申生秉耀，耀生二日，府君客遊臺灣，資盡，困不能歸，歲大祲，澳門賊以銅艇闌入內港，聚江南橋下，謬言與南船競鐵貓，發礮互轟，紓適家橫山，距江三里。」
據〈貞文先生年譜〉所載林紓十一歲時爲同治元年壬戌，則雲溪公必於清咸豐十年庚申喪資，方能客遊臺灣三年，而於同治元年壬戌自臺灣郵致三十金歸，此推論與年譜所載合，亦與以上兩文皆相符。兩文中惟記載遷家時間有異，相差一年。《畏廬續集・先大母陳太孺人事略》中記載紓於「咸豐季年」，即咸豐十一年辛酉時，受贖還屋，移家橫山；而《畏廬文集・先妣事略》則載庚申年，「紓家橫山」。
因《畏廬續集・先大母陳太孺人事略》中雖載咸豐季年移家橫山，又載陳蓮峰至時，雲溪公居建甯未歸，時亦爲咸豐季年，後雲溪公因舟碎而赴臺灣，若言雲溪公於咸豐十一年以後赴臺灣，則年譜及其文後言客臺灣三年，紓年

雲溪公所賃載艖之舟，不幸碎於水中，只好罄其所有以清官逋，因此家裡更為貧苦，於是雲溪公再度客居臺灣，後因貲盡不能歸家，一家九口的生活咸賴陳太宜人及伯姊鍼黹自給。琴南日後曾一再作文敘及此時貧寒苦狀。

琴南於十一歲這一年的春天，從同里薛則柯先生學歐陽永叔文及杜子美詩。琴南後來曾作有〈薛則柯先生傳〉一文，以緬懷這位貧寒正直，而輕視科舉時文的啟蒙老師，從文中亦可見師生情誼的篤厚。同年八月，琴南的父親從台灣郵寄三十金歸，家庭困窘情況隨即獲得改善。雖然如此，琴南仍無餘錢購買新書，而此時的琴南，對文學正產生了狂熱的興趣，他只得積錢購買零星不全的破書而讀，三年之後，積有破書三櫥，遍讀《漢書》、《史記》、諸子。他的祖母陳太孺人見他好學不倦，非常喜歡，曾告訴他：

> 吾家累世農，汝乃能變業向仕宦，良佳，然城中某公，官卿貳矣。
> 乃為人毀輿，且撼其門宇，不務正而據高位，恥也；汝能謹愿如若
> 祖父，畏天而循分，足矣。〔註17〕

琴南在他的祖母充滿道德意味的訓誡下，決意仕宦，十三歲時則因薛則柯先生之教諭，從朱韋如先生習制舉文。

琴南十六歲的時候渡海到台灣侍奉父親雲溪公，十八歲時歸閩，娶同里劉有棻先生的長女，再過一年，雲溪公從台灣染病歸養，四十日後逝世，同時琴南的祖父在殯，祖母繼逝，喪葬接踵而至，琴南悲哀至極，幾度喀血，也罹患了肺病，真是盡歷人生難堪之境。其後琴南雖身受疾病的煎熬達數年之久，但其間讀書習畫，毫不中輟，大有「朝聞道，夕死可也」的胸襟。琴南曾自載其用功情狀：

> 余自二十至三十，此十年中，月或嘔血斗餘，不親藥，疾亦弗劇，
> 然一日未嘗去書，亦未嘗輟筆不畫，自計果以明日死者，而今日固
> 飽讀吾書且以畫自怡也。〔註18〕

他除了讀書繪畫，又善拳術劍藝，曾向鄉里很多拳師請益，後來他還在筆記、小說中寫了形形色色的武林軼聞瑣事。二十幾歲的琴南帶劍任俠，被酒行吟，

十一以金歸的《畏廬文集·先妣事略》之載為確。〈貞文先生年譜〉所載為誤，亦誤以庚申為季年辛酉。引自 1985 年台灣大學碩士論文，頁 58。

〔註17〕見林紓《畏廬續集》，〈先大母陳太孺人事略〉（台北：文津出版社，1978 年 7 月版），頁 49 下。下引此書版本並同。

〔註18〕見林紓《畏廬三集》，〈石顛山人傳〉（北京：中國書店，1985 年），頁 16 上。下引此書版本並同。

旁若無人，因此狂悖之名大噪，琴南自己描述道：「少年里社目狂生，披酒時時帶劍行」〔註 19〕，陳衍《石遺室詩話》也說：

> 光緒初年，福州有三狂生，皆林姓，一畏廬，一述庵崧祁，一某。
> 〔註 20〕

在《林述庵哀辭》一文中，琴南更述及狂狀：

> 余時鬱伊，接人多傲狷，親故稍稍引去，余益憤而自肆。見述庵乃慷慨恣哭，長跽不起，各引滿三巨觚，旁人相顧愕眙。漏四下，述庵已爛醉，約余同歸瓊河寓齋，乃各赤足循河堧以行，登劉公橋，坐樹陰中望水際墜月。〔註 21〕

在這時期是他一生最爲坎坷顛頓的時期，貧病交迫，老母在堂，陸續出世的幼兒嗷嗷待哺，家中生計日蹙，而親戚厭其貧薄，朋友故舊見而奔避，鄉里不齒，人情冷暖至無可名狀。〔註 22〕

二、中舉以後，憤念國仇

　　清光緒八年壬午，琴南年三十一歲，鄉闈得意，高中舉人，領有鄉薦，家境日益寬裕。同年遷居瓊河，再遷蒼霞州，建有精舍。後又出資構建龍潭精舍，讀書其中，並與閩地文友論文酬詩。結福州支社，吟詩唱和，廣交社會名流。

　　清光緒二十年甲午至二十六年庚子，七年之間，中國經歷了中日甲午戰爭，中日馬關條約、戊戌政變，義和團事件，八國聯軍等等重大事件，對外連年戰敗，割地賠款，喪權辱國，而國內的知識分子則充滿了改革的熱情，頻頻呼籲，遂有變法維新運動的產生。不幸實掌政權的慈禧太后大惡新政，幽德宗於宮內南海瀛臺，康、梁走避海外，六君子被殺，新政下幕。慈禧太后又迷信義和團的神勇武力，終於導致八國聯軍，爲中國種下了百年動盪之因。這些事件，深深地震撼了琴南。

　　琴南自幼飽讀詩書，具有讀書人悲天憫人，憂國傷民的胸懷。而閩、廣

〔註 19〕見朱羲胄《林琴南學行譜記四種》，卷二〈貞文先生年譜〉，載林紓〈七十自壽詩〉，頁 46。

〔註 20〕見陳衍《石遺室詩話》卷二十九（台北：臺灣商務印書館，1976 年），頁 1上。

〔註 21〕林紓〈林述庵哀辭〉，引自林薇《林紓選集‧文詩詞卷》（成都：四川人民出版社，1988 年），頁 104。

〔註 22〕林紓《畏廬文集》，〈告王薇庵文〉，頁 69 下。

之地，又是接受西方思想最便捷之處，琴南對於這些事件，感觸非常深刻。馬關條約簽訂後，清廷割遼陽地、台灣、澎湖各島與日本，琴南少時曾客居台灣三年，自有一份特殊感情，遂與陳衍、高鳳岐、卓孝復等人北上京師，叩關上書，抗爭日本占我遼陽、台灣、澎湖諸島事。

同時，此一時期，也是琴南思想最前進的階段，他的交遊中多有倡導新政者，包括戊戌政變六君子之一的林旭，甫從歐洲歸國的王壽昌，主馬江船政局工程處的魏瀚等人，琴南時就遊讌，縱談中外事，慨歎不能自己。清光緒二十三年丁酉間著《閩中新樂府》三十二首，均由憤念國仇，憂慮閩地敗俗之情，倡導新政之作，其詞淺顯口語，有類白話，內容又非常具體地指出弊病所在，例〈小腳婦〉，傷纏足之害；〈生髑髏〉，傷鴉片之流毒；〈跳神〉，病匹夫匹婦之惑於神怪等等。許多人同意，從《閩中新樂府》裡，可以看出琴南的前進思想。例如朱羲冑所述編的《春覺齋著述記》中敘：

> 按全詩皆刺諷舊習，倡導新政之作，其時爲清光緒二十三年丁酉，
> 蓋甲午之役後三年也。變法之議，尚未廣，而先生日與友朋商討時
> 政，憤念國仇，後生小子，有以當時新黨疑先生者，宜也。〔註23〕

胡適曾敘述他對《閩中新樂府》的讀後感：

> 林先生的《新樂府》不但可以表示他的文學概念的變遷，並且可以
> 使我們知道五、六年前的反動領袖在三十年前曾做過社會改革的事
> 業，我們晚一輩的少年只認得守舊的林琴南；只聽得林琴南反對白
> 話文學，而不知林琴南壯年時曾做過通俗的白話詩；──這算不得
> 公平的輿論。〔註24〕

此鄭振鐸先生也說：

> 在康有爲未上書以前，他卻能有這種見解，可算是當時的一個先進
> 的維新黨。〔註25〕

在此時期，琴南除了教書，定期參加會試外〔註26〕他的關心層面也正由閩縣

〔註23〕見朱羲冑《林琴南學行譜記四種》，卷二〈春覺齋著述記〉，頁4。
〔註24〕原載胡適〈《晨報》六周年紀念增刊〉今未能見原文，此據沈乃慧〈林琴南及其翻譯小說研究〉（台大碩士論文，1985年），頁36轉引。
〔註25〕鄭振鐸〈林琴南先生〉，見薛綏之、張俊才編《林紓研究資料》（福州：福建人民出版社，1983年），頁156。下引此書版本並同。
〔註26〕林紓《畏廬文集》，〈上郭春榆侍郎辭特科不赴書〉，云：「紓七上春官，汲汲一第。」（頁10下）

一地,漸漸地拓展到了全國。

三、譯書成名,鬻畫爲生

　　清光緒二十三年,即戊戌政變的前一年,琴南不僅出版了《閩中新樂府》,也首度嘗試譯書的工作。其時,林琴南甫喪妻不久,逢同縣王壽昌歸自巴黎,與其縱談巴黎小說家,論及小仲馬的《茶花女·馬克格尼爾遺事》,王壽昌遂請同翻譯此作;於是由王壽昌口說,林琴南筆述之,名爲《茶花女遺事》,此爲西土說部入華之第一筆。林琴南將懷念愛妻的柔情,融入書中,分外生動感人,贏得了嚴復「可憐一卷茶花女,斷盡支那蕩子腸」的讚揚,當時不脛而走者累萬本〔註27〕,此書翻譯的成功,遂引起林琴南對西方小說的興趣,也開啓了《林譯小說》成功之鑰。

　　光緒二十四年戊戌(1898),琴南最後一次赴禮部試〔註28〕,在京師和好友高鳳歧相晤,爲國事而擔憂,遂與清宗室壽伯茀同赴御史台,聯名上書,請皇帝下罪己詔,激勵士氣,並陳籌餉、練兵、外交、內治四策以圖自強,卻未被御史臺接納〔註29〕。光緒二十五年,應仁和縣知縣陳希賢之聘,掌教杭州東城講舍〔註30〕,遂移居杭州。琴南在杭州共有三年的時間,教書同時翻譯,也和高鳳歧、陳希賢、希彭兄弟、林迪臣太守父子、吳德瀟等,偕遊西湖南北諸峰,徜徉於湖光山色之中,於是寫下了不少游記佳作。

　　光緒二十七年辛丑(1901),琴南應聘赴京師,主金台書院講席〔註31〕,當時在書院主講席的多是退休的六卿或翰林,只有琴南是布衣受聘〔註32〕,自此則移家定居京師。隨後又受五城學堂之聘,任總教席,講授修身、國文,於是文章學問日漸受到社會的重視和稱許,到了辛亥革命前後,琴南已經是名重一時的文章泰斗了。民國之初,琴南仍在北京大學主文科講席,大力提倡古文。當時有魏晉文派與唐宋文派之爭,大抵崇魏晉者,以章太炎爲宗師;尊唐宋者推琴南爲盟主〔註33〕。民國二年,琴南與大學中魏晉文派勢力不合,憤而辭去大學講席,桐城派古文家姚永概、馬其昶也在此時離去,

〔註27〕見朱羲胄《林琴南學行譜記四種》,卷三〈春覺齋著述記〉,頁40。
〔註28〕見朱羲胄《林琴南學行譜記四種》,卷一〈貞文先生年譜〉,頁21。
〔註29〕據林紓《畏廬文集》,〈金台話別圖記〉,頁51下。
〔註30〕同註28,頁22。
〔註31〕同註28,頁26。
〔註32〕同註19,頁47。
〔註33〕見錢基博〈林紓的古文〉,載入薛綏之、張俊才編《林紓研究資料》,頁175。

總計琴南在北京大學任教凡八年。

自此琴南長日閉戶，澆花作畫，清介自守，以賣文鬻畫爲生。琴南年輕時雖屢赴禮部試不中，後來對任宦已了無興趣。光緒二十七年，禮部侍郎郭曾炘以琴南入薦備特科，琴南堅辭不赴。二十八年冬，又有郵傳部尚書陳璧具書薦推林琴南郎中，林琴南聞之堅拒。及至民國更元，袁心凱又屢次徵聘他爲高級顧問，特派徐樹錚前往致意，琴南固辭達四日之久，第五日則大發雷霆說：

> 請將吾頭去，此足不能履中華門也。〔註34〕

清操自守如是。又段祺瑞任國務總理時，親自來到琴南家拜訪，想請他當顧問，則被琴南當面拒絕。其實，在清覆亡後，琴南即欲效法明末遺民孫奇逢，以舉人終其身，《畏廬三集‧上陳太保書》言：

> 紓又身領鄉薦，既爲我朝之舉人，即當如孫奇逢徵君，以舉人終其身，不再謀仕民國。〔註35〕

此後，他先後十度〔註36〕恭謁光緒陵。每次謁陵均作淒楚悲涼的謁陵詩，充分的表明了他的赤膽忠誠。甚至于民國七年，爲國會議員議裁減優待清室經費案，他曾上書參眾兩院議員，爲清室陳言：

> 迴想二百年相處，不能無香火之情，即滿漢名分，推之四萬萬同胞，亦當在安懷之列，尤願諸大君子，上看皇天，下存餘地，副今日總統總理篤舊之心，留他年皇子皇孫嗷飯之地，百凡如舊，一切從優，則微言得請，可免聲嘶淚盡之時，盛德所貽，將兆和風甘雨之瑞矣。〔註37〕

「忠臣不仕二姓」的思想，使得林琴南成爲一個忠貞的清廷遺老。

第三節　個性及思想

琴南終身篤守儒家思想規範，骨鯁清介，不苟富貴，由他俠骨柔腸的個

〔註34〕見朱羲胄《林琴南學行譜記四種》，卷二〈貞文先生年譜〉，〈答鄭孝胥書〉，頁58。

〔註35〕林紓《畏廬三集》，〈上陳太保書〉，頁32上。

〔註36〕此據《清史稿》卷四百八十六，第十九冊（台北：洪氏出版社，1981年），頁13446。而朱羲胄《林琴南學行譜記四種‧貞文先生年譜》則明確記載著十一次謁陵。

〔註37〕朱羲胄《林琴‧南學行譜記四種》，卷二〈貞文先生年譜〉，頁28〜29。

性呈顯，表現出尊師孝親、仗義守信、對愛情忠貞、對社會關懷等種種傳統美德，現在分別敘述如下：

一、尊師孝親

　　他自幼即尊師孝親，個性耿介剛烈。十三、四歲時，家中貧寒，常常潛入鄰家富豪的庖廚，觀習烹炙珍異美食，自誓將來自己若有能力之時，必定躬烹以侍母親〔註38〕。三十一歲，高中舉人後，此時家境漸寬，琴南除了物質上供給母親更多的照顧外，在精神上他也竭心力侍奉，他平常往往搜舉村市瑣語及鄰里近事，娛悅母親〔註39〕。四十四歲時，以母疾，琴南小心服侍達四十九日。

　　　　五更，爇香稽顙於庭，而出，沿道拜禱，至越王山天壇上，請削其
　　　　科名之籍。乞母以善終，勿使頸血崩暴，以怛老人。〔註40〕

姑且不論其行為是否得當，然其孝親之心，卻足感人。又連續二十四年致祭於外祖母之墓，「躬負畚鍤，剗治蕪穢」〔註41〕，孔子認為孝是三年不改其父之道，而琴南在他母親逝世多年後，還能前往恭謁外祖母之墓，就如母親生前一樣，孝親之誠，可以想見。

　　他對啟蒙老師薛則柯先生恭敬之意，從《文集‧薛則柯先生傳》中可見之。薛為窮儒，生活頗為拮据，一日又逢薛師斷炊，琴南遂回家偷偷地從家裏米缸中掏了幾把米，用布襪包裹，帶來以呈送薛師。薛詰問後，非常生氣，訓斥他不可以為偷竊之事，雖經琴南流淚解釋此米係帶自家中，非偷自他人。薛仍命琴南帶回，並請杖於母親。琴南歸後，告知母親，母親笑道應以巨橐盛米餉師，怎可以布襪盛之，有失恭敬。遂別令人賚送，薛師乃受〔註42〕。此一往事，薛則柯先生風範可見，琴南良善的天性也流露無遺。

　　至於畫圖老師石顛山人（陳文臺），琴南也竭力奉侍，即便是老師已逝，

〔註38〕朱羲胄《林琴南學行譜記四種》，卷一〈貞文先生年譜〉（台北：世界書局出版，1965年4月再版），頁6。下引此書版本並同。

〔註39〕林紓《畏廬文集》，〈亡室劉孺人哀辭〉（台北：文津出版社，1978年7月版），頁78下。下引此書版本並同。

〔註40〕林紓《畏廬三集》，〈述險〉（北京：中國書店，1985年），頁2上。下引此書版本並同。

〔註41〕林紓《畏廬文集》，〈謁外大母鄭孺人墓記〉，頁53下。

〔註42〕林紓《畏廬文集》，〈薛則柯先生傳〉，頁24上。

對於師母劉夫人的供養依舊如故〔註43〕,「一日爲師,終身爲父」的古訓,在琴南的身上切切實實的被遵守著。

二、仗義守信

琴南仗義守信,由王薇菴、林述庵的託孤,可鮮明的突顯出來。

原來琴南與王薇菴的交遊,始於十三歲從朱韋如先生習制舉之時,自後二十餘年筆墨相親,肝膽相照,非常友愛。清光緒十三年,王薇菴英年早逝,生前卻不曾向琴南託孤,只是在臨死前曾告訴其妻:「若勿怖,余死,彼林某者,固能善處若子也。」〔註44〕果然,王薇菴卒後,琴南即一手料理薇菴的喪事,並攜帶薇菴的一對孤兒弱女歸之撫養,凡十二年,迨兒女長成,其女爲之擇善而嫁,其子王元龍教之詩書文章,遂中舉人,亦領有鄉薦,以詩鳴於時。

王元龍初至其家之時,嘗與林琴南長子珪弗諧,琴南想出一個方法,一日乃預留香於桌上,與珪同宿,至夜半,琴南乍哭,珪大爲驚駭,琴南詐稱:「我夢王先生,言爾陵其孤,將甘心於爾?」〔註45〕果然珪即俯首認錯,柱香禱告,自此以後與王元龍友好相處。

薇菴死後數年,又有友人林述庵卒,琴南奔走哭弔,舉族咸以幼子阿狀爲託,琴南亦以處元龍者處之,撫養近十年,衣食訓誨備至,恩養一如己子,親授古文詩詞,使阿狀成爲少年英才。阿狀即林之夏,字復生,一字涼生,近代革命家,同盟會會員,南社的十七創始人之一。他在福州英華書院學習時,與後來成爲國民黨元老的林森是同學,才兼文武,是儒將也是詩人。辛亥革命爆發,林之夏隨鎮江都督林述慶猛攻南京,血戰一晝夜,林之夏身中數彈,仍然奮勇向前,備受孫中山先生的賞識。〔註46〕

元龍與之夏長大成人,又皆能表現突出,因此琴南感到無限的欣慰,〈七十自壽詩〉云:

> 總角知交兩託孤,悽涼身正在窮途。當時一諾憑吾膽,今日雙雛竟
> 有須。教養兼資天所命,解推不吝我非愚。人生交友緣何事,忍作

〔註43〕林紓《畏廬三集》,〈石顛山人傳〉,頁16上。

〔註44〕林紓《畏廬文集》,〈告王薇菴文〉,頁70下。

〔註45〕林紓《畏廬三集》,〈王灼三傳〉,頁17上。

〔註46〕據林薇《林紓選集・文詩詞卷・前言》(成都:四川人民出版社,1988年),頁3。

炎涼小丈夫。〔註47〕

的確，為友人撫孤，不使誤入歧途，本已不易，更何況是有特殊貢獻呢？琴南對朋友守信，俠義精神的表現，大有古人之風！

三、關懷社會

本章第二節曾言，琴南曾在清光緒二十三年丁酉年間，作過《閩中新樂府》三十二首，皆是諷刺舊習，倡導新政之作，他的觀點，雖然多少經過生活經驗的琢磨修正，然而主要的觀點，前後並不矛盾。例如《閩中新樂府》中提倡的論國仇、重武臣、尚武風、興女學、破迷信等改革主張，在他晚年的文章中仍受到重視。而他所提出的改革政策，往往能夠給我們很多啟示。琴南對國家社會的關懷，可見諸於他提倡實業，振興女學和崇尚武風等等主張中。

注重農工商實業的精神，尤其是清末民初思想界的特徵，由於國勢貧弱，有志之士不論是提倡「中學為體，西學為用」或主張「全盤西化」，無不以振興實業為首要，以救中國迫在眉睫的經濟危機了。琴南富有愛國情操，毫不遲疑地為文疾呼了，他曾為文說：

> 強國者何恃？曰恃學，恃學生，恃學生之有志於國，尤恃學生人人之精實業。……實業者，人人附身之能力，國可亡，而實業之附身不可亡。……此時，斷非酣睡之時，凡朝言練兵，夕言變法，皆不必切於事情，實業之不講，皆空言耳。……西人之實業，以學問出之；吾國之實業，付之無知無識之傖荒，且目其人其事為賤役，……今日學堂，幾遍十八行省，試問商業學堂有幾也？農業學堂有幾也？工業學堂有幾也？鹽業學堂有幾也？朝廷取士，非學法政者不能第上第，則已視實業為賤品……嗚呼！彼人一剪一線一鍼之微，尚悉圖之，以求售於吾國，吾將謂此小道也，不足校，將聽其涓涓不息，為江河耶？此畏廬所泣血椎心不可解者也。〔註48〕

可見他已全然沒有古人「萬般皆下品，唯有讀書高」的觀念，他將學問的範疇擴大，認為小道末技，亦有大學問所在，而中國的貧弱，正因為小道末技不受重視之故。琴南是相當重視科學的，所以他認為法國經戰火洗劫後，而

〔註47〕朱羲胄《林琴南學行譜記四種》，卷二〈貞文先生年譜〉，頁47。
〔註48〕同註38，〈愛國二童子傳・達旨〉，頁33～34。

能思製器之方，力圖制勝於外，培植子弟，爲工程師，立實業學堂無數，其精神與魄力是值得效法的。

而琴南振興女學之主張，乃力致開化的原則，仍爲救國之計。他認爲：

> 畏廬一心思昌女學，謂女子有學，且勿論其他。但母教一節，已足以匡迪其子，其他有益於社會者，何可勝數。〔註49〕

其他如尚武觀念，乃爲鼓舞國人臨敵不懼，冒險犯難，在紛亂的國際舞台上重新奮發。

比起其他的古文家，琴南可謂得天獨厚，因爲他翻譯大量的西方小說，對西方政治社會的弊病，有著深刻的認識。他明白西方的強國，其民也同我們一樣具有感情、智慧和弱點，他了解他們的社會也一樣不盡完美，具有黑暗痛苦的一面，所以他主張有保留且有選擇地接受西方思想。如《塊肉餘生述・序》：

> 若迭更司此書，種種描摹下等社會，雖可嘅可鄙之事，一運以佳妙之筆，皆足供人噴飯，英倫半開化時，民間弊俗，亦皎然揭諸眉睫之下，使吾中國人觀之，但實力加以教育，則社會亦足改良，不必心醉西風，謂歐人盡勝於亞，似皆生知良能之彥，則鄙人之譯是書，爲不負矣。〔註50〕

《賊史・序》也說：

> 英倫在此百年之前，庶政之窳，直無異於中國，特水師強耳。迭更司極力抉摘下等社會之積弊，作爲小說，俾政府知而改之。〔註51〕

他認爲固然中國政治組織腐敗，遠不如歐美，但是歐美也曾經歷過一段黑暗不幸的歲月，中國仍有希望改良，琴南對中國人天性具有強烈的信心。

琴南透過文學作品的翻譯而接觸西方世界，也從文化的比較中，發現人性相通的美善和罪惡，繼而肯定中國的固有傳統是值得珍惜的，而其道德人倫，正是維繫社會安定的基礎。他在民國八年所撰〈答大學堂校長蔡鶴卿太史書〉中說明了西方文化與中國傳統文化的精神相符，他說：

> 弟不解西文，積十九年之筆述，成譯著一百三十三種，都一千二百萬言，實未見中有違忤五常之語。何時賢乃有此叛親蔑倫之論，此

〔註49〕朱羲冑《林琴南學行譜記四種》，卷三〈春覺齋著述記〉，〈蛇女士傳自序〉，頁13。

〔註50〕同註49，頁11。

〔註51〕同註50。

其得諸西人乎？抑別有所授耶？〔註52〕

所以他贊成新政變法，卻極力反對毀壞道德人倫：

> 余老而弗慧，日益頑固，然每聞青年人論變法，未嘗不低首稱善，
> 惟云父子可以無恩，則決然不敢附合。〔註53〕

此外當他翻譯外國文學名著時，無時無刻不聯想到苦難的中國和中國人。例如他翻譯《黑奴籲天錄·序》（Uncle Tom's Cabin）時，即由書中黑人的命運，聯想到在美華工的艱苦命運，他說：

> 考美利堅史，佛及尼之奴黑人，在於一千六百十九年，荷蘭人以兵
> 艦載阿非利加黑人二十，至雅姆斯莊賣之，此為白人奴待黑人之始，
> 時美洲尚未立國也，華盛頓以大公之心，官其國，不為私產，而仍
> 不能弛奴禁，必待林肯，奴籍始倖脫，邇又寖遷其處黑奴者以處黃
> 人矣。夫蝮之不竟伸其毒，必別齧草木舒憤，後人來觸死莖，亦靡
> 不死，吾黃人殆觸其死莖乎？國蓄地產而不發，民生貧薄，不可自
> 聊，始以工食於美，歲致羨其家，彼中精計學者，患瀉其銀幣，乃
> 酷待華工，以絕其來，因之黃人受虐，或加甚於黑人，而國力既弱，
> 為使者復餒懾不敢與爭，又無通人記載其事，余無從知之，而可據
> 為前讞者，獨《黑奴籲天錄》耳。……亦就其原書所著錄者，觸黃
> 種之將亡，因而愈生其悲懷耳，方今囂訟者，已膠固不可喻譬，而
> 傾心彼族者，又誤信西人寬待其藩屬，躍躍然欲趨而附之，則吾書
> 之足以儆醒之者。〔註54〕

另一本譯著《霧中人·序》（The People of the Mist）也以紅人受劫於白人之命運，聯想我黃人今日之處境：

> 今之阨我、呃我、挾我、辱我者，非猶五百年前之劫西班牙耶？然
> 西班牙固不為強，尚幸而自立，我又如何者？美洲之失也，紅人無
> 慧，故受劫於白人；今黃人之慧，乃不後於白種，將甘為紅人之遜
> 美洲乎？……須知白人可以併吞斐洲，即可以併吞中亞，……而西
> 人以得寶之故，一無所懼，今吾支那，則金也、銀也、絲也、茶也、
> 礦也、路也，不涉一險，不冒一鏃，不犯一寒，而大利叢焉，雖西

〔註52〕林紓《畏廬三集》，〈答大學堂校長蔡鶴卿太史書〉，頁26下。

〔註53〕見朱羲胄《林琴南學行譜記四種》，卷三〈春覺齋著述記〉，〈美洲童子萬里尋親記序〉，頁4。

〔註54〕同註53，頁24。

人至愚，亦斷斷然舍斐洲之窘且危，而即中亞之富且安矣。吾恆語
學生曰：彼盜之以劫自鳴，吾不能效也，當求備盜之方，備肱篋之
盜，則以刀以槍，備滅種之盜，則以學。學盜之所學，不爲盜，而
但備盜，而盜力窮矣。……敬告諸讀吾書者之青年摯愛學生，當知
畏盧居士之繙此書，非羨黎恩那之得超瑛尼，正欲吾中國嚴防行劫
及滅種者之盜也。〔註55〕

這些充滿危機意識，如暮鼓晨鐘的醒世諍言，均發自琴南內心深處，充分表
現出他關懷社會、民族命運的熱情。

第四節　政治及文學立場

琴南晚年因政治立場以及維護桐城古文、反對白話文學，而備受詆毀，
今特立一節，以究琴南反對的理由及心態，期望能客觀的呈現事情的眞象，
而給予持平的論定。

一、政治立場

上一節提到琴南對社會、人民充滿關懷，不遺餘力的宣揚各種可以使民
族強盛的方法、言論，而終其目的，不外是想要使國家強盛，不願淪爲外鄰
侵蝕，他自己曾說：

畏盧者，狂人也，生平倔強，不屈人下，尤不甘屈諸虎視眈眈諸強
鄰之下。〔註56〕

足見其愛國之心。他希望國家能改革，但是他卻不願看到以強制激烈的「作
亂」方式，故而在清政府時，他批評義和團，辛亥革命的方式他也不贊同，
民國更元以來，對於軍閥的割據等種種亂象，他更是痛心。以下分述他對這
些亂象的態度。

（一）不滿義和團

光緒庚子（1900），由於中日甲午戰後，在民族危機深重的形勢下，爆發
了義和團事件。這是一群帶有某些迷信神道色彩，以持符咒作爲鼓舞士氣的

〔註55〕同註53，頁27。
〔註56〕朱羲胄《林琴南學行譜記四種》，卷一〈貞文先生年譜〉，〈愛國二童子傳·
　　　　達旨〉（台北：世界書局出版，1965年4月再版），頁34。下引此書版本並
　　　　同。

手段，希望能打擊帝國主義瓜分中國的企圖。當時慈禧太后爲主的人士，竟想利用義和團攻打各國使館，特姑息縱容之。琴南在〈紀西安縣知縣吳公德瀟全家被難事〉一文中，則明確地表明他對義和團的態度，他說：

> 嗚呼！自義和團訌於畿輔，天下洶洶，爭以黨殺西人爲能，一二當
> 路，復養成其毒，藉以袪除外患，不知吾華虛實，已爲所覘，軍無
> 後繼，合列強之力以掊一國，舉以亂民爲責，言以理則詘，以勢則
> 劌，禍機至明，而憒憒者，仍用以快一時之意。〔註57〕

琴南指責慈禧等人利用義和團「袪除外患」，而又「軍無後繼」，反而給列強入侵製造了口實。爲了諷刺朝廷這種迂腐的作法，他寫了《鐵笛亭瑣記・某公使》比喻之，借著某公使「挾其國力，凌蔑中國」激起的行動，使車夫死無所懼，表明中國人民不甘忍受帝國主義侵侮的反抗精神，然而琴南認爲「君子復仇，見其大者」，若以「野蠻」行爲，固然一時痛快，欲雪前恥則適得其反。〔註58〕

　　另外，琴南在《蜀鵑啼傳奇》中，就是以吳德瀟被殺事件爲題材，揭露宮廷鬥爭內幕，抨擊官僚們利用義和團情緒，抱著升官發財的目的，卻導致百姓遭受災難，在《蜀鵑啼傳奇・抗檄》第八齣云：

> （他）多大工夫敢滅洋，全胡鬧，恣跳踉，只有包頭赤布日焚香，
> 扇妖氣，觀者如牆（卑職早有所聞，長夜減人燒香撥水，聲音慘
> 厲，如鬼師之叫魂，而百姓唯唯）聽師兄主張，聽師兄主張，（瞧著
> 他畫）靈符，燬了洋房，（只可憐無故街坊，與洋樓左近者，付之焚
> 如，寄妻兒何方，寄妻兒何方，那箇憫窮黎冤狀，那箇說團民混
> 帳，好江山誤了端剛，好江山誤了端剛，（居然看）皇塗荐沮，顛倒
> 朝章，（這）賊心腸，僉邪教，肆意狂狷，（恨卑職手無權力把這）
> 鐵布衫，紅燈照，一一掛在頭顱市上。〔註59〕

就中把義和團爲亂，肆意狂狷，致使無辜百姓流離失所的狀況刻畫無遺，這正可說明琴南對義和團不滿的根本原因。

〔註57〕 林紓《畏廬文集・紀西安縣吳公德瀟全家被難事》（台北：文津出版社，1978年7月版），頁65下。

〔註58〕 《鐵笛亭瑣記》無法取得原書，此參照曾憲輝《林紓》中轉引（福州：福建教育出版社，1993年8月），頁139。

〔註59〕 轉引自沈乃慧〈林琴南及其翻譯小說研究〉（台大碩士論文，1985年），頁58。

（二）反對革命

琴南對清室效忠不渝，文集中不時流露著孤臣孽子的悲情，然而他對民國的觀感又是如何呢？《踐卓翁短篇小說》第一集〈自序〉曾說：

> 余年六十以外，萬事皆視若傳舍，幸自少至老，不曾為官，自謂無
> 益於民國，而亦未嘗有害。〔註60〕

事實上，他對政治體制並沒有強烈的好惡。他對民國時代的不滿，主要由於革命所帶來的流血戰爭和連年的動盪離亂所致。琴南生性悲天憫人，憂國傷民，雖然他一再提倡尚武，欲國勢強盛，不受外侮欺凌，然而他絕對不願意國內因革命而戰亂，國人自相殘殺的，因革命帶來的動盪不安，只有破壞，缺乏建設的悽楚景象，使他對革命反感。《英國大俠紅蘩蕗傳・序》中言：

> 法國之改革，懷憤者多以為是，而高識者恆以為非，此務在有國者
> 上下交警，事事適乎物情，協乎公理，則人心自平，天下自治。要
> 在有憲法為之限制，則君民均在軌範之中，……然而敘法人當日咆
> 哮，如狂如癲，人人皆張其牙吻以待噬人，情景逼真，此復成何國
> 度，以流血為善果，此史家所不經見之事，吾姑譯以示吾中國人，
> 俾知好為改革之談，於事良無益也。〔註61〕

又《殘蟬曳聲錄・序》中則言：

> 但書中言革命事，述國主之嶮暴，議員之恣睢，國民之怨望，而革
> 命之局遂構。嗚呼！豈人民之樂於革命耶？……雖然，革命易而共
> 和難，觀吾書所記議院之鬥暴刺擊，人人思逞其才，又人人思牟其
> 利，勿論事之當否，必堅持強辯，用遂其私，故羅蘭尼亞革命後之
> 國勢，轉岌岌而不可恃。夫惡專制而覆之，合萬人之力，萃於一人
> 易也，言共和，而政出多門，託平等之力，陰施其不平等之權。與
> 之爭，黨多者雖不平，勝也；黨寡者雖平，敗也；則較之專制之不
> 平，且更甚矣。此書論羅蘭尼亞事至精審，然於革命後之事局，多
> 憤詞。譯而出之，亦使吾國民讀之，用以為鑒，臻於和平，以強吾
> 國，則鄙人之費筆墨，為不虛矣。〔註62〕

以上可見，他的著眼點在於政府是否能帶給人民真正的幸福，而不是平等的

〔註60〕朱羲冑《林琴南學行譜記四種》，卷二〈貞文先生年譜〉，頁22。
〔註61〕朱羲冑《林琴南學行譜記四種》，卷三〈春覺齋著述記〉，頁23。
〔註62〕同註61，頁24。

假象，所以他認為只要能造福百姓，專制政府亦有可取之處。此外，琴南對革命後的紛亂親身經歷，也加深了他對革命的反感。《畏廬詩存》中多滄念世亂之作，有類杜甫的天寶詩史，〈自序〉言：

> 辛亥春，羅掞東集同人為詩社，社集，必選名勝之地，每集必請余作畫，眾繫以詩，於是復稍稍為之。是歲九月，革命軍起，皇帝讓政，聞聞見見，均弗適於余心。因觸事成詩，十年來，每況愈下，不知所窮，蓋非亡國不止，而余詩之悲涼激楚，乃甚於三十之時，然幸無希寵宰相責難儓父之作，唯所戀戀故君耳。〔註63〕

革命非但沒有帶給人民幸福，反而帶來更多的離亂悲劇，琴南看在眼裏，如何能不憂懷？

琴南雖然對於革命所帶來的離亂感到悲哀，然而他對於革命黨人卻能予合情合理的評斷，在譯著《離恨天》的〈譯餘賸語〉中云：

> 嗚呼！黃花岡上之英雄，多吾閩之聰明子弟也，雖未必為人所激而然，然耳聽滿乎前清之弊政，又恥為外人所凌轢，故奮不顧身，於是聞風興起。少年之言革命者，幾於南北皆然，一經事定，富貴利達之心，一萌，往日勇氣，等諸輕烟，逐風化矣。嗚呼！死者已矣，生者尤當知國恥為何物，舍國仇而論私仇，泯政見而爭黨見，隳公益而求私益，國亡無日矣！〔註64〕

由此言，可知他雖以前清遺老自居，然而他對革命者的心態、背景都能予以客觀的評論。而民國初年的種種亂象，或許更堅定他以遺老自誓的原因吧！

二、文學立場

光緒辛丑年（1901），桐城古文家吳汝綸入都，琴南與之論《史記》竟日，深得吳汝綸的賞識，及讀琴南文章，稱曰：「是抑遏掩蔽，能伏其光氣者！」又當日本伊藤氏問漢文高師誰何？吳汝綸答為「吾見惟林琴南孝廉紓！」〔註65〕於是聲名日益。錢基博云：

> 當清之季，士大夫言文章者，必以紓為師法。〔註66〕

〔註63〕同註61，卷二，頁5。
〔註64〕同註61，頁38。
〔註65〕據錢基博《現代中國文學史》（文學出版社，未著年代及地點），頁165。下引此書版本並同。
〔註66〕同註66，頁170。

文名之盛,可想而知。然而後來與崇魏晉的章太炎不合,竟而互相詆毀。原來在民國二年,琴南原任北京大學文科教習,講授古文辭,當時章太炎的學問文章推重一時,他的學生遂代替林琴南、馬其昶、姚永概等人入北大講學。琴南乃於三月去職,作有〈與姚叔節書〉一文,極力醜詆章太炎,他說:

> 敝在庸妄鉅子,剽襲漢人餘唾,以摭撦爲能,以飣餖爲富,補綴以古子之斷句,塗塈以說文之奇字,意境義法,概置弗講,侈言於眾,吾漢代之文也。儉人入城,購摺紳殘敝之冠服,襲之以耀其鄉里,人即以摺紳目之,吾弗敢信也。王李之相競以能古,震川先生歸然不之卹,而後來古文之紹其傳者,未聞以滄溟弇州爲正宗。矧弇州晚年之於震川又如何,震川之痛詆弇州,已不以能古屬之。矧今日庸妄之鉅子,其道又左於弇州萬萬也。〔註67〕

將章太炎比之於明代的李滄溟、王弇州,而自比於歸震川。而章太炎在其〈與人論文書〉中也毫不留情的筆伐琴南,他說:

> 並世所見:王闓運能盡雅,其次吳汝綸以下,有桐城馬其昶爲能盡俗。下流所仰,乃在嚴復、林紓之徒!復辭雖飭,氣體比於制舉,若將所謂曳行作姿者也!紓視復又彌下,辭無涓選,精采雜汙;而更浸潤唐人小說之風!夫欲物其體勢,視若蔽塵,笑若齲齒,行若曲肩,自以爲妍,而祇益其醜也!與蒲松齡相次,自飾其辭,而祇敬之曰:「此眞司馬遷、班固之言!」若然者,既不能雅,又不能俗,則復不得比於吳、蜀六士矣!〔註68〕

其實琴南論文雖主唐宋,然而也未嘗反對魏晉,只是後來與姚永概、馬其昶等桐城文家交歡,遂挺而爲之辯護,錢基博就曾說:

> 初紓論文持唐宋,故亦未嘗薄魏晉。及入大學,桐城馬其昶、姚永概繼之;其昶尤吳汝綸高第弟子,號爲能紹述桐城家言者;咸與紓懽好。而紓亦以得桐城學者之盼睞爲幸;遂爲桐城張目,而持韓、柳、歐、蘇之說益力!〔註69〕

這是林琴南遭受的第一次攻擊。

　　此外便是民國八年與白話文運動者著名的論戰了。錢基博說:

〔註67〕林紓《畏廬續集》,〈與姚叔節書〉(台北:文津出版社,1978年7月版),頁16上～16下。下引此書版本並同。

〔註68〕章太炎〈與人論文書〉,引自錢基博《現代中國文學史》,頁74。

〔註69〕同註66,頁171。

於是紓之學，一絀於章炳麟，再蹶於胡適。〔註70〕

接著闡述云：

紓初年能以古文辭譯歐美小說，轟動一時；信足為中國文學別闢蹊
徑！獨不曉時變，姝姝守一先生之言；力持唐、宋，以與崇魏晉之
章炳麟爭；繼又持古文以與倡今文學之胡適爭；叢舉世之詬尤，不
以為悔！〔註71〕

五四運動時，胡適等人提倡文學革命，主張廢去古文，改採口語的白話文
學。1917 年，新青年雜誌一月號，發表胡適之文學改良芻議，提出八項主
張：一曰須言之有物；二曰不摹仿古文；三曰須講求文法；四曰不作無病
之呻吟；五曰務去爛調套語；六曰不用典；七曰不講對仗；八曰不避俗字俗
語〔註72〕。同年新青年雜誌二月號發表陳獨秀之文學革命論，提出三大主
張：〔註73〕

曰：推倒雕琢的、阿諛的貴族文學，建設平易的、抒情的國民文學。

曰：推倒陳腐的、鋪張的古典文學，建設新鮮的、立誠的寫實文學。

曰：推倒迂晦的、艱澀的山林文學，建設明瞭的、通俗的社會文學。

此三大主張比胡適所提出的八項主張更深入、更徹底。新文學運動者所提出
廢去古文的主張，則引起為古文護法的琴南大力反對。古文不僅是他畢生精
力所在，更是舊有中國文化的象徵。他對中國文化的執著和深厚的關愛，更
是教人感動。原來他是具有強烈的使命感，不屈不撓的毅力和一份「知其不
可而為之」的性格。處在一個新舊文化的交替之時，面對著強大的反對力量
和指責，他仍汲汲固守古文及傳統的堡壘，他又何嘗不明白自己的力量有多
微渺。〈文科大辭典序〉一文中載有他對國故的看法：

綜言之，新學既昌，舊學日就淹沒，孰於故紙堆中覓取生活，然名
為中國人，斷無拋棄其國故，而仍稱國民者。僕承乏大學文科講席，
猶兢兢然日取左、國、莊、騷、史、漢八家之文，條分縷析，與同
學言之，明知其不適於用，然亦所以存國故耳。〔註74〕

琴南深刻地了解此刻面臨的文化危機，他的危機意識迫使他對整個新文學產

〔註70〕同註 66，頁 176。
〔註71〕同註 66，頁 177。
〔註72〕胡適《四十自述》，頁 131～132。
〔註73〕同註 73。
〔註74〕林紓《畏廬續集》，〈文科大辭典序〉，頁 10 下。

生反感，盡全力地反對它。他在〈與唐蔚芝侍郎書〉中提到廢棄古文的教育，尤其是廢棄論語的童蒙教育，將對傳統文化產生極大的傷害，甚至認爲「廢經」會導致國家的淪亡〔註75〕。關於琴南這種觀點，周作人有持平的論點，他說：

> 他們（嚴復和林紓）爲什麼又反動起來呢？那是他們有載道的觀念之故。嚴林都十分聰明，他們看出了文學運動的危險將不限於文學方面的改革，其結果勢將非使儒教思想根本動搖不可。所以怕極了便出而反對。林紓有很長的信，致蔡子民先生，登在當時的公言報上，在那封信上，他說明了這次文學運動將使中國人不能讀中國古書，將使中國的倫理道德一齊動搖等危險，而爲之擔憂。〔註76〕

的確，琴南所熱切維護的是傳統倫理道德，而白話文學所附帶的危機正是儒家思想的根本動搖，因此琴南不得不高聲疾呼維護古文、循綱紀、存倫理。同時也寫了〈論古文之不當廢〉、〈論古文白話之相消長〉、〈答大學堂校長蔡鶴卿太史書〉等文章來維護古文，以及《荊生》、《妖夢》兩篇小說抨擊新文學人士。他在民國十一年所譯的《興登堡成敗鑑》序中亦借題發揮，對古文的沒落，感慨不已：

> 邇來法人亦漸厭惡古文，通行語體，此亦所謂潮流乎？宜乎中國受其沾染，亦愈趨愈下，古文之菁英，將自此而熸矣。〔註77〕

甚至他在在民國十三年秋臨終前，還以手指作書與子說：「古文萬無滅亡之理，其勿怠爾修。」〔註78〕足見他維護古文之用心。

〔註75〕 林紓《畏廬三集》，〈與唐蔚芝侍郎書〉（北京：中國書店，1985 年），頁 28 下。

〔註76〕 見《周作人先生文集・中國新文學的源流》，第五講〈文學革命運動〉（台北：里仁書局，1982 年 7 月版，據民國二十二年人文書店版影印），頁 102。

〔註77〕 同註61，頁 22。

〔註78〕 朱義冑《林琴南學行譜記四種》，卷二〈貞文先生年譜〉，頁 65～66。

第三章　林琴南的古文理論

　　琴南是很以古文自詡的,曾經斷言:「六百年中,震川外無一人敢當我者!」〔註1〕他對於古文的精髓妙理,寢饋既深,每於古文的精氣、神味常有獨到的體會,因能發微情妙旨於筆墨蹊徑之外。再加以翻譯歐美小說,頗能觸發文心,故他的古文理論,能「獨標新解,不依附前人」〔註2〕。有關古文理論的專門著作,有《韓柳文研究法》、《畏廬論文》〔註3〕、《文微》等,皆是刻意經營之作。桐城派古文家馬其昶為《韓柳文研究法》作序說:

> 其於史漢及唐宋大家文,誦之數十年,說其義,玩其辭,醰醰乎其有味也。〔註4〕

又說:

> 世之小夫,有一得輒秘以自矜,而先生獨舉其生平辛苦以獲有者,
> 傾困竭廩,唯恐其言之不盡,後生得此,其知所津逮矣!〔註5〕

言中盛稱琴南古文根柢及能獨舉所獲。《畏廬論文》述論文旨歸,論析文章流別、意境、識度、氣勢、聲調、筋脈、風趣、情韻、神味諸要則,以及行文之忌、用筆、用字之法等,是一部自成體系的文論著作。《文微》則是琴南於

〔註1〕林紓〈與李宣龔書〉,轉引自錢鍾書《錢鍾書論學文選·林紓的翻譯》第六卷(花城出版社,1990年),頁132。

〔註2〕引周振甫《文論散記——詩心文心的知音·林紓的文章論》(北京:學苑出版社,1993年3月),頁341。

〔註3〕原名《春覺齋論文》著於民國五年,民國十年二月易名《畏廬論文》,見朱羲胄《林琴南學行譜記四種》,卷二〈春覺齋著述記〉(台北:世界書局,1965年4月),頁6。下引此書版本並同。

〔註4〕見《韓柳文研究法·序》(台北:廣文書局,1980年7月)。

〔註5〕同註4。

民國六年（1917）在文學講習會講授古文的講稿，由弟子朱羲冑整理成書。
書刊行後，黃侃極其稱道，謂：

> 彥和以後，非無談文學之書，而統紀不明，倫類不析，求如是書之
> 籠圈條貫者，蓋已稀矣！〔註6〕

足見琴南古文理論，早已受囑目且獲得好評。

今茲將其理論，析分爲基本思想論、作家修養論及文學創作論三節，以
述其旨要如下。

第一節　基本思想

桐城派從方、劉、姚起，就重視古文理論的探討，琴南晚年雖然和桐城
派古文家站在同一營壘，論文也講義法、意境，但他並不囿於桐城家數，在
文論的基本思想中，即可發現他與桐城文論間的差異。

一、推本六經，取徑秦漢唐宋

桐城派繼承唐宋諸家餘緒，以古文號召天下，篤守「文道合一」之說。
初祖方望溪爲古文，推本六經語孟，頗究心於春秋，用力於史記，尤深得太
史公之微旨，乃標舉古文義法，蓋所以謀「文統」與「道統」的密切結合，
即求「文」與「道」的合一，以標舉爲文之宗旨，並開示其準的，嘗曰：「學
行繼程朱之後，文章介韓歐之間。」〔註7〕想要以程朱義理，合韓歐之文而爲
一。方氏又在〈書貨殖傳後〉曰：

> 春秋之制義法，自太史公發之，而後之深於文者亦具焉。義即易之
> 所謂言有物也，法即易之所謂言有序也；義以爲經，而法緯之，然
> 後爲成體之文。〔註8〕

又〈書歸震川文集後〉曰：

> 孔子於艮五爻辭釋之曰：「言有序」，家人之象系之曰：「言有物」，
> 凡文之愈久而傳未有越此者也。〔註9〕

〔註6〕引自李家驥、李茂肅、薛祥生整理《林紓詩文選・附錄一》（北京：商務印書
　　　館，1993年10月），頁406。下引此書版本並同。
〔註7〕王兆符《望溪先生文集・序》（台北：中華書局聚珍倣宋版，未著年代）。
〔註8〕王兆符《望溪文集》，卷二〈書貨殖傳後〉（台北：中華書局聚珍倣宋版，
　　　未著年代），頁14上。下引此書版本並同。
〔註9〕王兆符《望溪文集》，卷五〈書歸震川文集後〉，頁6上～下。

方氏以為，「義」在求「有物」，「法」在求「有序」，蓋「有物」則「內容」充實，「有序」則「形式」完備，如此而以義法經緯，乃為成體之文。望溪之後，劉海峰、姚姬傳及姚門諸子，於「義法」說多所發明布濩，使「義法」之內含更為完備精密，而擴大桐城派之堂廡。

琴南治古文亦推本於六經，主張直接取徑於秦漢唐宋，馬班韓歐，他曾拜謝章鋌為師〔註10〕，從而研讀漢、宋兩代的儒學經典，經學得以大進。又曾於龍潭精舍與徐祖莆講誦程朱理學，嘗自云：

> 僕四十五以內，匪書不觀。已而八年讀漢書，八年讀史記。近年則專讀左氏傳及莊子（讀莊非醉其道，取其能變化也）。至於韓柳歐三氏之文，楮葉汗漬，近四十年矣。此外則詩禮二經及程朱二氏之書，篤嗜如飫粱肉，他書一無所嗜。〔註11〕

琴南自幼傳統的道德教育養成他忠貞的個性，加上此時期又認真地研讀經學，於是孔孟之道、程朱義理深植於心。因此他認為古文是莊重嚴肅的，〈元豐類稿選本序〉中說：

> 凡文字不由經籍溯源而出，未有不流於雜家者。〔註12〕

表明其為文「本經術」的立場，且以為應嚴格遵守，否則就流於雜家，致使文中之思想不純正，《文微》中也說：

> 自六經來，乃為真文。〔註13〕

其後更確切的指出從《史記》、《漢書》、《禮記》、《詩經》中求根柢，其言：

> 能自《史記》、《漢書》、《左傳》、《禮記》、《詩經》中求根柢，再以八家法度學周、秦及其他經文，乃有把握。〔註14〕

這樣的主張，與方望溪在《古文約選序》中把《六經》、《論語》、《孟子》視為古文之源的「本經術而依於事物之理」的觀點不謀而合。

又《方望溪集選序》中稱頌方望溪之為文說：

> 望溪祖述六經，寢饋程朱，發而為文。沉深處不病其晦，主斷處一

〔註10〕謝章鋌，字枚如，福建長樂人，光緒丁丑進士，官至內閣中書，著有《賭棋山庄詩集》。引自張俊才《林紓評傳》（天津：南開大學出版社，1992 年 3 月），頁46。下引此書版本並同。

〔註11〕林紓《畏廬三集》，〈答徐敏書〉（北京：中國書店，1985 年），頁30 下。下引此書版本並同。

〔註12〕朱羲冑《林琴南學行譜記四種》，卷二〈春覺齋著述記〉，頁14。

〔註13〕《文微・通則第一》，見李家驥、李茂肅、薛祥生《林紓詩文選》，頁387。

〔註14〕同註13，〈籀誦第三〉，頁390。

本之醇。道論能發明容城之所長，亦不護姚江之所短。堂堂正正，

讀之如飲佳茗，如飫美饍，震川後一人而已。〔註15〕

由此則明白琴南對方望溪的讚嘆，乃是出於方氏能「祖述六經，寢饋程朱」，若偏離於此，即為琴南所忌，《畏廬論文》中的〈論文十六忌〉談忌直率、忌庸絮、忌虛枵、忌險怪、忌膚博、忌偏執、忌狂謬、忌繁碎、忌糅雜等此九忌，基本上本此而發。為了求思想的純正，在琴南的古文理論中特以「嚴淨」二字來概括。〈忌糅雜〉中寫道：

蓋文體之嚴淨，不特佛氏之書不宜入，即最古如《老子》、《莊子》

亦間能偶一及之，用為大道之證。若專恃老莊之理，又豈足以成

文？〔註16〕

主張嚴淨之文體，除了六經文字、程朱思想外，老莊文字思想只能為大道之證；不能專恃其理，至於佛氏之書則萬不可入，可見內容思想上嚴格遵循「經術」，所以他提出「先義理後言詞」之說：

綜言之，古文者先義理而後言詞，義理醇正，則立言必有可傳。

〔註17〕

於〈忌輕僄〉中云：

義理明於于心，用文詞以潤澤之，令讀者有一種嚴重森肅之氣，深

按之又彌有意味，抑之不盡，而繹之無窮，斯名傳作。〔註18〕

由此可知琴南對於古文內容的要求，是要內心本之於仁義，加上生活的歷鍊，以文詞來潤澤，使之有嚴肅莊重的氣息。如此自然使讀者深思細繹其無窮的韻味，而成為傳世之名作。又說：

古文惟其理之獲與道無悖者，則味之彌臻於無窮。〔註19〕

由此可知琴南論文本於經籍之書，內容主義理之說，思想求嚴淨的基本主張。這與桐城派「文道合一」的為文宗旨相合，難怪大部份人將琴南劃入為桐城派。事實上，他與桐城派的主張不盡相同，容後述之。

〔註15〕同註12，頁16。

〔註16〕林紓《畏廬論文》，〈論文十六忌‧忌糅雜〉（台北：文津出版社，1978 年 7 月出版），頁 47 下。下引此書版本並同。

〔註17〕同註12，林紓〈元明文序〉，頁7。

〔註18〕林紓《畏廬論文》，〈論文十六忌‧忌輕僄〉，頁 39 上。

〔註19〕林紓《畏廬文集》，〈國朝文序〉（台北：文津出版社，1978 年 7 月出版），頁 3 下。

二、反對派別門戶之見

在第二章第四節提過，琴南曾兩次爲桐城古文辯護，一與章太炎爲主的文選派，一是與胡適爲主的白話文學。

當桐城古文受到猛烈的批判，林琴南雖爲其辯護，然卻不承認文中有派，其理由是：

> 桐城之派，非惜抱先生所自立。後人尊惜抱爲正宗，未敢他逸而外軼。轉轉相承，而姚派以立。僕生平未嘗言派，而服膺惜抱者，正以取徑端而立言正。〔註20〕

認爲桐城之爲派，乃後人轉轉相承以姚惜抱爲宗而來。琴南則是因惜抱「取徑端而立言正」而服膺之，並非有意以派別相從的。於〈方望溪集選序〉亦同樣強調：

> 世所謂桐城派者，多私淑桐城之人，非桐城自立一派。使人歸仰而倣效之。〔註21〕

此重申桐城派是因人們歸仰倣效而稱之，並非桐城自立一派。《畏廬論文·述旨》亦有同樣的聲明：

> 夫桐城豈眞有派？惜抱先生亦力追古學，得經史之腴，鎔裁以韓、歐之軌範，發言既清，析理復粹，自然成爲惜抱之文，非有意立派也。〔註22〕

又再次言明惜抱非有意立派，而是其對韓、歐文章之軌範，而使後人相從，竟而以「桐城派」稱之。琴南在〈答甘大文書〉中亦有相同的論調，曰：

> 古文固無所謂派，襲其師説，因以求炫於世，門户始立。古文之道，轉從而衰。亡友吳摯甫，爲桐城適傳。僕數造其廬，則案上陳韓文一卷，韓者，惜抱文字之所從出也。摯甫，桐城人，又桐城之適傳，胡以舍惜抱而趣韓？則知桐城固無所謂派。其以派名之，實不知文；即其自命爲桐城者，而亦不謂之擅於文也。〔註23〕

案：適，應爲嫡之誤植。此在在皆聲明桐城無派，且更進一步指出：若以派名之，實是不知文且不擅文者。由此可知其認爲桐城無派已顯。

〔註20〕林紓《畏廬續集》，〈與姚叔節書〉（台北：文津出版社，1978 年 7 月出版），頁 17 上。下引此書版本並同。
〔註21〕同註12，頁 16。
〔註22〕林紓《畏廬論文》，〈述旨〉，頁 4 上。
〔註23〕林紓《畏廬三集》，〈答甘大文書〉，頁 31 上。

　　琴南不獨屢言桐城無派,且不自認是桐城派作家。〈方望溪集選序〉曾
謂:

　　甚至亦有稱余之文學桐城者,某公斥余不應冒入此途。余至是既不

　　能笑,亦不復歎。但心駭其說之奚所自來也。〔註24〕

民國十年,林琴南曾晤康有爲於上海寓所,康有爲問林琴南:「奈何學桐
城?」琴南曰:

　　平生讀書寥寥,左、莊、班、馬、韓、柳、歐、曾外,不敢問津,

　　於歸震川,則數周其集。方、姚二氏,略爲寓目而已。〔註25〕

其不肯承認學桐城文已顯。但事後其大發議論:

　　嗚呼!後生小子,於古文一道,望之不知津涘,乃詆毀桐城,不直

　　一錢。余既歎且笑。〔註26〕

可知其對桐城文章抱欣賞及保護之態度。事實上,琴南爲文是:其詔學者,
恒令取逕於左氏傳及馬之史、班之書、韓之文,以爲:「此四者,天下文章之
祖庭也!自周秦以迄於元明。其間以文名,而卒湮沒勿章者何限!胡以左、
馬、班、韓,巍然獨有千古?正以精神詣力,一一造於峰極,歷萬劫不復漫
滅耳!」〔註27〕

　　因此,在〈贈姚君慤序〉中琴南亦勉姚君以韓、柳、歐、曾爲師法。在
〈與姚叔節書〉曾明確指出:

　　唐之作者林立,而韓柳傳;宋之作者亦林立,而歐曾傳。正以此四

　　家者,意境義法,皆足資以導後生而進於古,而所言又必衷之道,

　　此其所以傳也。〔註28〕

認爲韓、柳、歐、曾四家之文,之所以能於唐宋作家林立當中脫穎而出,且
流傳不墜,乃是因其文有意境、有義法足堪爲後世矩範之故。其後,琴南應
北京孔教會之請,講古文源流,亦同樣指出:

　　全唐文一部,浩如淵海。何以後人不宗燕許而宗韓柳?南北宋文

　　家,亦人人各有所長,何以後人但稱歐曾王蘇六家?詎上下數千

〔註24〕同註12,頁16。

〔註25〕朱羲冑《林琴南學行譜記四種》,卷二〈貞文先生年譜〉,頁45～46。

〔註26〕同註12,頁16。

〔註27〕錢基博《現代中國文學史》(文學出版社,未著年代及地點),頁165。下引此
　　　　書版本並同。

〔註28〕林紓《畏廬續集》,〈與姚叔節書〉,頁16下。

　　年，僅有此八家能文耶？正以此八家者，有義法，有意境。入手者
　　不至於迷惑失次耳！惟其有義法，則文字始謹嚴，不至有儇佻儉俗
　　諸弊；惟其有意境，則文字始飫衍，不至有險惡怪誕諸弊。〔註29〕

明確指出韓、柳、歐、曾、王、三蘇八家之文，因其有義法，所以文字謹
嚴，不致有輕儇、陋俗之弊；因其有意境，所以文字飫衍，不流於險惡怪
誕。

　　可知琴南論文不主派別門戶之見，而取法韓、柳、歐、曾、王、三蘇之
文，是因其有義法、文字謹嚴，而非故從附和於派系之分也。就如《畏廬論
文》中云：

　　學者能溯源於古，多讀書，多閱歷，範以聖賢之言，成爲堅確之論，
　　韓、歐之法程自在，何必桐城？〔註30〕

其所持觀點已相當的明朗，不必再申述了。

三、對桐城派的修正

　　琴南晚年與吳汝綸、馬其昶、姚永概等桐城派中人交厚，對其文也表示
欣賞。然琴南並非看不出桐城古文的毛病，如《文微》中說：

　　桐城諸文學歐陽而僅得其淡，故氣息柔弱。〔註31〕

然這話也只是私下授課時與弟子們說說〔註32〕，一旦形諸文字，則又曰：

　　須知桐城之文不弱也。以柔筋脆骨者效之，則弱矣。〔註33〕

言下之意是在學者根基太淺所致。

　　又琴南論文，在內容上雖然承襲方望溪的義理之說，而對於姚姬傳以
「考據」輔助「義理」及曾文正所倡「經濟」之說，並不表贊同，張俊才《林
紓評傳》究其原因，以爲：

　　桐城派古文及其理論的發展，不能不受到清王朝統治的盛衰命運的
　　制約。姚鼐生活在清代的「乾嘉盛世」，雖然封建王朝的內部已危機
　　四伏，但表面上依然學術昌明，因此姚鼐期望用「考據」輔助「義

〔註29〕朱羲冑《林琴南學行譜記四種》，卷二〈貞文先生年譜〉，頁10。
〔註30〕林紓《畏廬論文》，〈述旨〉，頁4上。
〔註31〕《文微・唐宋元明清文平第八》，見李家驥、李茂肅、薛祥生《林紓詩文選・附錄一》，頁402。
〔註32〕《文微》係林琴南授課時口授，由弟子朱羲冑所記。見朱羲冑《林琴南學行譜記四種》，卷二〈春覺齋著述記〉，頁6。
〔註33〕林紓《畏廬論文》，〈述旨〉，頁4上。

理」。曾國藩時代，清王朝已由盛轉衰，但困獸猶鬥，統治者還在做
「中興」之想。曾國藩以鎮壓太平天國運動而成為所謂「同治中興」
的功臣，因此他躊躇滿志，高倡經世濟用的「經濟」之說，企圖使
古文成為其「中興」事業的一翼。而到了林紓所處的近代，清王朝
已病入膏肓，民生凋敝，學術衰微，國難日極，人心思變。在這種
情況下，談「考據」、說「經濟」均不切世情，因此林紓只能退而侈
談「義理」了。〔註34〕

此是就外在客觀環境而言，另外若就內在的條件而言，則又受限於個人的局
限了，《林紓評傳》云：

文人論文也總同時受他本人的條件和特點的制約。曾國藩是封建統
治階級的封疆大吏，因此他比較輕視空洞的「義理」，而相對重視實
用的「經濟」。而林紓不過是一芥文人，「無拳無勇」，自然無力倡言
「經濟」。〔註35〕

這一點，琴南自己也不是不知道，他在〈震川集選序〉中即說道：

曾文正譏震川無大題目，余讀之捧腹。文正官宰相，震川官知縣轉
太僕寺丞。文正收復金陵，震川老死牖下。責村居之人不審朝廷大
政，可乎？〔註36〕

如是，也可用以解釋琴南不言「經濟」之說，因為就如歸震川「無大題目」
一般，琴南自身也有相同的原因。

至於有清一代，考據之風盛行，旁徵博引，累萬言不能止，其盛況曾文
正在〈歐陽生文集序〉中指出：

當乾隆中葉，海內魁儒畸士，崇尚鴻博，繁稱旁證，考核一字，累
數千言不能休，別立幟志，名曰漢學，深擯有宋諸子義理之說，以
為不足復存，其為文尤蕪雜寡要。姚先生獨排眾議，以為義理、考
據、詞章，三者不可偏廢。必義理為質，而後文有所附，考據有所
歸。〔註37〕

當時考據風氣之盛，不容有辯，但琴南對古文內容的論述，雖與桐城相同，

〔註34〕見張俊才《林紓評論》，頁229。
〔註35〕同註34。
〔註36〕同註12，頁12。
〔註37〕曾國藩《曾文正公全集・歐陽生文集序》（台北：世界書局，1962年10月），
　　　　頁15～16。

卻也不輕易附和。其在〈與姚叔節書〉中云：

> 庸妄鉅子，剽襲漢人餘唾，以撏撦奢爲能，以飣餖爲富。補綴以古
> 子之斷句，塗堊以說文之奇字；意境義法，概置弗講；侈言於眾：
> 吾漢代之文也！儕人入城，購搢紳殘敝之冠服，襲之以耀其鄉里，
> 人即以搢紳目之，吾弗敢信之。〔註38〕

認爲不重義法，不講意境，只是補綴古人的斷句，塗堊說文之奇字，即引考
據入古文，是不能進入古文創作的殿堂。就如儕人入城，購得搢紳殘敝冠服，
以此耀於鄉里，欲以此而被視爲搢紳，是同樣可笑的。可見其力斥考據之學
之態度，《畏廬論文・述旨》亦云：

> 唯其散文，則無篇不加考據，縱極精博，亦第便人尋索，如求饌於
> 廚門，充腹而已，謂能使人久久留其餘味於胸中耶？〔註39〕

指出考據會嚴重破壞文中之意味，從而失去其餘韻。前面已談過考據之學本
隨著清朝的盛衰而發展，到了琴南更確切指出其弊端，從而加以排斥。可知
他對桐城古文有贊同、有反對，並非一味的附和。無怪乎錢基博認爲「以桐
城家目紓，斯亦皮相之談矣！」〔註40〕可謂見地精確。

第二節　作家修養論

　　爲文不論是從外在汲取知識，或是本之內在的情性，作者本身都要有其
一定的修養，方能鑄成不朽的篇章。琴南對此也相當的重視，可分爲五點
討論。

一、崇識度

　　「識度」一詞，曾文正已標舉出來〔註41〕；琴南承其說，引入自己的古
文理論當中。劉熙載亦曾說：

> 文以識爲主。認題立意，非識之高卓精審，無以中要。才學識三長，

<hr>

〔註38〕 林紓《畏廬續集》，〈與姚叔節書〉，頁 16 上～下。
〔註39〕 林紓《畏廬論文》，〈述旨〉，頁 3 下。
〔註40〕 錢基博《現代中國文學史》，頁 174。
〔註41〕 曾國藩選《古文四象》一書以授弟子。其同治四年六月十九日《家訓》云：「氣
　　　　勢、識度、情韻、趣味四者，偶思邵子四象之說，可以分配。」其後於同治
　　　　五年十一月初二《家書》中又說：「識度即太陰之屬，氣勢即太陽之屬，情韻
　　　　少陰之屬，趣味少陽之屬。」引自莊雅洲〈曾國藩文學理論述評〉，載《國文
　　　　研究所集刊》第十七期，1972 年，頁 628。

　　識爲尤重，豈獨作史然耶。〔註42〕

指出識見在創作中的作用。在此以前，則慣以「器識」來品評；器識，原指
人的風度、器量。而劉義慶《世說新語》則專有「賞譽」、「識鑒」卷，記載
著漢末魏晉間人物的器度和識見。後來被引入詩文創作評論領域。劉彥和
《文心雕龍》認爲：

　　言不盡意，聖人所難；識在瓶管，何能矩矱。〔註43〕

這是談評論文章之難，如識見淺陋，當不能把握住標準。又說：

　　以無識之物，鬱然有彩，有心之器，其無文歟！〔註44〕

指文章寫作，只要有識見，就會有文章。琴南善於吸取前人經驗，因而提出
了「識度」一詞。他爲「識度」下的定義是：

　　識者，審擇至精之謂；度者，範圍不越之謂。〔註45〕

曾文正以識度二字形容太陰之美，琴南首肯其說，以爲有識方能審愼選擇，
使「見遠而晰其大」，故能於「中正處立之論說」〔註46〕。有度，適能使其範
圍不越也。因此無識則不能取捨，琴南引葉水心之言：

　　爲文不關事故，雖工奚益？〔註47〕

就中透露著作者要有識鑒，方能於日常生活的材料取捨，具體表現出個人精
闢的見解，反映出世局。他主張要：

　　有遠識，有閎度，雖閒閒出之，而世局已一瞭無餘。〔註48〕

因作者有識，將世局於文中表現，同時讀者亦可從中判知作者之遠識，見到
作者不同於俗的胸襟。他又指出不僅可「以文推事之識」，而又可於平時學文
入手之時，「濟之以識」，他引魏叔子之語曰：

　　學古人，必知古人之病，而力淵滌之。不然，吾自有其病，而又益
　　以古人之病，則天下之病皆萃于吾之一身。〔註49〕

〔註42〕劉熙載《藝概》，〈文概〉（台北：廣文書局，1980 年 7 月），頁 21 上。
〔註43〕范文瀾《文心雕龍注》，卷十〈序志〉（台北：台灣開明書局，1985 年 10 月），
　　　　頁 22 上。下引此書版本並同。
〔註44〕范文瀾《文心雕龍注》，卷一〈原道〉，頁 1 上。
〔註45〕林紓《畏廬論文》，〈應知八則‧識度〉（台北：文津出版社，1978 年 7 月出
　　　　版），頁 22 下〜23 上。下引此書版本並同。
〔註46〕同註 45，頁 23 上。
〔註47〕同註 46。
〔註48〕同註 46。
〔註49〕同註 46。

「貴古賤今」文人常有之病，何況於文常摹仿之，若無識以定其去取，雖爲古人之病處，也盡力摹仿、追求，則就萃天下之病於一身了。因此琴南釋之曰：

> 試問非沈酣于古，博涉諸家，定其去取，明明是古人病處，卻盡力摹仿，盡力追求，即有明眼者告之以病，亦不信矣。故學前後七子者，幾于七子外無文字；學竟陵、公安者，幾于竟陵、公安外無文字。物蔽于近，性遷于習，豈惟文字爲然？〔註50〕

有識度可使文中透露出作者的遠識，表現出世局；有識度方能於入手學文時，判知古人之病，使己不染古人之蔽習，此琴南明確指出了識之重要性。他又指出「識度」二字，不特專爲論事而言的，就是爲文敘事，也自有識，他說：

> 凡人於人不留意處，大有過人之處，而爲之傳者，恆忽略不道，或亦閒閒敘過，此便失文中一大關鍵。試觀《史記》中列傳，一入手便將全盤打算：有宜重言者，有宜簡言者，有宜繁言者，經所位置，靡不井井。此惟知得傳中人之利病，但前後提挈，出之以輕重，而其人生平，盡爲所攝，無復遁隱之迹。此非有定識高識，烏能燭照而不遺？〔註51〕

不僅論事要「識度」，敘事也要有「識度」。敘事之中能見人所不能見，方能道人所不能道，他舉《史記》中的列傳爲之說明，認爲太史公能使列傳中的人物活露活現，乃是有其高識以取捨其該重言、簡言、或繁言者，且經所布置，井然有理，是以能盡攝所敘人物之生平，琴南以爲其功乃在太史公之「識度」。既知「識度」之重要性，不僅論事、敘事皆需作者有識度，然而要如何才能有識度呢？琴南指出其門徑：

> 欲察其識度，舍讀書明理外，無入手功夫。〔註52〕

讀書明理方能通於世故，且不拘執；也才能於人不留意處留心，能見古人之利病，道人不能道之理，是以知琴南認爲識度卓見之重要。

二、貴專精

宇宙古今之奇，紛總百態，縱有周孔之學、莊列之才，亦難以窮究萬事

〔註50〕同註46。
〔註51〕同註46，頁23下。
〔註52〕同註51。

萬物之理。莊子云：

> 吾生也有涯，而知也無涯。以有涯隨無涯，殆已。〔註53〕

可知學問之道，廣博無垠，若非專力，鍥而不舍，是難望有所成的。琴南深
明此理，在他由博返約的讀書歷程之後，主張由韓文入手，他說：

> 僕治韓文四十年，其始得一名篇，書而黏諸案。羃之。日必啓讀，
> 讀後復羃。積數月，始易一篇。四十年中，韓之全集，凡十數週矣。
> 由韓之道而推及左、莊、史、漢，靡有不得其奧。〔註54〕

由對韓文的專精，而上推《左傳》、《莊子》、《史記》、《漢書》，沒有不能夠得
其奧秘者，因此他認爲學問貴專，如《文微》中講到自己讀《離騷》的經驗，
其文：

> 吾年三十許讀《離騷》，只知領氣取響，及今乃明其千迴百轉之情，
> 顛撲不破之理，脈絡清晰而萬萬弗平，所以覺其大難爲矣！〔註55〕

以自己讀書經驗，認爲學問之道在專、在深，方能眞正體會文中之情、理及
脈絡等，所以他明確的指出：

> 讀文須細細咀嚼，方能識辨其中甘辛。〔註56〕

不惟讀書主張須細細咀嚼的專注，琴南也主張爲文須「精言」，他說：

> 綜之，古文之爲體，意內言外，且多言不如少言，少言不如精言。
>
> 〔註57〕

而如何才能使語言精呢？他認爲：

> 是積萬事萬理，擷其精華，每成一篇，皆萬古不可磨滅之作。
>
> 〔註58〕

是琴南主張臨文之前，作者應飽讀詩書，增廣閱歷，胸中已備有萬事萬理，
故能擷取精華，發而爲文，有簡潔精要的詞語，不可磨滅的篇章出現。若用
功不得把握，徒然的鎔經鑄史，則正犯了熟爛之病，其言：

> 夫行文而至於熟爛，本無可言。推其病源，終屬理路不清，用功不

〔註53〕 見《新譯莊子讀本》，〈養生主〉（台北：三民書局，1992年9月），頁77。
〔註54〕 林紓《畏廬三集》，〈答甘大文書〉（北京：中國書店，1985年），頁31上。下
　　　　引此書版本並同。
〔註55〕 林紓《文微》，〈周秦文平第六〉（北京：商務印書館，1993年10月），頁394
　　　　上。下引此書版本並同。
〔註56〕 同註55，〈籀誦第三〉，頁391。
〔註57〕 林紓《畏廬論文》，〈論文十六忌·忌塗飾〉，頁45下。
〔註58〕 林紓《畏廬論文》，〈應知八則·神味〉，頁31上。

得根據，又寡閱歷，凡其所得，皆屬古人糟粕；雖鎔經鑄史，出許多

偉麗之詞，然神朽骨濁，終不饜明人之眼，此正所謂熟爛也。〔註59〕

足見琴南論文學貴專、語貴精的主張。

三、本性情

性存乎內，而情發乎外，二者有內外之殊，而無本末之分。琴南曰：

文章爲性情之華，無論詩、古文辭，皆須有性情。〔註60〕

承認文章乃情性的表現，又說：

無情，乃無文。〔註61〕

然人之資稟，良莠不齊，而天資之良，亦偏而不全。所以琴南重視作者性情的端厚，他說：

性情端，斯出辭氣重厚，自無握濁鄙賤之態。〔註62〕

性情端正，辭氣自然重厚無濁鄙之態，此是認爲性情爲裏，辭華爲表，他說：

性情爲裏，辭華爲表。韓文杜詩，所以獨絕千古者，蓋由其性情端

厚也。〔註63〕

強調只有性情端厚，方能有獨唱千古的創作出現，所以他認爲作文之道在於：

作文之道不過四字：實迹、眞情而已。無實迹者而有眞情，涉空氤

氳之氣，如香煙繚繞，則亦足以動人。〔註64〕

認爲作文之道在於有實迹、有眞情，然而眞情又超乎實迹，因爲有眞情方足以動人。他舉《離騷》爲例，云：

講聲調者，斷不能取古人之聲調揣摩而摹仿之；在乎情性厚，道理

足，書味深，凡近忠孝文字，偶爾縱筆，自有一種高騫之聲調。試

觀《離騷》中，句句重複，而愈重複愈見其悲涼，正其性情之厚，

所以至此。〔註65〕

〔註59〕林紓《畏廬論文》，〈論文十六忌・忌熟爛〉，頁50上。

〔註60〕同註55，〈通則第一〉，頁387。

〔註61〕同註60。

〔註62〕同註60。

〔註63〕同註55，〈雜平第九〉，頁404。

〔註64〕同註55，〈造作第四〉，頁392。

〔註65〕林紓《畏廬論文》，〈應知八則・聲調〉，頁26上。

此因作者性情之厚，故能愈重複愈見其悲涼，竟無雜沓紛亂重複之象。所以琴南認爲作者的性情深深的影響著文章的語辭，其文：

> 然必有性情，然後始有風度，脫性情暴烈嚴激，出語多含肅殺之氣，欲求其情韻之綿遠，難矣。〔註66〕

由正反兩面，強調作者性情影響著作品的辭氣，若是情有所偏，可能會成爲趨險走怪的一派，〈忌險怪〉中云：

> 其趨險走怪，皆情有所偏，學有所不至之病，非謂天下固有此派，存之以備文章之一格者。〔註67〕

因此，琴南認爲只有本於眞性情，才能使文章韻致動人，〈情韻〉中云：

> 總言之，欲使韻致動人，非本之眞情，萬無能動之理。〔註68〕

可知琴南重視作者性情的端厚，否則辭氣多含肅殺之氣；更強調作者應本於眞性情爲文，因爲「有是情始有是文」，惟有如此，自成其不可磨滅的作品。

四、斂氣勢

孟子，首倡「養氣說」，〈公孫丑上〉記載：

> 「敢問夫子惡乎長？」曰：「我知言，我善養吾浩然之氣。」「敢問何謂浩然之氣？」曰：「難言也！其爲氣也，至大至剛，以直養而無害，則塞於天地之間。其爲氣也，配義以道；無是，餒也。是集義所生者，非義襲而取之也。行有不慊於心，則餒矣。」〔註69〕

孟子所說的「浩然之氣」，指的是一種崇高的精神、美好的人格，屬於道德修養的範疇。因孟子有浩然之氣，發爲仁義之言，雖無心於文，而文辭斐然，開闔抑揚，翻騰起伏，縱橫馳驟，氣勢磅礡。到了曹丕則明確指出「氣」和「文」的關係，《典論·論文》中說：

> 文以氣爲主，氣之清濁有體，不可力強而致。譬諸音樂，曲度雖均，節奏同檢，至於引氣不齊，巧拙有素，雖在父兄，不能以移子弟。〔註70〕

〔註66〕林紓《畏廬論文》，〈應知八則·情韻〉，頁29上。

〔註67〕林紓《畏廬論文》，〈論文十六忌·忌險怪〉，頁37上。

〔註68〕林紓《畏廬論文》，〈應知八則·情韻〉，頁30下。

〔註69〕《林三經注疏》，第八冊〈孟子·公孫丑上〉（台北：藝文印書館，1993年9月），頁54下～55上。

〔註70〕曹丕《典論·論文》，見《中國歷代文論選》上冊（台北：華正書局，1980年4月），頁124。

曹丕講的「文以氣爲主」的氣，主要植根於強調生命價值，重視個人才華，「梗概而多氣」的建安時代的現實土壤，是一個具有發軔意義的古典美學概念。從此，「文氣」說遂成爲我國文藝美學，尤其是散文美學中的重要理論。

之後韓昌黎提出了「氣盛言宜」的觀點，〈答李翊書〉中說：

> 氣，水也；言，浮物也。水大而物之浮者大小畢浮，氣之與言猶是也，氣盛，則言之短長與聲之高下者皆宜。〔註71〕

講出了氣與語言文辭的關係。昌黎所說的「氣」與曹丕「文以氣爲主」，氣之清濁有體，不可力強而致的「氣」一樣，它們既有繼承關係，又有所不同。首先兩者都指創作者的氣，即創作者的性情、精神。但曹丕所說的氣偏重於性，更強調創作者先天的稟賦、氣質，與昌黎的氣不完全一樣。昌黎提倡「不平則鳴」、「情炎於中」，強調接觸社會，有感而發，〈答李翊書〉中云：

> 將蘄至於古之立言者，則無望其速成，無誘於勢利，養其根而俟其實，加其膏而希其光。根之茂者其實遂，膏之沃者其光曄；仁義之人，其言藹如也。〔註72〕

又云：

> 雖然，不可以不養也。行之乎仁義之途，游之乎詩、書之源，無迷其途，無絕其源，終吾身而已矣。〔註73〕

此「閎其中而肆其外」的意思，是「養氣」的方法。他認爲創作者要有旺盛的氣，能夠寫出富有眞情實感的優秀作品，就要加強道德修養和知識累積，以充實自身。

曹丕、韓愈等人文氣說的「氣」是指創作者的內在氣質、個性以及體現在作品中的氣勢。到了桐城劉大櫆所說的氣，也包括創作者之氣，即氣質和文之氣，即氣勢兩個方面，而更側重於作爲散文重要審美特徵之一的氣勢。他把這種「氣」置於極緊要的地位，認爲「氣最重要」。並強調「氣」要盛，指出「文章最要氣盛」，「今粗示學者：古人行文至不可阻處，便是他氣盛。非獨一篇爲然，即一句有之；古人下一語，如山崩，如峽流，覺闌當不

〔註71〕《景印文淵閣四庫全書》，〈東雅堂昌黎集註〉（台北：商務印書館，1986 年 7 月），頁 1075～259。

〔註72〕同註71，頁 1075～285 下。

〔註73〕同註71。

住，其妙只是個直的」〔註74〕，提倡爲文氣勢充沛旺盛。他還強調「論氣不論勢，文法總不備」〔註75〕，把「氣」和「勢」明確地聯繫起來加以闡述，推崇一種連貫、狀大的行文氣勢。琴南承前之散文家或文論家之說提出了「斂氣蓄勢」說，其言：

> 文之雄健，全在氣勢。氣不王，則讀者固索然；勢不蓄，則讀之亦易盡。故深於文者，必斂氣而蓄勢。〔註76〕

又說：

> 然二者，皆須講究於未臨文之先，若下筆呻吟，於欲盡處力爲控勒，於宜伸處故作停留，不惟流爲矯僞，而且易致拗晦。蘇明允〈上歐陽內翰書〉稱昌黎之文「如長江大河，渾浩流轉，魚鱉蛟龍，萬怪惶惑，而抑遏蔽掩，不使自露」。此眞知所謂氣勢，亦眞知昌黎之文能斂氣而蓄勢者矣。〔註77〕

氣不王，則讀書易感乏味；勢不蓄，使讀之易盡，沒有情韻、神味之綿邈，故提出「斂氣蓄勢」之說。但是斂氣蓄時，並非在下筆臨文之時一味的呻吟、停留，如此不僅流爲矯僞，且容易有拗晦之病。蘇明允讚美韓文，如長江大河，渾浩流轉；抑遏蔽掩，不使自露，是眞知斂氣而蓄勢者。那麼如何才能使文章具有氣勢呢？琴南認爲：

> 凡理足而神王，法精而明徹，一篇到手，已全盤打算，空際具有結構矣，則宜吐宜茹，宜伸宜縮，於心了了，下筆自有主張。等一言也，煩言之不見爲多，省言之不見爲簡。〔註78〕

凡具有氣勢的文章，一定是「理足而神王」的，而在法度上也一定是「法精而明徹」因此每構一篇之前，已作全盤的打算了，因此下筆時則往往自有主張。而用詞也能恰好。但求文章之氣勢，也並不是一味的求其奔放，他舉駑馬和騏驥之例說：

> 駑馬和騏驥共馳於康莊，其始亦微具奮迅之概，漸而衰，久則竭矣。雖然即名之爲騏驥者，亦不能專恃其逸足以奔放。須知但主奔放，

〔註74〕 劉大櫆《論文偶記》，見范先淵校點《論文偶記・初月樓古文緒論・春覺齋論文》合訂本（香港：商務印書館，1963年5月），頁4。

〔註75〕 同註74。

〔註76〕 林紓《畏廬論文》，〈氣勢〉，頁24上。

〔註77〕 同註76。

〔註78〕 同註76。

　　亦不能指爲氣勢。北齊顏之推曰：「凡爲文章，猶人乘騏驥，雖有逸
　　氣，當以御勒制之，勿使流亂軌躅，放意塡坑岸也。」解得顏氏之
　　語，即知斂氣蓄勢之妙用。〔註79〕

講究氣勢，求陽剛之氣，並不是一味的剛強極致，就如騏驥，欲求其千里，
亦須懂得控勒，不致使其亂軌躅，或放意坑岸，如此則不能致遠，是講求氣
勢者，不可不知也。由此，琴南提出了「斂才而就範」之說，他說：

　　至若張養浩稱姚瑞甫才驅氣勢，縱橫開合，紀律唯意，如古勁將卒
　　率市人而戰，鼓行六合無敵不破，似亦善道氣勢者。不知此爲野戰
　　之師，非節制之勁旅。王遵巖初師秦、漢，亦取縱橫，後乃知宗歐、
　　曾，如斂才而就範。唐荊川初不謂然，尋亦歸仰其說。〔註80〕

馳才而似氣勢，非也。在此提出他鄭重的申告：法度。重法就範，乃能有所
節制，恃才而不言法，一味的縱橫開合，非眞正的氣勢也。如王遵巖、唐荊
川經過摸索體悟之後，方能斂才就範，做到眞正有「氣勢」的文章來。

五、論摹擬

　　琴南講究文張的法度，必先以古人爲圭臬，其言：

　　爲文而不師古人，直不燭而行闇，雖心識其塗，而或達焉，則必時
　　構虛懾之象，觸物而震，無復坦行之樂。〔註81〕

也就是說，師法古人爲文學的捷徑，他以爲：

　　古人程法如此，欲極力避之，亦無可避。〔註82〕

由此可之知，他認爲千變萬化的文法既已包孕在古人文章中，學者只須用心
揣摩，便可獲得作文的奧秘。就古文之法而論，他以爲韓愈是承前啓後的關
鍵人物。韓愈以下，歐陽修、曾鞏、歸有光、桐城諸家，得力處都在學韓，
雖然他主張師法古人，也不等於亦步亦趨地模擬古人，他評秦觀：

　　學東坡之似者，無若少游，此少游之所以不及東坡也。〔註83〕

因爲無論如何像，已像別人，而非自己，既有蘇軾，何必再有秦觀！故曰：

〔註79〕同註76，頁24下。
〔註80〕同註79。
〔註81〕見朱羲胄《林琴南學行譜記四種》，卷二〈春覺齋著述記〉（台北：世界書局，
　　　　1965年4月），頁7。
〔註82〕林紓《畏廬續集》，〈書黃生箚記後〉（台北：文津出版社，1978年7月出版），
　　　　頁13下。
〔註83〕同註81，〈淮海集選序〉，頁12。

爲文當肖自己，不當求肖古人。〔註84〕

學古而又不拘泥於古，訣竅全在學其法而變其貌。其言：

> 道在讀時神與古會，作時心與古離。神會，則古人之變化離合，一一解其用心之所在；至于行文，必自攄己意，不依倚其門戶。雖不能力追乎古人，然即古人之言。中乎道者，因而推闡之，則翹然出新意矣！且古人行文之所以至者，由之既熟，亦可自闢其塗軌，不必哇步追逐。〔註85〕

道的追求，須於讀古人作品時，解其用心所在；於己之行文時，必盡抒己意，不依倚古人的說法，方能於規矩中創新意。就如韓文公學孟子，卻無一處像孟子；歐陽修學韓文公，亦無一處像韓文公，此即其所言「會其神而離其跡」。他舉前人爲例：

> 韓之學孟，無一似孟；歐之學韓，無一似韓，即會其神而離其迹。〔註86〕

因此他主張學古而能變化，他說：

> 凡學古而能變化者，非剽與襲也。〔註87〕

可知他主張爲文由學古人入手，但不是一味的摹倣，貴在求其變化，做到會神而離跡的地步。

第三節　古文創作論

我國古代的文學理論，大都是隨著創作的發展和研究的深化，而逐漸發展的。琴南善於吸收前人的經驗，融入到自己的體系中，廣徵博引，並不盲從，自有見解，自有發展。就文學的創作論而言，他從行文的關鍵，篇章的表現到行文的止境，皆詳細論述，可謂完備而精粹的理論，茲將敘述如下。

一、行文的關鍵

（一）法　度

琴南論文，特重法度，他認爲只有依法度寫出的古文，才不至於離古文

〔註84〕林紓《畏廬論文》，〈論文十六忌‧忌剽襲〉，頁34上。
〔註85〕林紓《畏廬三集》，〈答徐敏書〉，頁30上～下。
〔註86〕同註85，頁30下。
〔註87〕同註84，頁33上。

蹊徑太遠。其重法度的語言，在他的文論中隨處可見，如：

> 凡文皆不能逃法度，猶美人不能逃五官。〔註88〕

其重法度若此，所以，當他評各家文章時，也由此著眼，如：

> 文章法度之正，惟韓氏與歐陽。〔註89〕

由於琴南重法度，則其法度之由來，又爲何呢？張俊才先生認爲：桐城派自方望溪標舉「義法」之說以後，「法」在桐城派古文理論的發展中，就一直占有比較重要的地位。望溪之「法」，雖然涉及到古文「清淡簡樸」的藝術風格，但大體上都屬於最基本的寫作之「法」，即謀篇修辭時注意「布置取捨」，和運用語言時講求「雅潔」的一般原則。一般地說，桐城後人對古文「藝術」理論的探討是前進了，實際內容遠遠超出了方苞「義法」之「法」的範圍。但對古文寫作之「法」的論述卻朝著愈繁瑣和嚴格的方向發展，這種情況在琴南的古文理論中表現得很明顯〔註90〕。顯然張氏認爲這是歷史傳承的發展問題。就琴南而言，認爲只有守法度文章才能平正合格，沒什麼大毛病。所以凡有法可循，雖是天才縱橫之文，琴南也會捨而棄之。因此在古文八大家中，他獨重韓、柳、歐、曾，而不喜蘇軾，其言：

> 吾生平不嗜讀蘇東坡文，以其爲學往往不能極意經營，然善隨自救弊，則由東坡天才聰敏，無其天才者，不可學也。〔註91〕

故云：

> 韓、歐猶佛家正法眼，三蘇爲神通。〔註92〕

此分別只在一循跡可學，一無法可依。可知琴南論文特重法度，是爲讓學者穩紮穩打，循跡學習，不致空羨其飛行絕跡，卻無法度可循。

　　不惟在章法上求其法度，就是語言上，琴南也都有所限制。在《畏廬論文・論文十六忌》的〈忌輕儇〉、〈忌凡猥〉兩節，基本上都是論述古文用語的禁忌問題。他除了秉持方望溪主張古文用語應「雅潔」，限制古文中用語錄語、魏晉六朝人的藻麗俳語、漢賦中板重字法、詩歌中的雋語、《南、北史》

〔註88〕見《文微・通則第一》，載李家驥、李茂肅、薛祥生整理《林紓詩文選・附錄一》，（北京：商務印書館，1993 年 10 月），頁 388。下引此書版本並同。

〔註89〕同註 88，《文微・唐宋元明清文平第八》，頁 399。

〔註90〕張俊才《林紓評傳》（天津：南開大學出版社，1992 年 3 月），頁 229～230。下引此書版本並同。

〔註91〕同註 89，頁 402。

〔註92〕同註 89。

中佻巧語外，更反對古文中「竄獵豔詞」〔註 93〕。因此他對明代主張「信腕信口」、「抒寫性靈」的公安派首領袁宏道大加撻伐，謂其「破律壞度，此四句足以定其罪矣」。他又特意從中郎文集中摘引了諸如「徘徊色動」、「魂銷心死」、「時妝淡服，摩肩簇舄，汗透重紗如雨」等詞句，指斥爲「文體之狎媟，至於無可復加」〔註 94〕。不僅如此，他認爲「鄙俗語」、「凡賤語」、「委巷小家子之言」及近代出現的「東人新名詞」均不得進入古文之中，《文微》中云：

> 爲文取材要高，用字要古，不可入新名詞，爲其有傷雅馴也。又可巧而不可輕佻，輕佻則流入公安一派，徒增人之厭惡。〔註 95〕

至於琴南所認爲的新名詞，他自有一番解釋，〈古文辭類纂選本序〉云：

> 所苦英俊之士，爲報館文字所誤，而時時復攙入東人新名詞。新名詞何嘗無出處，如請願二字，出《漢書》，頑固二字出《南史》，進步二字出《陸象山文集》，其餘有出處者尚多，惟刺目之字，一見之字裏行間，便覺不韻。〔註 96〕

可知琴南對古文語言的要求嚴格。而歸其旨要，仍是在去俗求雅，去靡求潔，以見其莊重嚴肅、神聖脫俗的古文。〈忌凡猥〉中寫道：

> 士大夫談吐，一涉鄙倍，即不足以儕清流。矧文章爲嚴重之器，奈何出於凡猥？〔註 97〕

因此他認爲：

> 若立言，則萬萬當吐棄凡近，不能著一塵相。〔註 98〕

可見他認爲古文自有他的嚴肅面，不應不守法度，隨入凡語。

另外，桐城派一向以「文從字順」古文主張爲理論，琴南當然也明白此理，在《韓文研究法》中批評道：

〔註 93〕林紓《畏廬論文》，〈論文十六忌・忌塗飾〉云：然而才多者，恆視散文若不足爲，一握筆伸紙，非徵引古昔，即竄獵豔詞，既無精意爲之根幹，卻成一不駢不散之體，幾乎追踪漢京，實則非也（台北：文津出版社，1978 年 7 月出版，頁 44 下～45 上）。下引此書版本並同。

〔註 94〕林紓《畏廬論文》，〈論文十六忌・忌輕儇〉，頁 40 下。

〔註 95〕同註 88，《文微・造作第四》，頁 392。

〔註 96〕朱義胄《林琴南學行譜記四種》，卷二〈春覺齋著述記〉，〈古文辭類纂選本序〉（台北：世界書局，1965 年 4 月），頁 9。下引此書版本並同。

〔註 97〕林紓《畏廬論文》，〈論文十六忌・忌凡猥〉，頁 37 下。

〔註 98〕同註 97，頁 38 上。

曹成王，皐有功於德宗之朝，是一篇重要文字。觀他行文至嚴整有
法，未嘗走奇走怪，獨中間用剗字、鞣字、鐌字、掀字、撇字、撥
字、笇字、跐字、䟃字、牿字，學揚子雲微覺刺目，實則不用此等
字，但言收黃梅廣濟等州，豈無字可代，必作如此用法。不惟不奇，
轉見喫力，爲全篇之累，讀者不可不知。〔註99〕

是琴南所欣賞的還是在於平易之字，凡人所能識之熟字。雖然他是如此主張，
也說：

于不經意中，以常用之字，稍爲移易，乃愈見風神。〔註100〕

其論文是如此，所以當他自己寫起文章來，就顯得平易近人。綜上述，可知
琴南認爲古文應循習著法度，以精純、平易、莊重之語言出之，方是好的篇
章，在〈忌輕儇〉中說：

古人言文以載道，聞者以爲陳言，愚謂：不爲文則已，若立志爲文，
非積理積學，循習於法度，精純於語言，不可輕著一筆。蓋古文非
可隨意揮灑者也。〔註101〕

由此可知，琴南重視法度的原因了。

（二）意　境

在琴南以前意境之說，古已有之。直接運用「意境」一詞作爲文論的專
用名詞，可追溯到唐代，僞託王昌齡所撰的《詩格》中，就明確提出了寫詩
有三境，在物境、情境之外，就有意境〔註102〕。此後「意境」之說紛紜，到
了琴南，則認爲：

意境者，文之母也。一切奇正之格，皆出于是閒。不講意境，是自
塞其途，終身無進道之日矣。〔註103〕

奇正是指文章在風格、體式、布局、表現手段、語言運用等方面的各種變化。
意境決定表現形式，從而產生相應的表現形式，所以意境是母，是本；表現
形式則必須與意境相適應，隨意境而展現其適合的形式。又意境決定文章體

〔註99〕林紓《韓柳文研究法》，〈曹成王碑〉（台北：廣文書局，1980 年 7 月），頁 43
　　　　～44。
〔註100〕林紓《畏廬論文》，〈換字法〉，頁 59 上。
〔註101〕林紓《畏廬論文》，〈論文十六忌・忌輕儇〉，頁 41 上。
〔註102〕見趙伯英〈林紓論意境──《畏廬論文》札記〉，在《中國大陸傳記資料》，
　　　　第九十八冊〈林紓〉（上海師大圖書館制，未著年代），頁 27。
〔註103〕林紓《畏廬論文》，〈應知八則・意境〉，頁 22 下。

制。體制是文章的格局,即布局、局勢。琴南說的很明白:

> 若無意者,安能造境?不能造境,安有體製到恰好地位?〔註104〕

足見意境在行文時,是個重要的先決關鍵。

文藝創作活動的過程是一種精神活動,琴南能詩、工畫,並曾從事小說、戲曲的創作,翻譯過一百七十餘種歐美等國小說〔註105〕,他的意境論是有著他厚實的藝術實踐為基礎的,在他廣泛的藝術實踐後,對意境形成的觀點,是「漸悟」的,他說:

> 文章唯能立意,方能造境。境者,意中之境也。……意者,心之所
> 造境者,又意之所造也。〔註106〕

琴南就創作精神活動的過程來詮釋意境,認為意境的形成是有階段的,其歷程是:心——意——境——意境。心,是思維的中心;意,是思想;而境是「虛構景象」;意境是指「海闊天空氣象,清風明月胸襟」〔註107〕。如此把意境形成的規律釐清,因此意境不再是朦朧的、神秘不可測的。原來它可以清晰地知道,「唯能立意,方能造境」,「意」是可尋繹明確的,而「境」是立意之後所創造出來的,如此一來,「意境」就不再是不可捉摸的了。形成意境起主導作用的精神因素是「意」,而「意」,主宰著意境創造的全部過成。

意境是文藝創作精神活動的產物,當然也就有它外在的客觀因素。作者的生活環境、社會地位、具體經驗、教養、見識等等,都將影響文藝創作時的意境。琴南當然也注意到形成和產生意境的外在客觀原因,指出創造意境的客觀條件:

> 詩書、仁義及世途之閱歷,有此三者為立意,則境界焉有不佳者。
> 〔註108〕

他還強調地說:

> 澤之以詩書,本之于仁義,深之以閱歷,馴習久久,則意境自然遠
> 去俗氣,成獨造之理解。〔註109〕

〔註104〕同註103。

〔註105〕林紓到底翻譯多少小說,目前並無一定數,馬泰來認為有179種,然而張俊才認為尚有多種未計入。見張俊才《林紓評傳》,頁86。

〔註106〕同註103,頁21下。

〔註107〕同註103。

〔註108〕同註103,頁22上。

〔註109〕同註103,頁21下~22上。

「詩書」是指聖賢著述，「仁義」則是傳統的道德準則；「世途之閱歷」是指作者親身經歷的社會生活。因此，讀書明理，講社會道德，豐富生活實踐經驗，這三項的確是文藝創作不可少的基本客觀因素，也是創造意境最起碼的外在條件。琴南從客觀社會生活的各個領域中，去尋找形成和生產意境的條件和基礎，更加其學術價值。

由於認為意境的形成和產生，具有它自身的外在原因，琴南的意境論有一個重要內容，便是認為意境具有各自的個性特徵。首先是意境創造上的個性特徵，是各自不同的生活環境決定的：

> 譬諸盛富極貴之家兒，起居動靜，衣著食飲，各有習慣，其意中決無所謂甕牖繩樞、啜菽飲水之思想。貧兒想慕富貴饗用，容亦有之，而決不能道其所以然：即使虛構景象，到底不離寒乞。故意境當以高潔誠謹為上著。〔註110〕

琴南能注意到不同社會地位、經濟生活、生活環境、社會歷練的人，具有不同的「意」和「境」上的特徵，這恰恰是王國維意境論中所沒有接觸的問題。〔註111〕

琴南在論述意境的個性特徵時，除了找到客觀的外在依據以外，還深入到精神活動內部，尋找意境產生出來的內在依據，以此來指明意境的個性特徵。琴南以為這內在依據就是作者的「學養」，他說：

> 凡學養深醇之人，思慮必屏卻一切膠輵渣滓，先無俗念填委胸次，吐屬安有鄙倍之語？須知不鄙倍于言，正由其不鄙倍于心。〔註112〕

意境創造的內在依據就是作者在學問、道德方面的修養。琴南對這方面的要求是：深邃和醇正。這種觀點，是同《文心雕龍‧神思》中的觀點，是一脈相承的。劉彥和說：

> 陶鈞文思，貴在虛靜。疏瀹五藏，澡雪精神。積學以儲寶，酌理以富才，研閱以窮照，馴致以懌辭。〔註113〕

〔註110〕同註103，頁21下。

〔註111〕王國維主張「主觀之詩人不必多閱世，閱世愈淺，則性情愈真。」見《人間詞話》卷上（台北：臺灣開明書店，1981年11月），頁9。又《文學小言‧四》云：「客觀的知識，實與主觀的情感為反比例。」引自郭紹虞、羅根澤《中國近代文論選》（台北：木鐸出版社，1988年1月），頁767。

〔註112〕同註103，頁21下。

〔註113〕范文瀾《文心雕龍注》，卷六〈神思〉（台北：臺灣開明書店，1985年10月），頁22上。下引此書版本並同。

琴南善於在古代文論中吸取、繼承，而形成自己的理論體系，由此可見一斑。

綜上所述，琴南對意境的形成依據，既承認外在客觀的條件，還承認主觀精神的依據，於是，把形成意境的複雜性揭示出來，從而使意境從純精神論的神秘觀中擺脫出來，此正是他的獨到處。而這些也正是一般行文的關鍵所在。

二、篇章的表現

（一）筋　脈

文之結構，首重筋脈。方東樹《昭昧詹言》中言：

> 譬名手作畫，無不交代蹊徑道路明白者。然既要清楚交代，又不許挨順平鋪直敍，駭寒冗絮緩弱。漢魏人大抵皆草蛇灰線，神化不測，不令人見。苟尋繹而通之，無不血脈貫注，生氣天成如鑄，不容分毫移動。昔人譬之無縫天衣。又曰：「美人細意熨貼平，裁縫減盡針線跡。」此非解六經及秦漢人文法，不能悟入。〔註114〕

山水畫中的道路，總是一段露，一段隱。雖是如此，但是道路還是清楚可辨的，只是有些讓山或樹給遮了看不見。那麼文章中的筋脈就好像山水畫中的道路，脈絡是清楚的，只是有的露，有的隱。琴南也認為「行文之道，亦不能不重筋脈」，就如堪輿家之別山脈，是不會以山之斷處，就遽然指為斷脈的。他舉《詩經》之例說：

> 〈皇矣〉之詩曰：「度其鮮原」；〈釋山〉云：「小山別大山為鮮。」別者，不相連也。鄙意不相連者，正其脈連也。水之沮洳，行于地者，其來也必有源。〔註115〕

大山、小山之間其若不相連，而實脈相連，只是外表不見而已。水之沮洳，其來也必有源。是以文者，須脈胳分明，清楚可辨，斷不是遽然而生，驟然而止。琴南引魏叔子之論，說：

> 魏叔子之論文法，析而為四：曰伏，曰應，曰斷，曰續。此語是論古文，不是論時文。伏處不必即應，斷處亦不必即續，此要訣也。
> 〔註116〕

〔註114〕引自周振甫《文章例話》，〈寫作編〉（二）（台北：五南圖書出版有限公司，1994年5月），頁121。

〔註115〕林紓《畏廬論文》，〈筋脈〉，頁26上～下。

〔註116〕同註115，頁26下。

又接著說：

> 一篇之文，使人知阨要喫緊在于何處，當于起手時，在有意無意
> 中，閒閒著他一筆，使人不覺。故大家之文，阨要喫緊處，人人知
> 之；而閒閒伏筆處，或不之知，即應處不必緊隨伏處，續處不必緊
> 隨斷處也。〔註117〕

就中清楚的說明古文的筋脈有伏、應、斷、續四種脈連方式，其決則在「伏
處不必即應，斷處亦不必即續」。〈用頂筆〉中云：

> 謀篇時先自布置一切，宜後者反先，宜直者反曲。裁量某處喫緊，
> 則故雍容其態為小停頓，令讀者必索所以然。于頂接之時，乃頂接
> 處又故鬆緩其脈，不即警醒，卻于句中無意處閒閒點出，使讀者心
> 領神會其所當然，又不能切指其所以然，則製局之妙也。〔註118〕

因此名家之文，阨要喫緊的關鍵處，是人人能點出，然其伏筆處，往往閒閒
著一筆，使人若不知覺，是「應處不必緊隨伏處，續處不必緊隨斷處也」。在
〈用伏筆〉中亦言：

> 伏筆，即伏脈，猝觀之，實不見有形跡。故呂東萊論文，謂有形者
> 綱目，無形者血脈。善于文者，一題到手，預將全篇謀過，一一審
> 定其營壘陣法等，是一番言論，必先安頓埋伏，在要處下一關鍵，
> 到發明時即可收為根據。故明眼者須解得一箇「藏」字訣，欲注射
> 彼處，先在此處著眼，以備接應。〔註119〕

又云：

> 蓋一脈陰引而下，不必在在求顯，東雲出鱗，西雲露爪，使人捫捉，
> 亦足見文心之幻。〔註120〕

此正如《文心雕龍・章句》中講的：

> 啟行之辭，逆萌中篇之意；絕筆之言，追媵前句之旨；故能外文綺
> 交，內義脈注，跗萼相銜，首尾一體。〔註121〕

即文章的開頭語中，即有中段的意思萌於其中；結尾時卻能呼應中段的旨趣。
而開頭、中段、結尾要互相呼應。就文字表面，就如織綺花紋相互銜接；若

〔註117〕同註116。
〔註118〕林紓《畏廬論文》，〈用筆八則・用頂筆〉，頁53下。
〔註119〕林紓《畏廬論文》，〈用筆八則・用伏筆〉，頁51下。
〔註120〕同註119。
〔註121〕范文瀾《文心雕龍注》，卷七〈章句〉，頁22上。

就意義上，則脈絡貫通。那麼所謂的脈絡，就是一篇之內，意思上下互相貫通。呂祖謙《古文關鍵》中也說：

> 常使經緯相通，有一脈過接乎其間然後可。蓋有形者綱目，無形者血脈也。〔註122〕

通常一篇文章中有個大綱，然後決定開頭、中段、結尾的安排。而大綱會較明顯，貫穿在這大綱中間的呼應文字，而較不明顯，稱為伏脈。雖然不明顯，卻能有貫通血脈的作用。《文微》中亦云：

> 為文當有關有鎖，有首有尾，有伏有應。〔註123〕

除了重視筋脈的伏、應、斷、續外，琴南避免文論流於空洞，一一從史記、漢書中的篇目中找出例子，剖析蠡測的指出何為「伏」，何為「應」，何為「斷」，何為「續」等等，使學者易於瞭解，由此也可窺知琴南深懂古人之文心，且融匯於本身的文論中，最重要的是不惜將個人所得，著述而公諸於世。同時琴南也指出不注重筋脈的缺點，〈忌膚博〉中云：

> 蓋無來脈、筋節、骨幹，但覺處處填塞，所摭典故若蔽天而來，此不名為「博」，但名為「膚」，不足重也。〔註124〕

因此他告誡後學者，為文應：

> 俯仰進退，承接安頓，在在都有眉目者，意內而言外也。〔註125〕

如此方能成為佳作。

（二）聲 調

聲律音節是我國詩歌藝術的重要內容，但它同樣也是散文藝術不可忽視的問題，一向受到文論家們的關注。陸機云：

> 暨音聲之迭代，若五色之相宣。〔註126〕

把聲音看得與色彩一樣重要。劉彥和指出：

> 元解之宰，尋聲律而定墨；獨照之匠，闚意象而運斤。〔註127〕

〔註122〕呂祖謙《古文關鍵》，〈看古文要法・論作文法〉（台北：鴻學出版事業有限公司，1989 年 9 月），頁 21。

〔註123〕同註88，《文微・造作第四》，頁 392。

〔註124〕林紓《畏廬論文》，〈論文十六忌・忌膚博〉，頁 38 上～下。

〔註125〕同註124，頁 38 下。

〔註126〕陸機〈文賦〉，載《中國歷代文論選》上冊（台北：華正書局，1980 年 4 月），頁 138。

〔註127〕范文瀾《文心雕龍注》，卷六〈神思〉，頁 1 上。

十分強調按照聲律來運用文辭。

到了桐城派，劉大櫆強調「因聲求氣」，主張通過誦讀揣摩，而學習古人的神氣。琴南肯定此說，認為「古來名家之作，無不講聲調者。」，因此特舉「聲調」一則，以闡述其看法。其云：

> 時文之弊，始講聲調，不知古文中亦不能无聲調。〔註128〕

明確指出「聲調」為古文中不可或缺的。同時說明「聲」感人之深，隨著宮、商、角、徵、羽而予人以不同的感受。他說：

> 蓋天下之最足動人者，聲也。試問易水之送荊軻，聞變徵之聲，士何為泣？及為羽聲，士又何怒？本知荊軻之必死，一觸徵聲，自然生感；本惡暴秦無道，一觸羽聲，自然生怒耳。〔註129〕

音樂感人之深，可見一斑。是以文章中的聲調亦復如是，雖不解其內容含意，只憑其聲調，即可大約揣測其中之涵意了，琴南也說：

> 變風、變雅之淒屬，鄙人每於不適意時，閉戶讀之；家人雖不知詩中之意，然亦頗肅然為之動容。〔註130〕

古之作者早已不在了，欲使吾心與古人訢合，「因聲求氣」不失為良方。此桐城諸家所提倡，事實亦如是，不容置疑。在此琴南舉《史記‧聶政傳》說明之。他說：

> 政姊聞政死時，以婦人哭愛弟，其悲涼固不待言。然試問從何入手？而曰：「其是吾弟歟！」「其」字一頓，「是吾弟」一頓，「歟」字是指實而不必立決之辭。繼之以「嗟乎」二字，實矣。「嚴仲子知吾弟」五字，直聲滿天地矣。呼嚴仲子者，姊弟同感嚴仲子也。「知吾弟」，吾弟斷不能不為之死；但說一「知」字，便將聶政之死，全力吸入「知」字之內。故其下無他言，但書「立起如韓之市」。故善為聲調者，用字不多，至復耐人吟諷。〔註131〕

又舉《漢書‧趙皇后傳》說：

> 宮讀書已，曰：「未也，欲姊弟擅天下。我兒，男也，額上有壯髮，類孝元皇帝。今兒安在？危殺之矣。奈何令長信得聞之！」長信者，太后東朝也。宮呼長信，猶冀以祖母憐孫之意，能救此兒。孟堅下

〔註128〕林紓《畏廬論文》，〈應知八則‧聲調〉，頁25上。
〔註129〕同註128。
〔註130〕同註128。
〔註131〕同註128，頁25下。

筆時，似爲曹宮呼冤，故不期聲調悲涼高抗至此。至吾丘遵之謂籍
武，惡宮中御幸生子者輒死，亦曰：「奈何令長信得聞之！」此則怒
極叫號之詞。同一句法，遵之聲音乃不如曹宮之切摯，然亦見老吏
天良發現處。皆爲體物之工，故能至是。〔註132〕

凡古來名家，善體物之情且能與文中適切的表達出來，若此微妙微肖的心態
形容，非講究聲調無以表之。所以琴南說：

古來名家之作，無不講聲調者。〔註133〕

由此可知，其重聲調，辨聲調之佳處，然並不流於空洞的格律聲調遊戲。

（三）情　韻

情韻一類，自來文家罕言之。曾文正雖列之少陰，而語亦無多，或單舉
一隅，或論書而不論文，會心之妙，端賴讀者之揣摩〔註134〕。琴南釋情韻
曰：

情者發之於性，韻者流之於辭，然亦不能率焉揮灑，情韻遂見。

〔註135〕

蓋情韻之所從出，乃出自於作者之本心，有是情而有是韻，此方能謂之眞情
韻。於古之作家中琴南舉歐陽文忠文，說明所謂情韻，在於沉吟往復，絕非
輕易措筆，其言：

《丹鉛總錄》謂歐陽文忠文，清音幽韻，如飄風急雨之驟至。夫飄
風急雨，豈能謂之韻？或且見歐公山水廳壁諸記，多懷古傷今之作，
動作哀音，遂以飄風急雨目之，過矣。凡情之深者，流韻始遠；然
必沉吟往復久之，始發爲文。若但企其風度之凝遠，情態之纏綿，
指爲信筆而來，即成情韻，此寧知歐文哉？〔註136〕

又舉明‧顧元慶之言曰：

明顧元慶之言曰：「歐陽文忠晚年，常日竄定平生所爲文，用思甚
苦。夫人胥氏止之曰：『何自苦如此？當畏先生嗔邪？』公笑曰：
『不畏先生嗔，卻怕後生笑。』」觀此，則歐文之情韻，決非輕易措

〔註132〕同註128，頁26上。
〔註133〕同註128，頁25下。
〔註134〕引自莊雅洲《曾國藩文學理論述評》，載《國文研究所集刊》第十七期，頁
635。
〔註135〕林紓《畏廬論文》，〈應知八則‧情韻〉，頁29下。
〔註136〕同註135。

筆，明矣。〔註137〕

自然發於本心之情，流之於辭而有是韻，蓋情韻之美當求之於性情之正。語由中發，凡性情不正者，亦決不能有此正聲，在此琴南認為輕率的措筆，欲得情韻是不可能，只有久久的沉吟往復，方能得文之情韻。他又評茅鹿門不治性情，但求執筆之似六一，已失自然之致，他說：

> 紀文達譏鹿門刻意摹六一，喜跌宕激射。所謂激射者，語所不盡，而眼光先到之謂。六一文中憑弔古人，隱刺今事，往往有之。然必再三苦慮，磨別吐棄，始鑄此偉詞；若臨文時故為含蓄吞咽，則已先失自然之致矣，何名情韻？〔註138〕

可知琴南認為情韻不只是本之於性情，且應自然的流露而發為辭，決非故意造作，臨文吞咽。除了讚賞歐陽永叔文有此情韻外，琴南又特別讚賞班孟堅，其言：

> 《漢書》中之情韻，雖偶然涉筆，亦斷非他史所及。〔註139〕

同時舉〈貢禹〉言之：

> 天子報禹曰：『朕以生有伯夷之廉，史魚之直，守經據古，不阿當世，孳孳于民俗之所寡，故親近生，幾參國政。今未得久聞生之奇論也，而云欲退，豈意有所恨與？將在位者與生殊乎？往者嘗令金敞語生，欲及生時祿，生之子既已諭矣。今復云子少。夫以王命辨護，生家雖百子何以加？傳曰：「亡懷土，何必思故鄉？」生其強飯慎疾以自輔』此雖制詔之詞，不出之班筆；然能采入其書，則孟堅之尚情韻，雖不必其自出，竟與其本書沆瀣實一氣也。〔註140〕

情韻之作，雖是詔中語，而猶「宛轉溫裕」、「若慰若勉」，短短的數行之中迴環往復，真使讀者挹之無窮。綜言之，琴南認為情韻致動人，除了真情之外，別無能動之理，故他引宋濂之語曰：

> 宋濂曰：「身之不修而欲修其詞，心之不和而欲和其聲，是猶擊缶而求合乎宮商，折葦而冀同乎有虞之簫詔也。」〔註141〕

由身修而致詞修，心和而聲和，發自本心自然之情，方能情韻不匱，以見作

〔註137〕同註135。
〔註138〕同註135，頁30上。
〔註139〕同註138。
〔註140〕同註138。
〔註141〕同註135，頁30下。

者之真情韻，這樣的作品才能情境相生，達到情景交融的境界，而又有真情的流露，才能使讀者藉由吟誦其文，而使進入其情韻綿邈的境界。

（四）風　趣

文學作品陶情怡志，或作者自抒己懷，或讀者長吟自得，文章若具有「風趣」，是較生動、形象的。因此琴南特標舉之，且認為文中所不可或缺。認為：

> 風趣者，見文字之天真；於極莊重之中，有時風趣間出。〔註142〕

是文之風趣，不專主滑稽而言；乃需於「見地高」、「精神完」，所以能見文字之天真，也能於極莊重之中，閒有風趣；故能在不經意中涉筆成趣。在古文作家中，琴南認為班孟堅深具「風趣」，特舉《漢書》之例說明如下：

1. 以一字成趣者

琴南舉《漢書・陳萬年傳》所載：

> 萬年嘗病，召其子咸教戒於床下。語至夜半，咸睡，頭觸屏風。萬
> 年大怒，欲杖之，曰：「乃公教戒汝，汝反睡，不聽吾言，何也？」
> 咸叩頭謝曰：「具曉所言，大要教咸諂耳。」

認為於「教」下著一「諂」字，即病榻中人亦將啞然失笑，況在讀者呢？此蓋以一字成趣者也。〔註143〕

2. 於微渺間見風趣者

又舉《漢書・丙吉傳》所記載：

> 吉馭吏數逋，嘗從吉出，歐丞相車上。西曹主吏欲斥之。吉曰：「以
> 醉飽之失去士，使此人復何所容？西曹地忍之。此不過汙丞相車茵
> 耳。」〔註144〕

以一句「汙丞相車茵」將此事閒閒說來，既化解此事之難堪，更增文章風趣之韻致。

3. 嚴冷中見風趣者

如《漢書・王尊傳》：

> 尊曰：「五官掾張輔，懷虎狼之心，貪汙不軌，一郡盡入輔家，然適

〔註142〕林紓《畏廬論文》，〈應知八則・風趣〉，頁28上。
〔註143〕同註142，頁28上～下。
〔註144〕同註142，頁28下。

　　足以葬矣。」〔註145〕

不言「殺」而言「葬」。以上極暴輔之罪狀，非死莫可抵其罪惡，卻復縱容作結穴語說：「適足以葬矣。」使罪人寒心，又能使讀者產生共鳴。

4. 於規箴中之寓風趣者

如《漢書・蓋寬饒傳》：

　　許伯自酌曰：「蓋君後至。」寬饒曰：「無多酌我，我乃酒狂。」丞

　　相笑曰：「次公醒而狂，何必酒邪？」〔註146〕

也許丞相早就想與寬饒規勸了，只是苦無機會，剛好藉著寬饒自己說出，加以引申，不知不覺中達到規勸效果，又不失感情。

5. 於嘲謔中見風趣者

如《漢書・朱博傳》：

　　文學儒吏時有奏記，稱說云云。博見謂曰：「如太守漢吏奉三尺律令

　　以從事耳。無奈生所言聖人道，何也？」〔註147〕

以嘲解的方式，說聖人道之難解，「風趣」間出。

6. 風趣者

以簡語出之，不覺其為遊戲，也不流儇佻，不涉猥褻，如《漢書・陳遵傳》：

　　帝微時與有故，相隨博弈，數負進。及宣帝即位，遂稍遷至太原太

　　守。迺賜璽書曰：「制詔太原太守，官尊祿厚，可以償進矣。」

　　〔註148〕

讀之不禁令人會心一笑。

　　琴南從《漢書》中找出這幾個風趣的例子，他認為文字本應莊重，而班孟堅在史傳中作此趣語，既不礙文體之莊，又有「風趣」出焉，實為不易。然而他也承認風趣之妙實不易學，因為一不小心，即步入輕儇一路，故學者不可不愼。

（五）筆法運用

　　琴南論文，從辨體要、工命意、明小學，愼選辭到審法度、善用筆，可

〔註145〕同註144。
〔註146〕同註144。
〔註147〕同註144。
〔註148〕同註142，頁28下～29上。

謂體備而詳盡。由於詳備,所以在瑣碎的筆法、文字的用法上,也不肯遺漏的詳細解說,他所論的「用筆八則」,爲起筆、伏筆、頓筆、頂筆、插筆、省筆、繞筆、收筆等八種用筆之方,十分細緻,頗有條理,這對學習與認識古文是助益良多的,夏曉虹說:

> 林紓的創獲在談古文筆法,其中大有體會親切,別有會心之處,非
> 一般學人所能道、所肯道。〔註149〕

的確,筆法可以脈絡全文,嚴謹架構,可以加強意象,逼升氣勢,行文時若能善加運用,文章必有錯落、變化之美。琴南能挑而發明之,本屬不易。因爲琴南翻譯過大量外國小說,這使他在論文時,不時參合著西洋眼光。而這瑣碎筆法,便是因受到狄更斯小說「特敘家常至瑣至屑無奇之事蹟」〔註150〕的啓發,而獲得重視。在古代長篇作品中,琴南雖然僅能舉出《史記・外戚世家》記竇皇后弟竇廣國自述當年與姊分別,姊「丐沐沐我,請食飯我,乃去」一事,以爲「其足生人惋愴者,亦祇此數語」〔註151〕;而在其後論及古文短篇時,則每每盛稱歐陽修之〈瀧岡阡表〉,歸有光之〈項脊軒志〉,「瑣瑣屑屑,均家常之語,乃至百讀不厭,斯亦奇矣。」〔註152〕這未始不是由狄更斯小說反觀的結果。

更明顯的是倒敘手法,在《塊肉餘生述》的夾注中,琴南寫到他的發現:

> 外國文法往往抽後來之事預言,故令觀者突兀驚怪,此其用筆之不
> 同也。〔註153〕

到《畏廬論文》,也便專列〈用插筆〉一節,以補前人言用筆法之或缺。而後來出版的《左傳擷華》,更以此法解讀《左傳・齊史晏嬰請繼室于晉》,稱:

> 僕譯外國文字,成書百三十三種。審其文法,往往于一事之下,帶
> 敘後來終局,或補敘前文遺漏,行所無事,帶敘處無臃腫之病,補
> 敘處無牽強之迹。〔註154〕

此外琴南又稱讚《離恨天》中間著入一祖姑,認爲這是文字反正的樞紐,相

〔註149〕夏曉虹〈林紓的古文與文論〉,載《文史知識》(北京:中華書局,1991 年 3月),頁 95。
〔註150〕朱羲胄《林琴南學行譜記四種》,卷三〈春覺齋著述記〉,〈塊肉餘生述序〉,頁 11。
〔註151〕同註 150,〈孝女耐兒傳序〉,頁 6。
〔註152〕林紓《畏廬論文》,〈述旨〉,頁 2 下。
〔註153〕同註 149,頁 96 轉引。
〔註154〕同註 153,轉引。

同於《左傳》楚武王（案：琴南誤爲楚文王）伐隨，插入「季梁在」三字之法〔註155〕，此皆以西方筆法印證古文義法的獲得。

在我國文章中，筆法的運用早已有之，但是卻沒有專門著作，以專門的篇章述及，琴南能特別的提倡說明，使得「筆法」在我國文法中佔了正當的一席。

三、行文的止境──神味

琴南總結了古文家一貫重視的藝術要求，明確的標舉出意境、識度、氣勢、聲調、筋脈、風趣、情韻之說，最後論及「行文之止境」曰：

> 論文而及于神味，文之能事畢矣。〔註156〕

他詮釋「神味」云：

> 神者，精神貫徹處永無漫滅之謂；味者，事理精確處耐人咀嚼之謂。〔註157〕

如何能達到這有「神味」的最高藝術境界呢？琴南認爲只有精神永無漫滅及事理的精確，才能耐人尋味，而事理就牽涉到方望溪「義法」之說，琴南認爲文章最終還是要將它落實到「道」「理」之上，其言：

> 然則，治文者於此，終無望乎？而又不然。歐公曰：「大抵道勝文不難而自至。」王臨川亦曰：「理解者文不期工而自工。」曰「至」曰「工」，原非易事，然大要必衷諸道理。純從道理上講究，加以身體力行，自然增出閱歷。以道理之言，參以閱歷，不必章絺句飾，自有一種天然耐人尋味處。〔註158〕

此琴南認爲只有以道理之言，加之作者自身的閱歷，方能有「神味」的出現。

由此可再聯繫前其所論之「意境」云：

> 須講究在未臨文之先，心胸朗徹，名理充備。〔註159〕

論「識度」云：

> 欲察其識度，舍讀書明理外，無入手功夫。〔註160〕

〔註155〕同註150，〈離恨天序〉，頁37。
〔註156〕林紓《畏廬論文》，〈應知八則・神味〉，頁30上。
〔註157〕同註156。
〔註158〕同註156，頁31上。
〔註159〕林紓《畏廬論文》，〈應知八則・意境〉，頁22下。
〔註160〕林紓《畏廬論文》，〈應知八則・識度〉，頁23下。

論「聲調」云：

> 性情厚，道理足，書味深，凡近忠孝文字，偶爾縱筆，自有一種高
> 騫之聲調。〔註161〕

凡此種種，都強調「道」「理」爲本。因爲在琴南認爲只有多讀書、明道理、廣閱歷，三者合一，才能有眞正的好文章出現，進而發揮明道、立教、輔世成俗的道德功能。

　　綜觀之，琴南在古文理論上，詳實而體備，摹擬時主張「學古而能變化」，因此說「永叔銘詞溫純無一語襲昌黎是永叔長處」；細言戒律時又再再的強調：「以文明道切忌陳腐」、「爲文首尙嚴潔最忌凡猥」、「爲文不可偏執須有雍和平易之氣」、「弱與率類於平易，而險怪亦爲識者所詬病」、「文可詳復不可繁碎」、「多言不如少言，少言不如精言」。在談到古文的聲色時說：「善爲聲調者用字不多」，提到文之氣勢則言「文之雄健在歙氣而蓄勢」，對於文中神韻的要求是「文章妙趣由見地高、精神足，於不經意中得之」、「有性情然後始有風度」。從體製到用字，無一不是他精研所得後的心得，是道人所不肯道，言人所不能言，或許有人認爲這是「嚴法峻律」〔註162〕，然而對於初學者而言，有法可依循之，總不致於"離題太遠"，至於才氣橫溢似東坡者，當然也就另當別論了。以今日古文式微的情況來看，學者若欲登古文的殿堂，則琴南的《畏廬論文》仍可發揮其效用，且是相當好的指引，其效用並不因時空而改變，這應是琴南文論跨時空的重大貢獻。

〔註161〕林紓《畏廬論文》，〈應知八則・聲調〉，頁26上。
〔註162〕張俊才《林紓評傳》，頁232。

第四章　林琴南的古文內涵

　　琴南被稱爲「古文殿軍」〔註1〕，高夢旦《畏廬三集·序》云：

　　　　畏廬之文每一集出，行銷以萬計。〔註2〕

可見他的文章在當時受重視的程度。因此錢基博《現代中國文學史》這樣論定：

　　　　民國更元，文章多途；特以儷體緛藻，儒林不貴；而魏、晉、唐、
　　　　宋，駢騁文圃，以爭雄長。大抵崇魏、晉者，稱太炎爲大師；而取
　　　　唐、宋者，則推林紓爲宗盟云！〔註3〕

的確，琴南從寫作到選評，從理論撰述到招生授徒，其著述之豐，涉足之廣，造詣之深，門庭之大，自吳汝綸以後確實無人可以與之抗衡〔註4〕。本章特就其結集的古文《畏廬文集》、《畏廬續集》和《畏廬三集》，總計二百八十四篇作品，援依姚姬傳文體的分類爲論辨、序跋、奏議、書說、贈序，詔令、傳狀、碑誌、雜記、箴銘、頌贊、辭賦、哀祭等十三類〔註5〕討論，然琴南不出仕，集中並無箋牒、詔令之作，於是奏議、詔令二類從而略之；又箴銘、頌

〔註1〕　張俊才《林紓評傳》，認爲琴南是堪稱"殿軍"之名的，其言：「一則馬其昶、
　　　　姚永概等桐城派傳人，連吳汝綸那樣的地位和影響也不具備。二則林紓既有
　　　　不亞于馬、姚輩的古文根柢，又有以『譯界泰斗』帶來的赫赫大名，因此林
　　　　紓在客觀上扮演了傳統古文壓陣大將的角色。」（天津：南開大學出版社，
　　　　1992年，頁226）。下引此書版本並同。
〔註2〕　見《畏廬三集·序》，載於《林琴南文集》（北京：中國書店，1985年）。
〔註3〕　錢基博〈林紓的古文〉，引自薛綏之、張俊才《林紓研究資料》（福州：福建
　　　　人民出版社，1983年6月），頁175。
〔註4〕　見張俊才《林紓評傳》，頁226。
〔註5〕　見姚鼐《古文辭類纂》（台北：廣文書局，1961年），頁1上。

贊、辭賦三類，曾文正公合爲「詞賦」一類，琴南集中此作極少〔註6〕，因又略之，而壽序一類，各家看法不同，而其性質又與贈序類頗爲相似，因合於贈序類中闡述。總括上述，可將琴南作品分八節討論如次。

第一節　論辨類

姚姬傳《古文辭類纂・序目》曰：

> 論辨類者，蓋原於古之諸子，各以所學，著書詔後世。孔孟之道與文至矣，自老莊以降，道有是非，文有工拙，今悉以子家不錄，錄自賈生始。蓋退之著論，取于六經孟子，子厚取于韓非賈生，明允雜以蘇張之流，子瞻兼及莊子。〔註7〕

此類姚氏曰「論辨」，文選曰「論」，曾氏雜鈔曰「論著」。劉彥和《文心雕龍・論說》篇云：

> 原夫論之爲體，所以辨正然否；窮于有數，追于無形，跡堅求通，鉤深取極；乃百慮之筌蹄，萬事之權衡也。故其義貴圓通，辭忌枝碎，必使心與理合，彌縫莫見其隙；辭其心密，敵人不知所乘，斯其要也。是以論如析薪，貴能破理。斤利者，越理而橫斷；辭辨者，反義而取通；覽文雖巧，而檢迹如妄。〔註8〕

是言論之爲用，論之作法。要之，論當說事議理，復加評斷。琴南論辨文共十一篇，文貴厚重，內容主義理，寫作守其法度；因而表現出結構謹嚴，文氣暢順，條理清晰，層次分明的特色來。茲將其內容分爲三類：

一、說理明道，以爲修身之借鏡

琴南論辨文中的〈黜驕〉、〈原謗〉、〈惜名〉等篇，是有關君子修身的。〈黜驕〉是論驕之爲害及驕之宜黜；舉商鞅驕其術，王安石驕於學爲例，戒君子宜時時警惕，勿蹈其復轍。言簡而意賅，理順而辭暢。〈原謗〉則言君子是小人的嚴敵，因此易受謗於小人；然當被謗時，應無所爭，因爲君子所爭，當

〔註6〕林紓的文集中，箴銘類有三：〈先母陳太宜人玉環銘〉、〈府君佩刀銘〉、〈二箴〉；頌贊類有一：〈賈誼董仲舒劉向贊各一首〉；辭賦類有一：〈感秋賦〉，三類共五篇，爲數極少，故從略。

〔註7〕同註5，頁1下。

〔註8〕見范文瀾《文心雕龍注・論說》卷四（台北：台灣開明書店，1985 年），頁30上。

在其道之是非,而不應計人言之是非。應內省其身,力制其行,立信於眾。
他寫道:

> 君子所爭,當在吾道之是非,弗計乎人言之是非,人言之中乎道,
> 寡也。吾內省其身,力制其行,謂可立信於眾。然則,仲尼又安有
> 武仲之毀與桓魋之阨?韓愈氏〈原毀〉其要言曰:爲是者有本有原,
> 怠與忌之謂也。怠者不能修,忌者畏人修,此特爲謗者。設身而言,
> 君子則不求無謗,但求可以致謗者而自弭。〔註9〕

如此就可以「不外備而守完,不內疚而行舒」,謗者無從加害也。〈惜名〉言
名不可恃之理,自古君子人未嘗不尙名,雖聖人亦「疾沒世而名不稱焉」。然
而琴南卻認爲得名易而保名難,若恃盛名而弛防,則敗之捷迅,不逾一瞬,
故君子不得不戒愼哉!

二、以古鑒今,有感於時局而發

　　〈續司馬文正保身說〉、〈唐藩鎭論〉、〈盧杞論〉等篇,是以古鑒今,有
感於時局而發的。琴南三十以前匪書不觀,因此能以史爲戒,故有此論。在
〈續司馬文正保身論〉中,闡明對待群小的方式,雖志在討賊,若才、權、
勢之不足者,皆不可輕易爲之。而司馬文正有鑒於元祐諸公,因逆知將有章
蔡之禍,故以此自警,是琴南有感於時局之不定,故續之以爲鑒。

　　〈唐藩鎭論〉則是有感於唐藩鎭諸將擁兵自重,而兵習於亂,惟利是
縱,殺帥若置棋,視朝廷更爲無物,而無法袪除。此皆執政者狃於便安,恣
所爲而不問,故有是弊。此地琴南提出了消弭藩鎭的策略,乃在行徵兵之
制,同時認爲兵必受學,誨之以愛國之誠,使知忠誠衛國,不致有藩鎭割據
之勢出現,他說:

> 欲弭藩鎭之禍,唯有行徵兵之一法,合秀穎魯鈍者,悉用爲兵。兵
> 必識字而向學,日聳之以愛國之誠,使知國與身并,衛國即所以全
> 身,割據竊發之事咸醜愧而不爲,而後亂始可弭。〔註10〕

琴南雖爲布衣,然關心國家社會,提出了徵兵之制及普及教育等看法,頗有
見地。〈盧杞論〉則是以盧杞爲例,明眞正的諛臣言非不忠愛,平居亦非不清
廉,以此而取信於國君,使人無從覺知其包藏禍心,陷人於不覺耶!以古鑒

〔註9〕林紓《畏廬續集》,〈原謗〉(台北:文津出版社,1978年),頁2上~2下。
　　　下引此書版本並同。
〔註10〕林紓《畏廬續集》,〈唐藩鎭論〉,頁4下。

今，當時又何嘗無此種人乎？爲人君者不可不愼也。

三、體患時弊，欲救風俗之創作

〈析廉〉、〈原習〉等，是有其積極欲救風俗的意義。〈析廉〉明君子律身以廉，憂君國之憂，寧靜至澹泊，斯名眞廉。平時人曰貪財爲貪，豈知貪權貪勢尤貪？因此應知有種劫君絕民覆國之廉，此直如豺虎！故應明辨之，方不致爲此種人所蒙蔽之。〈原習〉全篇則在闡述積久而習成。西人之崇恥而尚武，寧盡出於其性？亦積習所致。而中國向以忍辱爲讓，以全身爲智，故數千年來受異族陵踐而不愧，此亦謂之性乎？此無爲之倡習遂日即於靡，即亦不知其所以可恥者。其言：

> 西人之崇恥而尚武，寧盡出於其性？亦積習耳！習成則與習偶悖者，眾咸斥之。故一人見辱弗校，眾且涕唾而不之齒，勢在不能不死。中國不爾，以忍辱爲讓，以全身爲智，故數千年受異族陵踐而不愧，此亦謂之性乎？無爲之倡，習遂日即以靡，即亦不知其所以可恥者。庚子團民之鬨，似知恥矣！而病無學；辛亥南士之輕生，似知恥矣！而病冒利。無學冒利，安能倡而成習？〔註11〕

所以琴南認爲故當此外侮之時，人人應自勵以誠節，長養其勇概，使之有尚武之習，中國方能振靡強國。

綜觀之，琴南論辨文皆以君子修爲、憂國憐民，關懷時勢之作，這對當時內有軍閥割據，外有西人侵略的局勢而言，可謂關懷家國至切。而其篇章皆能從正反兩面剖析利害，以古證今，更援引西方知識，反覆申論，波瀾起伏，汪洋恣肆，說服力強。

第二節　序跋類

姚姬傳《古文辭類纂·序目》曰：

> 序跋類者，昔前聖作易，孔子爲作繫辭、說卦、文言、序卦、雜卦之傳；以推論本原，廣大其義，詩書皆有序，而儀禮篇後有記，皆儒者所爲。其餘諸子，或自序其意，或弟子作之，莊子天下篇，荀子末篇皆是也。〔註12〕

〔註11〕林紓《畏廬續集》，〈原習〉，頁3上。
〔註12〕姚鼐《古文辭類纂》，〈序目〉（台北：廣文書局，1961年），頁2上～2下。

此類姚氏曰「序跋」，文選曰「序」〔註13〕，曾氏雜鈔亦曰「序跋」〔註14〕。
林琴南《畏廬論文》云：

> 序古書，序府縣志，序詩文集，序政書，序奏議、族譜、年譜，序
> 人唱和之詩，則歸入序之一門；辨某子，讀某書，書某文後，及傳
> 後論，題某人卷後，歸入跋之一門。〔註15〕

又言：

> 綜言之，序貴精實，跋貴嚴潔，去其贅言，出以至理，要在平日沉
> 酣於經史，折衷於聖賢之言，則吐詞無不名貴也。〔註16〕

章學誠《文史通義‧匡謬》篇云：

> 書之有序，所以明作書之旨也，非以爲觀美也。序其篇者，所以明
> 一篇之旨也。〔註17〕

徐師曾《文體明辯》言序爲：

> 其爲體有二：一曰「議論」，二曰「敘事」。〔註18〕

以此而言，序之內容，必貴精實，其意乃以明一書或一篇之主旨。其作法又
分議論、序事，或兩者兼有之。跋必詳考其事，覈察其理，勿泛濫其辭，而
文貴嚴潔，作法亦同之於序。如：毛詩大序，乃以申明大義，其發爲議論，
使人知其微旨也。章學誠《文史通義‧點陋》篇云：

> 吾觀近日之文集，而不能無惑也。樹義之文，或出前人所已言也；
> 或其是非本易見也，其人未嘗不知之，而必爲之論著者，其中或亦
> 有微意焉；或有所託而諷焉；或有感而發焉。既不明言其故矣，必
> 當序其著論之時世，與其所見聞之大略，乃使後人得以參互考質，
> 而見所以著論之旨焉，是亦書序訓詁之遺也。乃觀論著之文，論所
> 不必論者，十常居七矣！其中豈無一二出於有爲之言乎？然如風詩

〔註13〕《文選》與姚氏命名雖異，而所錄皆爲他人或己之著作序述其意者。
〔註14〕曾氏命名雖與姚選同，然實合「贈序」，一類而言，姚氏則分爲二。自來選家
　　　　「序跋」與「贈序」多合而爲一，惟其性質不盡相類，此則以姚氏分爲二體
　　　　論之。
〔註15〕林紓《畏廬論文》，〈流別論〉（台北：文津出版社，1978 年），頁 20 下。
〔註16〕同註 15，頁 21 下。
〔註17〕章學誠《文史通義》，卷第四〈匡謬〉（台北：中華書局聚珍倣宋版印，未著
　　　　年代），頁 25 上。下引此書版本並同。
〔註18〕見《古今圖書集成》，第六十二冊〈文學典〉（台北：鼎文書局，1977 年 4
　　　　月），頁 1684。

之無序，何由知其微旨也？且使議論而有序，則無實之言，類於經
生帖括者，亦稍汰焉，而人多習而不察也，至於序事之文，古文如
其事而出之也。乃觀後世文集，應人請而爲傳誌，則多序其請之之
人，且詳述其請之之語，偶然爲之，固無傷也。相習成風，則是序
外之序矣。〔註19〕

琴南之序跋文共三十一篇，多應人之請而爲者，不免即述其人，然其所述，
往往有可傳誦也。或提出爲人處世的原則，或提及論文的主張，或及論詩的
見解，或提出憂國憂民、勸忠盡孝之道，每能因之發爲議論，語多勗勉，言
詞懇切。

一、對古文的見解

在〈國朝文序〉、〈桐城吳先生點勘史記讀本序〉、〈左傳擷華序〉、〈愼宜
軒文集序〉、〈百大家評選韓文菁華錄序〉諸篇中提出他對古文之獨特見解。
其論文持唐宋，亦未嘗薄魏晉，反對統系派別。〈國朝文序〉云：

若分劃秦漢唐宋，加以統系派別，爲此爲彼，使讀者炫惑其目力，
莫知其從，則已格其途而左其趣矣。〔註20〕

同時強調「積理養氣」，「愼重其事」的論文觀點，其言：

惟積理養氣，偶成一篇，類若不得已者，不惟唾棄凡近，蓋於未言
之先，審愼夷猶，內度其言之果足以名世與否，而後始爲之辭。
〔註21〕

琴南畢生中對《左傳》、《史記》、《漢書》、韓愈氏之文，用力頗勤，且將其心
得匯聚成書，有《左傳評勘本》收錄於《左孟莊騷菁華錄》中，及《韓柳文
研究法》等，不僅如此，其對《史記》更有獨到的見解，其言：

《史記》之文，純一記事之文也。然本紀、世家、列傳中，有同時
之事，不並敍，無以取證。以往之跡，不插敍，無以溯源。繁賾之
文，不類敍，無以醒目。〔註22〕

〔註19〕章學誠《文史通義》，卷第四〈點陋〉，頁 37 下～38 上。
〔註20〕林紓《畏廬文集》，〈國朝文序〉（台北：文津出版社，1978 年），頁 3 下。下
　　　　引此書版本並同。
〔註21〕同註 20。
〔註22〕林紓《畏廬續集》，〈桐城吳先生點勘史記讀本序〉（台北：文津出版社，1978
　　　　年），頁 8 下。

足知他對《史記》造詣非凡，無怪乎吳摯甫與之相見時，與論《史記》竟日。

二、對詩的看法

　　清末論詩者多宗宋之江西派，如閩縣陳寶琛、鄭孝胥、侯官陳衍等，皆琴南同鄉也，琴南不但不主江西詩派，尤斥門戶之說，序跋文類中的〈金粟詩龕集序〉、〈郭蘭石先生增默庵遺集序〉、〈拜菊盦詩序〉則提出了他對詩的看法，其言：

> 漢之曹、劉，唐之李、杜，宋之蘇、黃，六子成就，各雄於一代之間，不相沿襲以成家。即就一代之人言之，亦意境各別。凡侈言宗派，收合徒黨，流極未有不衰者也。身爲齊產，屈天下胥齊言；身爲楚產，屈天下胥楚言，此勢所必不能至者耳。天下人之聰明，安能以我之格律齊一之？格律者，用以範性情之具，非謂格律即性情也。性情境地，近乎建安，既發之詩，不期然其爲建安；性情境地，近乎開元大歷，既發之詩，不期然其爲開元大歷；若篤嗜西江，則亦無礙其爲西江而已。時彥務以西江立派，欲一時之後生小子，咸爲蹇澀之音。有力者既爲之倡，而亂頭麤服亦自目爲天趣，以冒西江矣。識者即私病其尠味，然宗派既立，亦強名之爲澀體，吾未見其能欺天下也！陳後山之詩，猶寒潭瘦竹，光景清絕；性情稍弗近者，即弗能入；妄庸者乃極意張大之，力鬬李杜，惟此是宗。然則菖蒲之菹，可加乎太牢之上矣。〔註23〕

可見琴南論文不薄六朝，論詩也不主江西詩派，不持宗派之見，頗有卓見。再者他對詩歌的見解是以自然爲工。〈拜菊盦詩序〉云：

> 實則詩者，性情之所寓，當時如宋之舒亶、李定、呂惠卿、蔡京兄弟父子皆負奇才，其詩詎無可傳而終不傳；文文山之詩，時時摹仿老杜，間有臨時率然之作，不盡協律而寸縑尺素，人皆珍惜。〔註24〕

此種觀點無疑的與《詩經・大序》中：

> 詩者，志之所之也。在心爲志，發言爲詩。〔註25〕

〔註23〕林紓《畏廬文集》，〈郭蘭石先生增默庵遺集序〉，頁5下～6上。
〔註24〕林紓《畏廬三集》，〈拜菊盦詩序〉（北京：中國書店，1985年），頁7。
〔註25〕《十三經注疏》，〈詩經〉（台北：藝文印書館，1993年9月），頁13上。

之精神一脈相通。認為詩乃性情之展現，同時欣賞臨時率然之作，凡此皆是
認為詩應以自然為尚。〈梅花詩境記〉中，也提及對詩歌的見解：

> 以自然為工，以感人為能。凡有為而作，雖刻形鏤法，玉振珠貫，
> 皆務眩觀者之耳目而已；而欲感人心，廣流傳，則未之或逮。大抵
> 詩者，不得已之言也。憂國思家、歎逝怨別、弔古紀行、因人情之
> 所本有者，播之音律，使循聲而歌之，一觸百應，迺有至於感泣者，
> 若谷風桑柔、板蕩離騷、杜甫北征諸作是爾。其次，則閒適若陶韋
> 之屬，俯仰悠然，亦足自抒其樂。〔註26〕

本諸性情、或憂國思家、或歎逝怨別、或弔古紀行、或閒適之作，在在皆以
自然為工、感人為能。而造作的刻形鏤法、玉振珠貫，在琴南認為僅是眩觀
者之耳目而已。儘管琴南對詩有精闢獨到的見解，然而他卻只要做一個起衰
振靡的文人，而不願為詩人，曾感慨的說：

> 詩人多恃人，而不自恃。不得宰相之寵，則發已牢騷；莫用儈父之
> 錢，則憾人鄙嗇。跡其用心，直以詩為市耳。〔註27〕

蓋時人多以詩為禽犢，琴南不恥為伍，故不欲以詩人名世，其人格，由此可
見一斑。

三、對家國時事的看法

　　除了對古文及詩提出了許多議論外，在序跋作品中，琴南也論及時局，
尤其當時新道德的提倡，使他不得不苦口婆心的宣揚國故，倫常等等。在〈書
宋張淏民嶽記後〉中，批評宋朝統治者重用奸臣朱勔、蔡攸，大興土木築艮
嶽。朱、蔡二人不顧人民死活，搜刮奇花異石，舳艫相接於淮汴之間，以「花
石綱」荼毒江南，招致亡國之禍，琴南在《書後》中寫道：

> 徽宗身處瑤軒玉堂之中，虔祠九華玉真之神，雖以花石勤民，固不
> 能以萬姓之危，易吾一身之安。富人冬月襲貂，據爐而行炙，告以
> 門外有困死於雪者，甯即為動？刻左右之人，萬萬無敢以斯言進者。
> 彼惟日視機務為苦，厭倦之形，見覺於群小，乃合謀詭導以林壑養
> 生之樂。幅巾單衣，徜徉於深林迴溪，其視機務之勞為有間矣。上
> 天置君以牧民，乃日縱放於山水，不以民事為急，天怒已復難逭。

〔註26〕林紓《畏廬文集》，〈梅花詩境記〉，頁57上～57下。
〔註27〕轉引自孔祥河〈論林琴南文學〉（香港能仁書院碩士論文），《能仁學報》第二
　　　　期，頁402。

> 矧又疲天下之力，構山水於平陸之上，其召不祥決矣！〔註28〕

其悲艮嶽之情，不正同於其悲頤和園嗎？

　　另外，則是針對新學者之批評舊倫理、舊傳統而發者。〈書昌黎處州孔子廟碑後〉言：

> 數千年以來，中國之易姓者十餘，未敢有鄙穢孔子之道以爲悖，猶
> 人之不能舍穀食，而別有所甘，出空氣而自游於渤也。〔註29〕

當時西學興盛，新學少年棄國故傳統而不顧，琴南有所感，出而衛道之言也。
足見其護衛倫常、綱紀之心。

第三節　書牘類

　　人不能脫離群居而獨立，因此酬贈往來便成爲維繫人際關係的必要方式。書者，舒也，舒布其言而陳之簡牘也。書以代言，故宜溫文爾雅，曹丕所謂「書記翩翩」者是也。劉彥和《文心雕龍・書記》云：

> 詳總書體，本在盡言，言以散鬱陶，託風采，故宜滌暢以任氣，優
> 柔以懌懷。〔註30〕

故知書之爲體，不獨用以道情愫，通款曲，即令陳詰難，涉訴詈，亦能應之。至於其名稱，姚姬傳曰「書說」，文選則爲「牋」、「書」，「移書」三類，曾氏雜鈔則曰「書牘」，事實上是名異實同也。惟姚氏所錄多戰國說士說異國之君之辭，非以正式之書牘爲之，故名曰「書說」，《古文辭類纂・序目》曰：

> 書說類者，昔周公之告召公，有君奭之篇，春秋之世，列國士大夫，
> 或面相告語，或爲書相遺，其義一也。戰國說士說其時主，當委質
> 爲臣，則入奏議，其已去國，或說異國之君，則入此編。〔註31〕

可知姚氏側重說士之辭。而曾氏所錄則多同輩相告之書翰，故曰「書牘」。
此處沿用「書牘」之名似較普遍而允當，因琴南文集中是同輩相告之書翰故也。

〔註28〕林紓《畏廬文集》，〈書張渶艮嶽記後〉，頁7下～8上。
〔註29〕林紓《畏廬三集》，〈書昌黎處州孔子廟碑後〉，頁11下。
〔註30〕范文瀾《文心雕龍注》，卷五〈書記〉（台北：台灣開明書店，1985年），頁41下。
〔註31〕姚鼐《古文辭類纂》，〈序目〉（台北：廣文書局，1961年），頁5下。

前所言，書牘既可道情愫、通款曲、陳詰難、涉詬詈，故由其往來之書
牘之中，即可瞭解其為人。姚永概《畏廬續集・序》曰：

> 世士塗飾以為工，微引以衒博，固無性情之真，且不足以自信，
> 又烏足以信千百世誰何之人乎？若畏廬者，殆余所謂可信者也。
> 〔註32〕

又曰：

> 余知畏廬深，其性情，真古人也。〔註33〕

事實上，從琴南十三篇的書牘當中，可以發現其真誠坦率，情見乎辭，足證
姚氏之言。在琴南的書牘作品中，除了論述有關他的古文觀點外，再者即是
真性情的展現，以下就傷時感亂、針砭時弊、不慕榮利三點加以敘述：

一、傷時感亂

首先真性情的顯露，展現他對時局「傷時感亂」的情懷與作為。身為
知識分子，憂國感時，其愛國之心、救民之志，從其書牘之中可見一斑。
當光緒二十四年（1898）德軍強占膠州灣的消息傳出後，舉國沸騰，時琴南
于京師，參加會試不第，與高鳳岐及恩師寶竹坡之子伯茀（又名壽富，琴
南又稱壽伯茀），一連三天，前往御史台上書，抗議德國侵占我膠州灣，並
請皇帝下罪己之詔，以激勵士心。他們三人還特陳「籌餉」、「練兵」、「外
交」、「內治」四策，請朝廷採納，卻不為當局所用，〈出都與某侍御書〉中
言：

> 我朝惟王公近支，不下交士大夫，壽富為遠支宗室，與某等以道義
> 相處十餘年。此次某等方具草，彼亦懷稿來質，意見脗合，乃自毀
> 稿而附名某後。不然天潢之親，何由屈居布衣之下？總以義之所
> 在，某等不容峻卻，遂與聯名以進。至練兵、籌餉、內治、外交，
> 司官斥為洋務，試問此外尚有何事名為正務？且柏臺不可下狀，試
> 問何地尚可上言？想總憲粉飾太平，不欲人士貢其忠款，故極力阻
> 抑。〔註34〕

狀書呈上，被駁回的理由有二：其一，布衣之士不能與清室宗親伯茀聯名上

〔註32〕姚永概《畏廬續集・序》（台北：文津出版社，1978 年）。
〔註33〕同註32。
〔註34〕林紓《畏廬文集》，〈出都與某侍御書〉（台北：文津出版社，1978 年），頁 10
上。下引此書版本並同。

書；第二，所陳四策兼涉「洋務」，應另赴總理衙門呈遞。於是琴南等人的耿耿愛國之心，在清廷官僚前是無法發揮作用，而又結結實實地被澆了冷水，其義憤填膺、傷感之懷可想而知。然而並不因此而心死，在離京之前依然寫了這篇〈出都與某侍御書〉，希望這侍御能代進陳言，書中除說明上書的前因後果外，仍期侍御能：

> 願執事力與臺長爭之，以廣進言之路，天下幸甚！〔註35〕

可見琴南並不因清廷的腐敗，而放棄對國家人民之愛，其忠貞之志也漸漸的顯現出來。

民國初立，清帝尙轄紫禁城，琴南都不忘上書，期望宮中能開源節流，力支殘局，〈上陳太保書〉云：

> 皇帝既已讓政，則宮廷制度不能不加撙節。〔註36〕

又言：

> 試觀今日各署薪俸至數月不發，軍中欠餉，索者囂然，就此兩事而
> 觀，則皇室經費實危如朝露，若不再行撙節，以爲天家體制所關，
> 不惟寶玦王孫有路隅之泣，即宮中日用寧堪問耶？〔註37〕

琴南以遺民自居，雖被視爲落伍，然而政治立場的落伍並不等同于愛國之心的泯滅〔註38〕。其忠貞愛君之誠躍然紙上。

二、針砭時弊

於〈與唐蔚芝侍郎書〉、〈答姪翥鴻書〉中則有針對當時社會的現象而發。民初教育，廢除經書，以致童子少年離經叛道，不知倫常，「剽竊西人皮毛，鋤本根而灌枝葉」、「逐時趨而侔己利」，琴南有見於此，乃致書唐蔚芝侍郎，與論廢經之害，其言：

> 近人謂聖言幽遠，不切於用，至中學以下，廢斥論語，童子入手，
> 但以家常行習之語導之，已不審倫常爲何物！一遇暴烈之徒，啓以
> 家庭革命之說，童子苦於家訓，反父母愛勞之心爲冤抑，一觸之，
> 如枯菅之熾烈，燄光熊熊矣！嗚呼！易、書、詩、禮及春秋之言，

〔註35〕同註34，頁10下。
〔註36〕林紓《畏廬三集》，〈上陳太保書〉（北京：中國書店，1985年），頁31下。下
　　　　引此書版本並同。
〔註37〕同註36。
〔註38〕見張俊才《林紓評傳》（天津：開南大學出版，1992年），頁157。

> 童子固不易知；論語一書，無所不包，可以由淺幾深，何亦廢之？
> 始基已不以父母爲然，又何有於國家？其仍託國家爲言者，逐時趨
> 而侔己利耳！〔註39〕

指出廢經之害，使童子不審倫常爲何物，又感嘆的說：

> 嗚呼！師道不立，天下決無正人！〔註40〕

強調師道的重要性，在當時人人恃其「自由」之力時，未嘗不是切中其要的
呼聲。文中條分縷析，持論確當，如函中所陳之事象，在今日觀之，亦屢見
不鮮。處在綱紀無存，甚而有闖孝之文，討父之會的亂象中。琴南認爲此現
象產生的責任在爲人師者，屈就於學生，〈答姪鬯鴻書〉云：

> 來書問：學生意氣有所激，往往過當。余則謂「咎不屬之學生，而
> 專屬之教習。」〔註41〕

又曰：

> 而教習諸君，既無「道而弗牽，強而弗抑，開而弗達」之能，但畏
> 學生之眾，而莫之攝！愿者唯諾，黠者慫恿，學生既不承教習之爲
> 其師，則恣所欲爲；教習亦但能退聽，尚得自保！否則，噪逐之而
> 已！詈斥之而已！其去古所謂「師嚴道尊，道尊然後民知敬學」遠
> 矣！〔註42〕

在鑒於此，於是琴南挺身而出，秉持「鞠躬盡瘁」的精神，慨然以啓導愚蒙，
改變世道人心自任，其憂時愛民的眞情流露，足使人敬佩其誠，〈與唐蔚芝侍
郎書〉云：

> 紓年六十有八，賣畫譯書，月可得數百金；則棄而不爲，而專力於
> 教授，亦趁其未死之年，詮釋論語之奧妙，佐以儒先之言，亦旁證
> 及於西人之哲學。〔註43〕

琴南眞性情的表現，除了表現在傷時感亂及對清室的忠貞外，另外從〈與魏
季渚太守書〉及〈答周生書〉兩文中，也可知他對朋友的守信，其道義精神，
可謂有古人之風。〈答周生書〉中述及其友王薇庵及林述庵喪亡後，琴南爲其
撫孤，爲教爲養至婚嫁，此種行徑，直古之義士耳。

〔註39〕林紓《畏廬三集》，〈與唐蔚芝侍郎書〉，頁28下。
〔註40〕同註39。
〔註41〕林紓《畏廬三集》，〈答姪鬯鴻書〉，頁29上。
〔註42〕同註41，頁29上～下。
〔註43〕同註39，頁29上。

三、不慕榮利

琴南終身不貪虛名，不爭榮利。據《叔父靜庵公墳前石表辭》云：

> 公（靜庵公）嘗謂：兒（琴南）雖善讀；顧燥烈不能容人，吾知汝
> 不勝官也。〔註44〕

由此推測，琴南為人耿直，「少無適俗韻」，故終身不仕，此恐遠因之一。及壯，雖有愛國之心、有救民之志，但見橫流之亟，無所可為，故不願苟祿冒榮，寧以布衣終身，存其真性情。光緒二十七年，禮部侍郎郭曾沂曾以經濟特科，薦琴南為官，琴南卻上書辭不就任，稱：

> 今紓行不加修，而業益荒落，奈何貪美名、覬殊賞，冒進以負朝廷，
> 而並以負公也。〔註45〕

言辭真率。最後表示：

> 紓亦苟取其惡，爭崇讓之名，以沒吾齒。〔註46〕

立意確然，不欺其志。在〈答某公書〉中也辭以才學不足，以及明戀慈母之切，不肯仕宦。琴南本人雖不願為官，然其子珪於光緒三十四年為順天大城縣知縣時，琴南仍馳書示居官法戒，諄諄訓誨以愛民自愛之原則，語重心長，足見其性情之真。傅更生說：

> 創作者之深情，滲透於作品中，出其至誠，映現於文字；顛沛必於
> 是，造次必於是。即其信筆偶及之處，亦自然流露其情誠，必無無
> 聊之墨瀋。創作者固盡瘁於其作品，欣賞之者，亦宜細細咀嚼，然
> 後乃可有得也。〔註47〕

以此檢視琴南之文，氣盛辭暢，情理圓融，足以動人，是為至當。

第四節　贈序類

贈序之初，原為送行之詩而作，漸至衍為無詩而徒有序。姚姬傳云：

> 贈序類者，老子曰：「君子贈人以言。」顏淵子路之相違，則以言相
> 贈處，梁王觴諸侯於范臺，魯君擇言而進，所以致敬愛、陳忠告之

〔註44〕林紓《畏廬文集》，〈叔父靜庵公墳前石表辭〉，頁50上。
〔註45〕林紓《畏廬文集》，〈上郭春榆侍郎辭特科不赴書〉，頁11上。
〔註46〕同註45。
〔註47〕傅更生《中國文學欣賞舉隅》，〈深情與至誠〉（台北：國文天地雜誌社，1990年），頁20。

誼也。唐初贈人，始以序名，作者亦眾，至于昌黎，乃得古人之意，
其文冠絕前後作者。〔註48〕

呂東萊亦云：

凡序文籍，當序作者之意；如贈送燕集等作，又當隨事以序其實
也。〔註49〕

故贈序乃親朋故舊相別，用以陳忠告，致戒勉，本序之變體也。而贈的內容，
自然會說到作者與被贈者相互之間的友誼關係，或者也加上給于對方期許勉
勵之言，甚或藉以抒發自己的心得見解。這種文體，到了韓愈和柳宗元，才
真正地興盛起來，琴南在《韓柳文研究法》中曾經說過：

昌黎集中銘誌最多，而贈送序次之，無篇不道及身世之感，然匪有
同者。〔註50〕

又說：

贈送序，是昌黎絕技，歐王二家，王得其骨，歐得其神，歸震川亦
可謂能變化矣，然安能如昌黎之飛行絕迹邪。〔註51〕

是琴南對於韓昌黎古文中「贈序」一類的作品，讚賞有加，而他自己寫起「贈
序」類古文作品來，當然也就特別的講究。在《畏廬文集》（包括續集、三集）
一共收錄了三十七篇「贈序」作品，或發議論而欲有助於國家者；或施於晚
輩諄諄訓誨以不忘本，欲其能本其學而有所冀望者；或歌頌嘉行，而為辭相
贈，此皆不離贈序文之撰寫通例，茲將其內容論述如下：

一、盼其行為有利於家國

琴南生逢清末，正是列強相競入侵中國，一個個的不平等條約不斷的簽
下，一個個的口岸不斷的開放，外國艦隊不僅自由的往來於沿海各通商口
岸，且深入中國腹地長江一帶。山河破碎，神州凋零，清政府不得不引進西
方科學、工業和武器，推行了一系列的洋政新政：購機器、買洋槍、練新
軍。然而收效卻甚微，外患頻仍，怨憤遍於國中。琴南身為正統的正派讀書
人，目睹這種現象，雖不居官，而其愛國心及歷史的責任感是相當強烈的。
所以當他的友朋或持節往他國為使；或居官往外地仕宦的，他在臨別贈言

〔註48〕姚鼐《古文辭類纂》，〈序目〉（台北：廣文書局，1961年），頁7下。
〔註49〕見明·吳訥《文章辨體序說》（台北：長安出版社，1978年），頁42。
〔註50〕林紓《韓柳文研究法》（台北：廣文書局，1970年），頁23。
〔註51〕同註50，頁22。

時，總期於其友能爲家國多盡一分心，爲人民多謀福利，〈送同年李畬曾之官江右序〉云：

> 然則與民最親而易恤者縣，舉縣所治而悉親之。恤之分，大吏之責；達百姓之隱者，又莫如太守矣。吾友李畬曾同年，以工部郎出爲江西知府，官足以榮其身，祿足以仁其家與族，所以光李氏者至矣。於君將何言，抑吾聞之豫章之民，勤生而嗇施，薄義而喜爭，嗇施則俗澆，喜爭則訟滋。畬曾官茲土，將欲去嗇而化爭，能不以宵讇便其身，顧忌狗其屬，使愚者見矜，貧者見哀，則足以爲治矣。〔註52〕

在序中夾以說理來論述，所以明爲官之責。同時又以畬曾爲官則足以使愚者見矜；貧者見哀，是江右百姓之福，蓋琴南是以此期之於畬曾矣。

　　不僅在國內爲官，琴南以此期許之，就是爲持節西使者，爲國爭曲直，其責任更大，〈送嚴伯玉之巴黎序〉云：

> 夫國有專使，宜據理秉義與彼人爭其曲直，乃使者心知其不可而樞近轉以爲可。使者雖洞習外情，顧無力足以開伏貴要，因之累使咸無威績之足紀。余甚憤之久，而方知使者之貴乎賓佐也，使者之能折衝於域外，使者雖才賢固必有佐焉，益足以自振。乃使者求佐皆用諸王公大臣之薦，於西人之習尚禮文尚未有聞也。駐節彼中或反需彼人以爲輔，彼有舉措，置吾使而不諮，徑告之於吾樞府焉。使者則若丞之署諾，莫敢陳辯矣。〔註53〕

短短數語，道出當時外交上的弊病。因此當嚴伯玉爲參佐欲往巴黎時，琴南真是爲國家感到慶幸，他說：

> 今余觀諸君子之佐太常，類以望實見禮，伯玉尤以門業之盛，家學之純，自致於賓座。嗟夫！使者賢矣，其佐又賢，是行也，且爲國家爭其利便以歸報，必不爲嚮人之所爲，吾慶國家矣。〔註54〕

由此可知，琴南雖爲布衣，然不離讀書人本色，對於家國時勢的關心，不輸於居官在仕者，同時他又那麼熱切的盼望國家能富強起來，因此當有機會爲其仕宦的朋友寫贈序時，琴南總不忘以圖國家人民之有利者期許之，如〈送

〔註52〕林紓《畏廬文集》，〈送同年李畬曾之官江右序〉（台北：文津出版社，1978年），頁11下～12上。下引此書版本並同。
〔註53〕林紓《畏廬文集》，〈送嚴伯玉之巴黎序〉，頁17下～18上。
〔註54〕同註53，頁18上。

陳任先之哈克圖序〉、〈送陳徵宇之官濟南序〉、〈送魏君注東奉使比利時序〉
等篇皆是。

二、訓誨弟子以不忘其本

　　琴南從二十一歲開始當一名微不足道的塾師起〔註55〕，到應聘入京主金
台書院講席，又聘任爲五城學堂總教習，京師大學堂等校，畢生有五十多年
的時間是擔任教師的角色，而掛名其門下的弟子有二千多人。在長達這麼多
年的教書生涯中，他的教學態度是認眞的，對學生除了課業的要求外，總不
忘諄諄示誨，期望學生能本其學而對家國有所貢獻，不爲當時新文化的輸入，
而忘己身之所學也。〈送正志學校諸生畢業歸里序〉云：

　　　　今諸生畢四年之力，頗聞古聖人之道，且略窺西人治藝之樊矣，或
　　　　有挾資以西遊者，吾又甚願其勿右西人之藝而左吾道也。〔註56〕

在琴南的心目中並不反對西人之藝，然而他所堅決反對的，就是少年學子一
聽說西方的技藝，往往趨之若鶩，一味的學習西方，致使忘了本國文化，甚
而以爲本國的傳統就是落伍，這也是他後來反對新文化的原因。在他予學生
的贈序中，一再的強調就是不忘本其學，〈送林生仲易之日本序〉云：

　　　　生當無忘中國之所有，取東人之愛國者，用以自愛吾國，並以自存
　　　　吾學，斯幸矣。若夫竊東人之緒餘，故爲奇創奪常之論以文之侈，
　　　　其得諸東者，貽笑東人，于生又何取焉。〔註57〕

除了強調學生們應本其學，訓示不當竊取他國之緒餘以爲己創外，對於不得
志而歸里的學生，該如何自處呢？琴南有自己的一套看法，〈送張生厚載序〉
云：

　　　　君子之立身也，當不隨人爲俯仰，古之處變而安者，寧盡泯其怨咨
　　　　之聲？顧有命在不可幸而免也。〔註58〕

又曰：

　　　　今生之所遭直除名耳，非有道州之行也。生歸朝其父母，于家處其

〔註55〕1919年2月19～23日《新申報》：《蠢叟叢談‧麥氏兄弟》上云：余年二十一
　　　　歲，館于王氏。轉自張俊才《林紓評傳》（天津：南開大學出版社，1992年），
　　　　頁20。

〔註56〕林紓《畏廬三集》，〈送正志學校諸生畢業歸里序〉（北京：中國書店，1985
　　　　年），頁13下。下引此書版本並同。

〔註57〕林紓《畏廬三集》，〈送林生仲易之日本序〉，頁12下～13上。

〔註58〕林紓《畏廬三集》，〈贈張生厚載序〉，頁14下。

　　兄弟，怡怡然臨窗讀孔孟之書，亦君子之所謂樂也。其視反乎此者，
　　必有間焉。宜生之無所戚戚于其中也。〔註59〕

由以上的諄諄訓示中，不難明瞭琴南不只是位古文家，且是一位優秀的教師。

三、臨別爲文以加勸勉

　　歷來仕途幾乎絕少有一帆風順者，特別是恃才遭忌或直言見黜者，比比
皆是，此幾乎是知識分子共同的悲歌。在清政府末期腐敗時，更不乏有才學
之士提出正確的救國方針，卻不幸地爲上者所不容而遭罷官的命運。當琴南
的友朋有此遭遇時，他除了爲天下生民感到惋惜外，同時也勸慰以言，期能
進退自若，〈送侍御江公歸梅陽序〉云：

　　侍御史江公既抗疏彈親貴大臣，章七上，朝廷震怒，顧念公戇直，
　　命以翰林原官出台空，台留之，莫能得。公灑然仍至翰林，留十
　　日，投書掌院大學士，請歸養，天下駭惜。江公之去，紓辱與公交
　　十年，因公之歸不能無感焉。〔註60〕

又曰：

　　然太夫人以七十又五之年，無敢溺愛其子，聽留京師，蓋知公之能
　　言，必有足爲國家一日之益。今得放還山，依依膝下，賢母令子許
　　國之心皆釋然矣。〔註61〕

對於侍御江公抗疏彈親貴大臣之舉，琴南雖不予任何評論，然言語之中讚賞
江公的行爲，光明磊落，無愧於心。正以不愧於心，故雖不爲當局所容，而
奉母歸養於故里，可想見其心無掛礙的胸懷，直可坦蕩蕩的面對天地中的一
切了。〈送高梧州南歸序〉云：

　　余親梧州如昆弟，亦以吾才不勝官，得梧州官臺中，余尤可終身勿
　　官。今梧州不獲選而去，則余平日託救國之心于梧州者，其終絕其
　　望耶？梧州出都聲色勿動，諧謔如平時，余又覺梧州之志未嘗餒
　　也。夫求富貴而不獲，當或懊喪摧折至於不振，若日懷許國之心，
　　則凡可以益國與民者皆當也。〔註62〕

〔註59〕同註58。
〔註60〕林紓《畏廬續集》，〈送侍御江公歸梅陽序〉（台北：文津出版社，1978年），
　　　　頁21下。下引此書版本並同。
〔註61〕同註60。
〔註62〕林紓《畏廬文集》，〈送高梧州南歸序〉，頁20上。

文中充分顯示出琴南對朋友的看重，甚以國託於高梧州的期許，然而梧州雖有才學（廷試御史第一），卻不受記名，因此只得落落寡歡的離去。在臨別時，琴南除了爲梧州分析不受記名的可能原因外，又勸以不忘報國救民的初衷，恐梧州爲此而懊喪不振，其對朋友的深情，盡在其中。

四、強調古文之重要

琴南初治古文，主張「取徑于左氏傳、馬之史、班之書、昌黎之文。以爲此四者，天下文章之祖庭也。」〔註63〕並不以桐城派自限。而當桐城派受到「新文體」的衝擊而日漸零落時，琴南則挺身保護桐城古文，不遺餘力。在贈序文中，也不忘延古文，以救古文之危，在〈送大學文科畢業諸學士序〉、〈贈馬通伯先生序〉、〈贈姚君毅序〉等篇都有提及。〈送大學文科畢業諸學士序〉中云：

> 嗚呼！古文之敝久矣。大老之自信而不惑者，立格樹表，俾學者望表赴格而求合其度，往往病拘攣而痿於盛年；其尚恢富者，則又矜多務博，舍意境、廢義法，其去古乃愈遠。夫所貴擷經籍之腴，乃所以佐吾文，非專恃多書即謂之入古，衒俗眼而噤讀者之口也。而今之狂謬鉅子，趣怪走奇，填砌傳記如縮板搨土，務取其沓而夥者以爲能，則宜乎講意境、守義法之益不見直也。歐風既東漸，然尚不爲吾文之累，敝在俗士以古文爲朽敗，後生爭襲其說，遂輕蟻左、馬、韓、歐之作，謂之陳穢，文始輾轉日趣於散，遂使中華數千年文字光氣，一旦闇然而熸，斯則事之至可悲者也。〔註64〕

文中詳言古文受到衝擊的原因乃在「俗士以古文爲朽敗」，因此他不得不大聲疾呼，期使「中華數千年文字光氣」能再次的發揚，因此他說：

> 今同學諸君子，皆彬彬能文者，亂餘復得聚首，然人人皆悉心以古自勵。意所謂中華數千年文字之光氣，得不闇然而熸者，所恃其在諸君子乎？世變方滋，文字固無濟於實用，苟天心厭亂，終有清平之一日，則諸君力延古文之一綫，使不至於顛墜，未始非吾華之幸也。〔註65〕

〔註63〕見朱羲胄《林琴南學行譜記四種》，卷三〈春覺齋著述記〉，引陳希彭〈十字軍英雄記序〉語（台北：世界書局，1965 年），頁29。

〔註64〕林紓《畏廬續集》，〈送大學文科畢業諸學士序〉，頁 20 上～20 下。

〔註65〕同註 64，頁 20 下。

以力延古文之責，委諸學生，足見其用心之苦。在〈贈馬通伯先生序〉中，亦同樣以此期許，他說：

> 余居京師十年，出面士流，咸未敢與之言文，亦以古文之系垂泯，余力不足續其危系，何爲以此自任？今通伯，則私慶續者之有人也。夫心知其道，力不足以昌之，則局於學之未至也。學至矣，而謂世之無可紹吾傳而終秘焉，則非所甚不已不如是也。今之後生果有足紹桐城之傳者乎？通伯閱人多，必有以識之，若習爲剽許之行，強作解事以自詡，則願通伯終秘之，必擇其足傳者始衍吾傳也。〔註66〕

爲了力延古文一線，琴南透過不同的方法和途徑，除了親自寫作、選評和理論的選述外，他也招生授徒，其目地不外是希望趁著「未朽之年」爲古文做最大的努力。儘管如此，他仍自謙地以爲無法救古文之垂危，因此一遇古文同道的馬通伯，即期以此重責，期望著古文能因此而繁衍昌盛。至此，怎能不爲琴南全力投入古文而感動呢！

五、歌頌其人德性

凡人有嘉言懿行，爲文歌頌之，一則以示對其人之尊敬，一則以傳爲美談達到示範的效果，而此類文章並不限文體，在琴南的贈序文類中，也不乏此類作品，如〈贈李公星治序〉、〈送梁節庵先生南歸序〉、〈送王肖泉先生之天津序〉等皆是。在〈贈李公星治序〉上云：

> 吾友吳航李公星治，年垂八十，聞其鄉之被水死者可千數，則戚然而悲，焦然而思，爲之陳請于外交部。部長陳公移書南洋華僑，得助賑金萬五千圓，時吳航方修海塘以禦水，水力衝冒，塘旋修施圮，非更得二千金者，塘工莫葳，民田則盡滷矣。顧僑民所助金悉數別有所儲，公累請莫得，不願爭也，則自鬻其書，用助塘工，其志蓋可悲矣。〔註67〕

鬻書以救其鄉，偉哉李公之行也。琴南畢生作畫、譯書以贍其家，其自力若是，所以以琴南的爲人，見到李公此舉則多所讚譽，爲文美言之。〈送王肖泉先生之天津序〉亦對王肖泉之行多所讚賞，其言：

〔註66〕林紓《畏廬續集》，〈贈馬通伯先生序〉，頁25下。
〔註67〕林紓《畏廬三集》，〈贈李公星治序〉，頁14下～15上。

> 聞析津王肖泉先生賢而博於西學，遂以禮幣聘王先生肖泉於析津，
> 主五城中學。先生風節讜毅，同輩均嚴憚先生，而紓亦適受聘授國
> 文，幸同事，與先生習。久迺益知先生爲節士，豐於業而適於道者
> 也。方西兵之據析津，以重金延先生主譯事，先生歎曰：「我清士，
> 奈何爲客自削其宗國？」屏使者金，弗出。及既受陳公聘，則日詻
> 詻然勉學子授課倍常程，不罄竭其力弗止。〔註68〕

琴南爲人具有忠貞之個性，而其愛國救民之心又相當的強烈，因此對於王肖
泉屏西人之延，不願爲西人庸的行爲，琴南是最欽佩的了。而當王先生主五
城中學時，上課教導學生的態度又是「不罄竭其力弗止」的認眞態度，這對
忠貞個性的琴南而言，是那麼的相像，無怪乎琴南對他讚譽有加。

壽序文中大體皆是歌頌其人之德的，然而琴南卻反對這種應酬之作，《畏
廬論文》云：

> 近代文家往往代人作壽序。壽序一體，於古無之。顧亭林深惡此種
> 文字；望溪集中亦但有數篇；盛者唯有歸震川，然多短篇。蓋壽言
> 與生傳及神道墓銘有別，大抵朋友交期，祝其長壽；或偶舉一、二
> 事，足以爲壽徵者，衍而成文而已。〔註69〕

壽序之爲體，既是爲朋友祝賀所用，偶舉一、二事，以爲其壽徵，衍而成
文者，那麼頌揚之語在所難免，久而久之，則成公式化的應酬之作，因此琴
南說：

> 實則此等文字，酬應爲多，語之不必精切，徒增紛紜，苟可以已，
> 即不必作。〔註70〕

是琴南也反對率意應酬、徒具虛譽的壽序之作。在琴南的文集中，只有七篇
壽序文，其中有兩篇是分別爲，陳寶琛六十歲和七十歲時所作，即〈滄趣先
生六十壽序〉、〈陳太保壽序〉，其餘分別爲高鳳岐之母親程太宜人、周辛仲、
林迪臣、力鈞、梁鼎芬等所作，因爲琴南與他們的交誼匪淺，序中所舉均爲
具體的事實，以此如加闡述，用夾敘夾議的寫作方式，一則以祝福，一則以
爲借鑑，故不乏可觀之處。也可知琴南珍惜其古文之作，不任意爲浮誇不實
之文。〈廣文周辛仲先生五十壽序〉首先以「天之尊道而崇節，甚於其予人以

〔註68〕 林紓《畏廬文集》，〈送王肖泉先生之天津序〉，頁 15 上。
〔註69〕 林紓《畏廬論文》，〈流別論〉，頁 21 上。
〔註70〕 同註48，頁 21 上～21 下。

富貴」爲發議，然後備述周辛仲爲訓導時，遇賊圍城，周先生獨自懷牒、款步、冒刃諭賊一事，而發議論言：

> 夫魯公之於希烈，昌黎之於庭湊，二公類已顯達，又重以朝廷之命，即死，分也。今先生懷牒諭賊，雖死不以其職，乃憫一城之命，蹈不測之險，折冥頑不靈之寇，慷慨大節，不後於二公。乃大不能領一郡，小不能乘一障，蕭然與吾輩放曠於鹿林雁澂，斷橋紆嶺，杖屨崱之巔，櫂聖湖之陰；題詩於慢亭，載酒於霍童；乘烟犯月，出高入深，又何也！〔註71〕

將周辛仲比擬於魯公、昌黎之所爲，周先生顯得略勝一籌；然而其不爲世用，又怎能不委屈呢？因而又言：

> 夫才至而節不至，不可以與處難；節至而道不至，不可與任大。先生之道，吾不知其成就者如何，但以五十之年，屢經憂患，所造已如此，則固其可信者耳。〔註72〕

文中盛稱周辛仲才、節、道皆足，故能守志成事。是以特書其事，以祝其由耄至耋，皆能抱道守志。既達慶賀之意，也是佳許其行徑，同時也足爲後世楷模。以此爲文，當然不同於徒具形式，空有頌揚讚譽之語的壽序了。

由上述，可知琴南所歌頌者，都是確確實實有美德美行足以傳誦的，而非琴南虛構，文飾而求其名者。

第五節　傳狀類

傳狀相類，而其用不同。徐師曾《文體明辯》云：

> 太史公創史記列傳，蓋以載一人之事，而爲體亦多不同。迨前後兩漢書、三國、晉、唐諸史，則等相祖襲而已；厥後，世之學士大夫，或值忠孝才德之士，慮其湮沒弗白，或事跡雖微，而卓然可以法戒者，因爲立傳，以垂於世。〔註73〕

吳訥《文章辨體》云：

> 按行狀者，門生故舊狀死者行業上于史官，或求銘誌於作者之辭

〔註71〕林紓《畏廬文集》，〈廣文周辛仲先生五十壽序〉，頁22上。
〔註72〕同註50。
〔註73〕徐師曾《文體明辯・傳》，載《古今圖書集成・文學典》第六十二冊（台北：鼎文書局，1977年4月），頁1698。

也。〔註74〕

故同爲錄記人物，而作法略異。姚姬傳《古文辭類纂序》云：

> 傳狀類者，雖原於史氏，而義不同。劉先生云：「古之爲達官名人傳
> 者，史官職之。文士作傳，凡爲圬者種樹之流而已；其人既稍顯，
> 即不當爲之傳，爲之行狀，上史氏而已。」余謂先生之言是也。雖
> 然，古之國史立傳，不甚拘品位，所記事猶詳。又實錄書人臣卒，
> 必撮序其生平賢否。今實錄不紀臣下之事，史館凡仕非賜謚及死事
> 者，不得爲傳。乾隆四十年，定一品官乃賜謚。然則史之傳者亦無
> 幾矣。余錄古傳狀之文，並紀茲義，使後之文士得擇之。〔註75〕

引劉先生之言，明白指出「文士作傳，凡爲圬者種樹之流而已；其人既稍
顯，即不當爲之傳，爲之行狀」的不同。要之在稱述得體，不可虛加仁義禮
智，妄言忠肅惠和於其人，欺當世誣後代。

按此來看琴南的傳狀文，可分爲行狀與事略、人物傳記及寓言性傳文等
三類計三十五篇，茲分述如下：

一、行狀與事略

雖然《文心雕龍・史傳》云：「文非泛論，按實而書」，然若一味的有聞
必錄，羅列平生，直書其事；而欲使傳文能面面俱到，則必成一流水帳，而
無法感人。琴南深深瞭解這一道理，又受《史記》的啓發，故其爲人物作傳
時，總是對材料加以剪裁、提煉，選取出典型的事例進行描寫，所以文中往
往只敘一兩件事，人物的命運和性格就栩栩如生地被突顯出來。加以他又善
於抒情敘悲，往往選擇看似平常的生活細節，徐徐寫來，常於敘事中流露出
至情，如〈先妣事略〉中敘思母之情：

> 壬辰，紓復北行。宜人忽夢紓病於析津，遽起，開門見月，乃覺其
> 夢，即亦弗寢。日上，移榻廊隅，望門待郵者二日。析津書至，無
> 病，而宜人憊矣。高氏妹嘗語紓曰：「母戀兄，意殊不在得官。兄南
> 歸多以五月，蒼霞之洲，大水新落，家具雜沓橫互，日影停窗紙上。
> 母指廑家人，爲兄解裝，庋書籍，往來笑悦，兄憶之耶？」嗚呼！
> 無母之戚，得妹言愈弗堪矣。〔註76〕

〔註74〕 吳訥《文章辨體序説》（台北：長安出版社，1978年），頁50。
〔註75〕 姚鼐《古文辭類纂》，〈序目〉（台北：廣文書店，1961年），頁9下。
〔註76〕 林紓《畏廬文集》，〈先妣事略〉（台北：文津出版社，1978年），頁32上。

敘琴南北上參加會試時，其母憂心如焚，倚門待書；南歸時，其母往來笑悅，檢點行李。兩件生活細節，寫盡了慈母愛子之情。也眞切實在的把琴南思母之情發抒，悲愴感人。其實用古文來寫家常的平淡細節，並不是件容易的事，琴南自己也曾說過：

> 余嘗謂古文中序事，惟序家常平淡之事爲最難者筆。〔註77〕

然他本身爲文時，卻常使用此方式，如〈叔母方孺人事略〉云：

> 時余母尚健王，行坐必偕孺人。余夜中聞二母瑣瑣論家事，嘿聽幾忘倦。已而，余母捐館舍，孺人則日防余病，恆竊竊問余妻以進食之多寡。明年余妻以瘵死，妾楊氏至，孺人恩之等於吾亡妻也。得楊氏之明年，子璐生。璐生三日，余客杭州。孺人移榻就余妾，日襁璐於懷中。楊守西醫言，乳必以時，璐啼而孺人亦泣。楊氏恆私歎，不知孺人涕所自來。余聞而泫然曰：「母仁我如子，視璐過其孫，日患其飢，汝烏知慈母之心耶？」自是以來，余由浙而燕，十八年中，己亥始一歸朝孺人，旋移家至杭，孺人持余失聲而哭。嗚呼！百年永訣者，即在此一日耶！〔註78〕

以「仁我如子，視璐過其孫」爲主的幾件家常平淡之事來寫，叔母對琴南的關懷就歷歷如繪的展現出來，眞切實在而又仁慈。所以當他在末段感嘆時，就把自己對叔母的哀悼念之情抒發得令人心碎！

以此手法來作行狀、事略，既貼切眞實的表彰亡者的嘉言懿行，同時又悲悽感人，能達到悼亡的目的。

二、一般傳記

琴南善爲生活周遭的人物立傳，不管是社會上罕爲人知的小人物、隱逸者，他都能筆酣墨飽地抒寫傳神，而透過敘寫傳主的生平遭遇，人物塑造的形象，進而反映出社會現實。這點頗似柳子厚的傳記文，子厚爲〈宋清傳〉、〈種樹郭橐駝傳〉等立傳，也都是當時社會上默默無聞者，經過其筆端，則人物個個顯得生動活潑。琴南深得此秘，故其傳記文，篇篇都顯得精彩動人。如〈徐景顏傳〉，寫甲午戰爭其間，愛國志士慷慨赴國難的悲壯，其文：

〔註77〕見朱羲冑《林琴南學行譜記四種》，卷三〈春覺齋著述記〉（台北：世界書局，1965年），頁6。

〔註78〕林紓《畏廬續集》，〈叔母方孺人事略〉（台北：文津出版社，1978年），頁50上～50下。

徐景顏，江南蘇州人。早歲習歐西文字，肆業水師學堂，每曹試必
第上上。箏琶簫笛之屬，一聞輒會其節奏，且能以意爲新聲。治《漢
書》絕熟，論漢事雖純史之家，無能折者。年二十五，以參將副水
師提督丁公爲兵官。壬辰，東事萌芽，時景顏歸，輒對妻子涕泣，
意不忍其母，母知書明義，方以景顏爲怯弱，趣之行。景顏晨起，
就母寢拜別。持簫入臥內，據枕吹之。初爲微聲，若泣若訴。越炊
許，乃斗變爲慘厲悲健之音，哀動四鄰。擲簫索劍，上馬出城。是
歲，遂死於大東溝之難。〔註79〕

在這篇傳記中，起筆淡淡地敘述徐景顏的學藝才華，氣勢顯得蓄而不露。徐
景顏對妻涕泣，不忍其母一句，以至情的細節寫至壯的情懷，又進一層的斂
氣而蓄勢，且與後文徐景顏之慨然別母，形成對照，使文章頓頂於不露痕跡
之中。及至徐景顏據枕吹簫，哀動四鄰時，不僅徐景顏的悲壯情懷響過雲
霄，文章的氣勢也斗然勃發至極致。然緊接著又以「死於大東溝之難」戛然
煞尾，留不盡的餘味。在短短的一百八十字當中，不難感到琴南對徐景顏的
敬仰，以及奔突咆哮的嘆惋之情，文章既生發出一種悶雷般的氣勢，然而這
種氣勢，又斂蓄在古樸簡約的文字之中。掩卷之餘，仍覺繹之不盡，味之無
窮，而徐景顏的風節個性也躍然紙上，無怪乎此篇被稱爲是人物傳記中的絕
唱〔註80〕。琴南爲之立傳的，尚有幼時的塾師薛則柯、石顚山人，好友王灼
三、丁鳳翔，乃至於僮僕。亦皆能顯示出人物個人的特質來，如〈僮逐小
傳〉中即將僮逐忠於主人的特質表露無遺：

見余家連年喪亡，輒夜半哭。亡室劉孺人逝時，遂侵曉起，私市餢
飥瀹茗，跪進於靈次，拜不止。他僮笑之，遂怒曰：「我孝主母，弗
類若不孝也。」〔註81〕

又言：

嘗從余客荔城，過綿亭山，輿翻，遂咎輿夫曰：「明日更趺，當擇其
平坦者，勿令碎我主人輿中物也。」其愚如此。〔註82〕

從一早上街買麵食供奉靈前，到責怪轎夫跌翻轎子所說的話，這僮逐愚憨、

〔註79〕　林紓《畏廬文集》，〈徐景顏傳〉，頁28上～28下。
〔註80〕　張俊才《林紓評傳》，云：《畏廬文集》中的〈徐景顏傳〉，堪稱古文人物傳記
　　　　　中的一篇絕唱。（天津：南開大學出版社，1992年，頁241）
〔註81〕　林紓《畏廬文集》，〈僮逐小傳〉，頁28下。
〔註82〕　同註81。

忠主的個性被描繪得淋漓盡致，生動鮮明，不禁使人對他懷著愛憐之心。

三、寓言性傳記

胡師楚生先生曾對寓言性作品下定義，他說：

> 具有完整的故事，有虛構的主角，以隱喻的技巧，在故事中言見於
> 此，而寄寓於彼，以獲得諷刺的目的，才是比較嚴謹的「寓言」。
> 〔註83〕

從這一角度來看琴南人物傳中的〈趙聾子小傳〉、〈書鄭翁〉、〈書葫蘆丐〉、〈書顏屠之婦〉等篇，正符合此一標準。在此類文中，琴南莊諧並舉，詼詭風趣。如〈趙聾子小傳〉云：

> 趙聾子，楚人。以相術至閩三日，閩之薦紳先生大集其門，至不可
> 過車馬。納金屏息，聽決於聾子。聾子曰：「某頤豐，壽臺。」群客
> 聞之，皆自摩其頤也。「其準隆，位相。」群客聞之，又皆自按其準
> 也。神色慴恐，惟患聾子之詆己者。「若者，神木而色朽，當死！」
> 則淚承睫，他客亦蹙然，若憫其果死者。更撫其頂，審其煩曰：「是
> 紋佳，可勿患。」則淚者笑矣。壽夭貴賤，惟聾子一言。〔註84〕

在這裏，趙聾子的詭譎，摺紳先生的愚朽，被刻畫的微妙微肖，不露痕跡地，將文章的諷刺性融入詼詭的風趣中。

另外在寓言性的作品中，也常具有針砭時弊、揭露黑暗的功效，在〈書葫蘆丐〉一文中云：

> 葫蘆丐，不知何名，自呼曰：「李仙」。其衣甚博且詭，行乞於市，
> 恆荷大葫蘆。得錢必就肆飲，既醉，散餘錢於路，令群兒爭拾之，
> 以為樂笑。丐所至，兒童百十成群尾其後，市人苦擾，輒多予錢趣
> 急去。以故丐所得，恆十倍於常丐。丐甚信而能書。市人操百錢，
> 令丐署券，約經年勿至。丐諾，則終不背約。每執筆向北叩首者
> 三，大書曰：「吾主光緒皇帝某年乞食臣李仙書。」或問以顛頓至
> 此，何由尚念皇帝？丐曰：「吾無功，日令百戶之人供我醉飽，有司
> 不以為罪，此皇帝寬典也。夫今之作邑者，取醉飽於一邑；作郡者，
> 取醉飽於一郡，其無功與我埒耳。吾惟無功而恥食於百戶之人，乃

〔註83〕見胡師楚生《古文正聲——韓柳文論》（台北：黎明文化事業出版，1991年），頁82。

〔註84〕林紓《畏廬文集》，〈趙聾子傳〉，頁27下。

愈不忘吾皇帝也。〔註85〕

表面上只是記述了一位瘋顛、滑稽、詭譎的乞丐的所作所為,但實際上卻對某些「作邑」、「作郡」的地方官吏隱隱地發出嘲弄和譴責。通篇無一句正面譴責地方官吏的語言,然閱讀時又分明可以感知到作者的嘲弄責備之情,此正是琴南寓言性作品諷刺的蘊藉處。

第六節 碑誌類

碑誌之作,旨在頌揚功德,垂諸後世。姚姬傳云:

> 碑誌類者,其體本于詩,歌頌功德,其用施于金石。周之時有石鼓刻文,秦刻石于巡狩所經過,漢人作碑文又加以序;序之體蓋秦刻琅邪具之矣。茅順甫譏韓文公碑序異史遷,此非知言。金石之文自與史家異體,如文公作文,豈必效司馬氏為工耶?誌者,識也,或立石墓上,或埋之壙中,古人皆曰誌;為文銘者,所以識之之辭也。然恐人觀之不詳,故又為序。世或以石立墓上曰碑,曰表,埋乃曰誌,乃分誌銘二之,獨呼前序曰誌者,皆失其義。〔註86〕

按姚氏意,可知墓誌銘、壙銘、墓表、阡表,權厝誌等,率皆一類也。其始為上古帝皇,始號封禪,樹石埤岳,其後依倣刻銘,作用漸廣。碑誌之文,大抵以敘事為主,其序似傳,其辭似銘,貴古樸簡雅、凝重謹嚴;其後漸雜議論,間有託物寓意之屬。琴南碑誌之作,凡五十五篇,除了〈箴宜女學校碑記〉、〈汕潮林氏建立太師公廟記〉、〈清善士唐先生廟碑〉外,其餘皆為墓誌銘、墓表、壙銘、石表辭等,因此被譏為是「裝璜門面的應酬之作」〔註87〕。琴南既以古文名於時,總免不了會有人慕名而索銘者,因此為銘而銘的公式化應酬之作,恐在所難免,然而這卻是歷代以來古文家所遇的共同

〔註85〕林紓《畏廬文集》,〈書葫蘆丐〉,頁 67 上~67 下。

〔註86〕姚鼐《古文辭類纂》,〈序目〉(台北:廣文書局,1961 年),頁 10 上~10 下。

〔註87〕張俊才《林紓評傳》,云:這一點幾乎是所有古文家的通病,翻開他們的文集,總首先會看到一大批墓銘、碑記、哀辭、祭文、壽序、游記,似乎不如此就不能顯示出自己根柢深,取途正,就不足以撐起古文家的門面。在這一點上林紓惜乎不能免俗,他的這類文字(尤其是收在《續集》與《三集》中的)大多數也只是為裝璜門面的應酬之作,是完全可以刪汰的。(天津:南開大學出版社,1992 年,頁 236)

問題，那麼關鍵就在琴南本身，是否對索求者「有求必應」，毫無選擇呢？〈許節母張夫人傳〉云：

> 生乃更出夫人臨命時遺詩並夫人事略，求傳於余，余曰：「吾文猶引重之焉，所載以行遠者，必忠孝節烈之人。今母節如是，則載以行遠，吾職也。」〔註88〕

可見琴南珍重自己之文筆，凡為傳銘者，必皆忠孝節烈之人。今仔細研讀其碑誌之文，發現所為墓誌皆能歷舉其具體事項以歌頌，足見琴南於應酬之作，亦能有所選擇。茲將其碑誌文分四類以述之：

一、論述功績德行

此為碑誌撰寫的通例。在古代，碑誌本來就是一種追述死者事跡，頌揚死者德行的文體，因此隱惡揚善，稱頌功德，成了撰寫碑誌的通例。在琴南所寫的墓誌中，歟功述行的人物不一，或為國捐軀，勳業彪炳者，如〈清建威將軍提督銜補用副將閩縣楊公墓誌銘〉是也；或助平內亂，於國有功於民有恩者，如〈清中憲大夫署潯州府知府陽原井君墓誌銘〉、〈清武德騎尉晉贈奉政大夫候選守備晰庵李公墓表〉等是；或樂善好施，活民無數者，如〈清故大善士無錫唐公墓志銘〉、〈清誥封夫人唐母孫夫人墓志銘〉等；或相夫教子，持節守家者，如〈林夫人墓志銘〉等。各個角色功勳雖不一，然其「忠孝節烈」的本質，卻無不同。

至於琴南為何要大量的寫這些「歟功述行」的墓志呢？他自己解釋道：

> 嗚呼！余身處中原蕪梗之時，髖治蠱化者，方倡為夷滅倫紀之說，和者麻起，雖悉力與博，莫之勝也。計唯有敘述吾鄉有至行而躬孝友之君子，使狂僭騫義者，聞而發媿焉。〔註89〕

此琴南撰寫墓志銘的目的，希望藉由墓志中人的行為，在當時倫紀夷滅之風盛倡之時，能達到教忠教孝的效果。至於寫作的方式，除了恪守「碑誌」文該有的格式外，其撰寫的特點則是舉具體行為表述，特別是從極細小、極平常之處著眼，使墓志中人的行徑風度自然呈顯，如〈清榮祿大夫江西廣信府知府二品銜安徽候補道閩縣李公墓志銘〉中敘述李畬曾：

> 嘗寶一古玉環，就浴時，侍者振衣而碎環，慄懼失色。公哂曰：「此

〔註88〕林紓《畏廬三集》，〈許節母張夫人傳〉（台北：中國書店，1985 年），頁 23 下。下引此書版本並同。

〔註89〕林紓《畏廬三集》，〈屏南徐君霞軒墓表〉，頁 55 下～56 上。

亦數也，於爾胡尤？」聞者敬服。〔註90〕

由侍者不慎致所寶愛的玉環破碎，任誰都難免會有責怪之詞，更甚者，可能換來一頓毒打。然李翕曾不失其大家風範，一句「此亦數也」，將之歸諸於虛無的定數，而彼此釋懷。由此家居的瑣屑事務中，突顯出李公不凡的器度來，此琴南敘述的高明處。

碑誌文本以敘事為主，後漸雜以議論，此在琴南歎功述行的墓志中，亦時而可見，如〈清武德騎尉晉贈奉政大夫候選守備晰庵李公墓表〉云：

> 嗚呼！古稱燕趙多感慨悲歌之士，此昌黎送董生之微詞也。公忼俠
> 尚義，而本之孝友，寧如昌黎之所云？〔註91〕

既頌李晰庵任俠尚義之行，又駁昌黎之言，此夾議手法的展現。

由上述可知，琴南在一般皆認為是毫無生命，歎功述行的墓志中，展現了他多方面的寫作手法，使格式化的墓志文活潑起來。

二、表明政治立場

琴南以清遺老自誓，甚且希望死後之墓表書上「清處士林紓墓」〔註92〕的字樣。這樣的政治立場，就連在碑誌作品中也可看出，如〈清處士可園陳先生石表辭〉中云：

> 清之革命，漢族自相愛護，其感先清養士之恩，甘蟄伏而不出世，
> 亦以遺老視之，一無所忤，故金陵可園陳處士抱奇壽以終。〔註93〕

又言：

> 臨命自製墓銘，謂後進競尚新學，無可託，乃自為斯銘。越庚申，
> 喆嗣詒紱與紓相見京師，述處士生時常稱紓之行能為其類，因以阡
> 表屬紓。〔註94〕

可見當時琴南以遺老自居的政治立場，早已聲名遠播，而面對這樣的知己，琴南當然是激動的，其言：

> 民戾士囂，宜處士之不輕屬人以文！乃身後而紓適為處士表墓，則

〔註90〕林紓《畏廬三集》，〈清榮祿大夫江西廣信府知府二品銜安徽候補道閩縣李公墓誌銘〉，頁 36 下。

〔註91〕林紓《畏廬三集》，〈清武德騎尉晉贈奉政大夫候選守備晰庵李公墓表〉，頁 55 上。

〔註92〕林紓《畏廬三集》，〈御書記〉，頁 68 上。

〔註93〕林紓《畏廬三集》，〈清處士可園陳先生石表辭〉，頁 56 下。

〔註94〕同註93，頁 57 上。

果氣類相感而然乎？〔註95〕

一則讚賞處士之慎重其事，再者清楚的表明了自己的政治立場。爲了表示自己永「不忘大清」，因此他對光緒帝顯得念念不忘，除了十次謁崇陵之外〔註96〕。在〈清奉直大夫學部主事閩縣周君墓志銘〉中，也記述了光緒帝爲慈禧蓄意加害之部分情形，其言：

> 君處直廬，日夕焦悚，若孝子之侍疾於寢門者。然每請善藥多腐朽，列方咸取東朝進止。一日請脈於內殿，聖容憔悴，東朝屬色斥言：「虛不受補，非常供之藥，不許進御。」而太監崔玉貴尤豪橫無人理。崇陵既大漸，君跪侍御榻，見榻上陳貞觀政要一卷，似讀甫及半。崇陵問脈息，君鳴咽不能聲，崇陵微喟曰：「余知之矣。」趣出列方。是夕，帝崩。〔註97〕

透過周松孫之墓誌，而揭發出這段政治秘史。表達他對光緒皇帝的遭遇，感到戚愴。儘管他一再表明對清廷的忠貞，然而他也不諱言清廷的腐敗及種種的缺失等，在〈清中議大夫翰林院檢討前新疆道御史梅陽江公墓誌銘〉中，則揭示出朝廷不訥忠言的情形來，其言：

> 時項城帥直權傾天下，公論列十二事，雖不蒙鄉納，項城頗嚴憚之。公恆太息，擬之曹瞞。宣統紀元，攝政王監國公復具疏劾項城不宜處，樞近防禍發，肘腋直廬中，值項城相見，問姓知爲公也，避去，然公疏已入矣。時朝議以中原蕪梗，革命之說四溢，遂以親貴長海陸二軍，意可以居中而統攝之。公疏言：「二王年事未及，不宜因骨肉屬以要政，國儻不保，家於何寄？」不報。時贛撫以賕賄，內結驕王，外聯鎮帥，公章七上，監國震怒，禍且不測，公弗謝仍抗疏，引阿大夫及即墨大夫事諷監國也。宣統二年，疏論慶邸有老奸誤國語，得旨斥還詞館，公慨然知時事不可爲矣，遂告養歸。〔註98〕

〔註95〕同註93，頁57上。

〔註96〕據《清史稿》卷四百八十六，第十九冊（台北：洪氏出版社，1981 年），頁13446。而朱羲冑《林琴南學行譜記四種・貞文先生年譜》則明確記載著十一次謁陵。

〔註97〕林紓《畏廬三集》，〈清奉直大夫學部主事閩縣周君墓誌銘〉，頁 40 下。

〔註98〕林紓《畏廬三集》，〈清中議大夫翰林院檢討前新疆道御史梅陽江公墓誌銘〉，頁 38 下～39 上。

梅陽江公（江春霖）不畏強權，上疏直言，卻不被見用，反遭斥還詞館的命運，憤而告歸養。琴南詳述此事，一則頌揚梅陽江公之行事，同時也指出朝中項城把政，為朝廷不能接受諫言，致使誤國而感到痛心。透過琴南所寫的墓志文，也間接的瞭解到當時朝廷的腐敗，如〈清林文直墓誌銘〉中敘述：

> 時方經營頤和園，各省用海軍名輸款，訖園工。公疏爭，有「朝廷責貢獻疆，臣肆誅求」語，奉懿旨，嚴飭。既丁內艱服闋，再入臺以鯁許不容於執政，出為雲南昭通府知府。〔註99〕

藉由墓誌的描寫，把當時朝廷不思振奮以拒列強，反耗用軍款以為少數人的享樂的腐敗現象，一一揭露出來。

三、感傷社會現象

鴉片戰後，清朝國勢衰頹，外力衝擊加巨，至清王朝覆亡為止，約七十年的時間中，帝國主義之壓迫剝削，不平等條約的束縛，割地賠款的敲骨吸髓，鴉片流毒遍地等等，造成了種種的危機。加上吏治敗壞，任意搜括，連年飢饉，人民流離，叛亂四起，因此有：

> 竭力耕耘，兼收並穫，欲家室盈寧，必不可得。〔註100〕

的社會現象。在琴南所撰的墓誌中，也間接反映出這種民不聊生的狀況，〈清故大善士無錫唐公墓志銘〉中記述著：

> 戊戌，淮、徐、海三州大水，饑民就食南徙，過安東。有司防亂，斥歸籍。民不可得食，積尸滿江滸。〔註101〕

敘述民苦於水，為求食而南遷，有司卻疏導無方，一味的斥歸，致使「積尸滿江滸」。又描寫道：

> 丙午，湘中災，長沙張文達公善公所為，以振事屬公。於是長沙、善化、湘陰、益陽、衡陽、清泉六縣之民皆存活。是秋，長淮淫雨，災成，流民數十萬，聲洶洶然，喻遣莫散。〔註102〕

把當時災禍連年，流民四竄，有司莫可奈何的情景表露無遺。又在〈清奉政

〔註99〕林紓《畏廬三集》，〈清林文直公墓誌銘〉，頁37上。
〔註100〕轉引自郭廷以《近代中國史綱》（香港：中文大學出版社，1980年），頁11。
〔註101〕林紓《畏廬續集》，〈清故大善士無錫唐公墓志銘〉（台北：文津出版社，1978年），頁32下。下引此書版本並同。
〔註102〕同註101，頁33上。

大夫貤封中憲大夫花翎同知銜候選府經歷若谷李公墓表〉中，記述著當時社會的動亂現象，他說：

> 咸豐三年，洪楊以支師北犯，趣天津，走連鎮，僧王以索倫勁旅躪之於連鎮。〔註103〕

又記述說：

> 十年秋，西兵犯闕，盜賊日竊發于畿輔。〔註104〕

又云：

> 同治紀元，吳中逋寇尚未平，而捻匪已大猖于直北。〔註105〕

透過這些記載，不禁為當時的人民承受著災禍、動亂的交相壓迫而悲戚，這種社會環境，也藉由墓誌中人物的生平，而被描繪出來。

四、敘說人生悲戚

　　琴南生長在一個充滿悲劇的時代裏，感國憤、悲家難，故其古文有善于抒情敘悲的特點。張僖〈畏廬文集序〉云：

> 畏廬，忠孝人也，為文出之血性。〔註106〕

高夢旦也說：

> 敘悲之作，音吐悽梗，令人不忍卒讀。蓋以血性為文章，不關學問也。〔註107〕

錢基博也作出這樣的評價：

> 紓之文工為敘事抒情，雜以恢詭，婉媚動人；實前古所未有！
> 〔註108〕

琴南的抒情敘悲之作，往往選擇看似平常的生活細節，娓娓道來，而在敘事中流露出悲戚的情感來。因此在《畏廬續集》、《畏廬三集》佔有多數的碑誌文，倒不如其為家人所作的墓誌，來得賺人熱淚，蓋骨肉親情，皆自肺腑中流出，故一字一淚，令人不忍卒讀，〈母弟秉耀權厝銘〉云：

〔註103〕林紓《畏廬三集》，〈清奉政大夫貤封中憲大夫花翎同知銜候選府經歷若谷李公墓表〉，頁47下。

〔註104〕同註103。

〔註105〕同註103。

〔註106〕張僖〈畏廬文集序〉，見林紓《畏廬文集》（台北：文津出版社，1978年）。下引此書版本並同。

〔註107〕高夢旦〈畏廬三集序〉，見《林琴南文集》（北京：中國書店，1985年）。

〔註108〕錢基博《現代中國文學史》（文學出版社，未著年代地點），頁169。

> 一家九人，咸仰母孺人及長姊鍼黹以自給，一日再食至不能舉。紓
> 方九歲，向午自塾歸，母以四錢市餺飥命食之遣去，不言全家之未
> 舉火也。弟時盤旋地上，見爐中沸瀋，問先大母曰：「糜乎？兒饑
> 也。」大母泣，母孺人強笑呵之，而心愈悲。〔註109〕

在三餐不繼的艱苦日子裏，祖母的無奈，母親的心酸，透過一句「兒饑也」
表露出來。在這樣貧苦的環境中，難怪其弟稍長後，就希望遠客求資，冀使
成立家業，其言：

> 更十年，大父母及先君相繼逝，弟亦十餘歲矣。顧體羸善病，喜作
> 畫，爲大龍湫觀瀑圖，氣勢甚盛。嘗見紓任氣不合於時，心憂之，
> 私謀於母曰：「阿兄嗜讀書，家業未立，兒當遠客求貲，以竟其志。」
> 紓微有所聞，泣止之，不可。〔註110〕

這樣一位體弱多病的幼弟，爲了成全兄長嗜讀書之志，自願離鄉背景，謀求
改善家庭生活，何等篤厚的手足之情，才能有這樣的胸襟啊！身爲兄長的琴
南如何能不阻止，又如何能不感動傷悲呢？因此他自責的說：

> 嗚呼！紓不孝不友，竟以口腹累吾弟矣！自今以往，何以爲吾母慰
> 也。〔註111〕

無奈的自責，無限的哀傷，充溢文字之中，讀之不禁令人肝腸寸斷，爲之黯
然神傷。其他如〈鈞壙銘〉敘琴南愛子的一言一行，活靈活現，未料竟是白髮
人送黑髮人，讀之感人肺腑，衣襟盡湮。〈鄭氏女墓誌銘〉中的愛女雪，是那
麼的惠孝聰穎，無奈卻也先其父而死，琴南自是悲不可抑，而透過其墓誌，
不禁令人泣不成聲。〈子婦劉七娘壙銘〉、〈劉明恭壙磚銘〉、〈叔父靜庵公墳前
石表辭〉諸篇，也是血淚文字，天下之至文，讀之不禁使人悲從衷來。

第七節　雜記類

記有記事、記物、記景。考諸往史，《尚書‧禹貢》、《尚書‧顧命》乃記
體之祖，而記之得名，則始於《禮記》的〈學記〉及〈樂記〉諸篇。迄唐，
韓退之記事之作特多，亦最擅長；宋以後，則多以歐、蘇爲法；記山水，則
柳子厚可稱神品。徐師曾《文體明辯》云：

〔註109〕林紓《畏廬文集》，〈母弟秉耀權厝銘〉，頁46下。
〔註110〕同註109，頁47上。
〔註111〕同註109，頁47上。

金石例云：記者，紀事之文也。西山云：記以善敘事爲主，禹貢顧
命乃記之祖；後人作記，未免雜以議論。陳后山亦曰：退之作記，
記其事耳。今之記，乃論也。……後之作者，固以韓退之畫記，柳
子厚遊山諸記，爲體之正；然觀韓之〈燕喜亭記〉，亦微載議論於
中，至柳之記新堂、鐵爐步，則議論之辭多矣。迨至歐、蘇而後，
始專有以議論爲記者，……大抵記者，蓋所以備不忘，……敘事之
後，略作議論以結之，此爲正體。至若范文正公之記嚴祠，歐陽文
忠公之記畫錦堂，蘇東坡之記山房藏書，張文潛之記進學齋，晦翁
之作婺源書閣記，雖專尚議論，然其言有足以垂世而立教，弗害其
爲體之變焉。〔註112〕

蓋此類所以記雜事，凡宮室題壁、山水記遊，或其他細物瑣事者，胥可入焉。
琴南雜記文有六十五篇，茲將其分爲山水遊記、廳堂庭園、圖記等。以下就
以此分述之。

一、山水遊記

　　琴南的山水諸記，散見於《文集》、《續集》、《三集》，據〈貞文先生年譜〉
的記載，存於文集中的九篇遊記，分別是三十九歲〔註113〕遊方廣巖，四十八
歲〔註114〕遊杭州，而有所謂的杭州八記〔註115〕。《續集》〔註116〕中除了〈登
泰山記〉及〈謁孔林記〉外，幾乎都是圍繞著北京城附近的名勝而寫。及至
晚年的《三集》〔註117〕中，僅存一篇〈記雁宕三絕〉了。其中以遊杭州諸記
中，最生動精彩，藝術成就也最突出，周歷了這些名山勝水，不僅拓展了文
思，對他日後的繪畫也不無助緣，展閱其山水遊記，將會詠嘆琴南「體物之

〔註112〕徐師曾《文體明辯》，引自《古今圖書集成》，第六十二冊〈文學典〉（台北：
　　　　鼎文書局，1977 年），頁 1706～1707。
〔註113〕見朱羲冑《林琴南學行譜記四種》，卷一〈貞文先生年譜〉（台北：世界書局，
　　　　1965 年），頁 14。下引此書版本並同。
〔註114〕同註113，頁 23。
〔註115〕曾憲輝《林紓》，將〈遊棲霞紫雲洞記〉、〈記雲棲〉、〈記九溪十八澗〉、〈記超
　　　　山梅花〉、〈遊西溪記〉、〈記花塢〉、〈湖心泛月記〉、〈記水樂洞〉比擬爲柳子
　　　　厚的永州八記。（福建：新華書店，1993 年），頁 113～114。
〔註116〕據朱羲冑《林琴南學行譜記四種》，卷二〈貞文先生年譜〉，頁 23。續集是收
　　　　集辛亥（六十歲）至六十五歲以來之文爲一卷。
〔註117〕據朱羲冑《林琴南學行譜記四種》，卷二〈貞文先生年譜〉，頁 62。云：「裒
　　　　集丙寅已來文，凡九十三首爲一卷，曰《畏廬三集》。」

工」，不輸子厚哩！

（一）景物的描摹

　　景物的描摹，是遊記散文的重點。作者透過自己的描繪能力，把己身所經歷的，目所親見的，一一呈現在讀者面前，引發讀者有身歷其境之感。就中琴南充分發揮他文字刻劃的能力，對於形象的巧構，鉅細靡遺，如〈記超山梅花〉中，就將梅花之姿態、色澤仔細鉤勒，其言：

> 梅身半枯，側立水次，古幹詰屈，苔蟠其身，齒齒作鱗甲，年久苔色幻爲銅青，旁列十餘樹，容伯言皆明產也。〔註118〕

對古梅樹幹之姿態、形狀、顏色一一交代清楚。又述梅花時，則言：

> 容伯導我過唐玉潛，祠下花迺大盛，縱橫交糾，玉雪一色。步武高下，沿梅得徑，遠馥林麓，近偃陂陁，叢芬積縞，彌滿山谷，幾四里，始出梅窩，陰松列隊，下聞溪聲，余來船已停瀨上矣。〔註119〕

述花之色如玉雪、如積縞，以縱橫交糾的姿態展現出來。

　　寫松則曰：

> 忽老翠橫空而撲人，四望純綠，則對松山也。壁高於松頂，風沮籟息，突怒偃蹇，幻爲蛟螭，疏密自成行列。〔註120〕

又：

> 閣前古松數株，曰：臥龍者最奇倔，松身可合抱，直偃閣外，根際出別枝，蟠屈作勢而內嚮，與自在松相俯仰；自在松，高百尺以上，敷陰被數畝。稍北一松，近普賢大師靈塔，半空其心，實以灰堊，無可記者。寺中之松七，均有乾隆封號，獨活動松甚奇，前十年枯，御碑尚存，則乾隆宸翰也。〔註121〕

從樹身、樹根、樹枝、樹高、樹蔭、姿態、顏色、樹葉的疏密狀態，均作曲盡物態的描繪。

　　述潭魚則言：

> 潭水出其下，爲小石所沮，潀然作聲。潭中生石菖蒲，小魚出沒蒲

〔註118〕林紓《畏廬文集》，〈記超山梅花〉（台北：文津出版社，1978 年），頁 63 上。下引此書版本並同。

〔註119〕同註118。

〔註120〕林紓《畏廬續集》，〈登泰山記〉（台北：文津出版社，1978 年），頁 57 下。下引此書版本並同。

〔註121〕林紓《畏廬續集》，〈記戒壇〉，頁 63 上。

根，涵虛若空遊，或聯隊行，或否。〔註122〕

又：

> 細泉潔然尋幽竇，瀉於小池，池魚迎泉而喋，周以石闌。〔註123〕

柳子厚述那「往來翕忽，似與游者相樂」〔註124〕的潭魚，真是體物到極神化處，而琴南「涵虛若空遊，或聯隊行，或否」及「池魚迎泉而喋」的描寫，則將魚之情狀，生動的表達出來，較之子厚毫不遜色。

對於所遊山水名稱之原由，琴南不免也要探一究竟，〈記水樂洞〉云：

> 余以為泉之抵石皆有聲也，此何獨以樂名？俯瞰之淵，水積其內，左偏更一穴，土稍燥，可步。右轉與水洞通，水洞勢窪，泉脈激瀉奔穴，而左偏地稍高耳。少入，漸深黑，不能容人，石勢高下如階級狀；再入，則斜列如箏柱齒齒然，泉平齒始外達，按齒遞瀉，幽細如鏘風琴。瞑目癡立乃可辨，然陰冷砭骨，三月御重棉莫禦也。〔註125〕

從考究水樂洞的命名入手，展開了精彩的描寫，正好解開了疑團，既是引人入勝的寫景，又是盡如人意的答案，其妙處自不待言。

對於竹的描繪，琴南自有其技巧：

> 雲棲，萬竹掃天，中無雜樹，幽聞露微逕，青澀如新過雨，泉聲瀧瀧瀉竹根而下。水溪宛延，抱竹南逝，叢葦覆翳，不知其流所極。竹斷處，見天如覆盂，不半里，風篠作聲，又入幽聞中矣。竹身大可盈握，細葉觸風，仰見碎光，搖動者，天也。〔註126〕

寫竹看似不專意，但行文中處處有竹、處處見竹：籬外、牆邊、和崖下都是竹，小溪、小徑都因竹而曲，雲氣之下，四面竹海茫茫。不僅是寫動植物如此，就連石頭在他筆下，都歷歷如繪：

> 怪石駢列，或升、或偃、或傾、或跂、或銳、或博，奇詭萬態，俯仰百狀。〔註127〕

〔註122〕林紓《畏廬文集》，〈記花塢〉，頁64上。

〔註123〕林紓《畏廬續集》，〈記翠微山〉，頁56下。

〔註124〕《柳河東集》，卷二十九〈至小丘西小石潭記〉（台北：世界書局，1988年），頁316。

〔註125〕林紓《畏廬文集》，〈記水樂洞〉，頁65上。

〔註126〕林紓《畏廬文集》，〈記雲棲〉，頁62上～62下。

〔註127〕林紓《畏廬文集》，〈遊棲霞紫雲洞記〉，頁62上。

又〈記雁宕三絕〉中云：

> 石之穹然而高，窈然而深或中窪而廣者，若潭石受水侵嚙，漸成爲
> 剖瓠形。其空立而隆者，若危墉，積雨將崩，下駭行客然。〔註128〕

〈九溪十八澗〉的石頭則是：

> 過小石橋向理安寺，路石尤詭異，春蟄始解，攢動巖頂，如老人晞
> 髮。怪石摺疊，隱起山腹，若櫥、若几、若函書狀。〔註129〕

在琴南的筆下，那石頭或突怒高聳，或負土而出，狀石之怪，千姿百態，就
像是競相爭奇，爲人獻技。對於一完整的風景，則又精心探究，畢使景致能
清晰的展現，其敘紫雲洞則曰：

> 紫雲洞，洞居僧寮右偏，因石勢爲樓，周以繚垣，約以危欄，據欄
> 下矚，洞然而深，石級濡滑，盤散乃可下。自下仰觀，洞壁穹窿斜
> 上，直合石樓。石根下插，幽窈莫竟，投以小石，琅然作聲，如墜
> 深穴。數武以外，微光激射，石隙出漏，天小，圓明如鏡焉。蝙蝠
> 掠人而過，不十步，輒中巖滴，東嚮有小門絕黑，僂而始入，壁苔
> 陰滑，若被重錦。漸行漸豁，斗見天光，洞中廓若深堂，寬半畝
> 許。壁勢自地拔起，斜出十餘丈，石角北向，壁紋絲絲象雲縷。有
> 泉穴南壁下，蓄黛積綠，澌然無聲。巖頂雜樹，附根石竅，微風徐
> 振，掩苒搖颺，爽心悅目。〔註130〕

從「據欄下矚」到「自下仰視」，不惟曲盡全洞形貌，甚至連壁勢、壁紋、壁
苔、樹根、泉穴、巖滴、石隙，以及激射的微光、掠人而過的蝙蝠，都作了
精心的刻畫。天光出漏，既小且圓，看上去明亮如鏡。用「投以小石，琅然
作聲，如墜深穴」寫洞之深，情趣盎然。全篇描寫工細，整個紫雲洞就這樣
被雕鏤得玲瓏剔透。此正是《文心雕龍・物色》所云：

> 巧言切狀，如印之印泥，不加雕削，而曲寫毫芥。故能瞻言而見貌，
> 印字而知時也。〔註131〕

其他形態的描寫，如〈記雁宕三絕〉中的燕尾泉、大剪刀峰：

〔註128〕林紓《畏廬三集》，〈記雁宕三絕〉（北京：中國書店，1985年），頁68下。
　　　　下引此書版本並同。
〔註129〕林紓《畏廬文集》，〈記九溪十八澗〉，頁62下。
〔註130〕林紓《畏廬文集》，〈遊棲霞紫雲洞記〉，頁61下～62上。
〔註131〕范文瀾《文心雕龍注》，卷十〈物色〉（台北：臺灣開明書店，1985年），頁1
　　　　下。下引此書版本並同。

　　道經燕尾泉，即溪流自龍湫來者，沸白濺沫，分二股落大石間，山
　　中人稱曰：燕尾泉也。山益深，泉亦喧豗盈耳。由連雲嶂，近大劈
　　刀峰，卓立雲半，峰有裂紋，雲經其竅，作快劈分帛狀，側轉視其
　　背，則又若估帆飽風，故又名爲一帆風。〔註132〕

眞是形容逼肖，又述馬鞍嶺：

　　馬鞍嶺一名石城嶺，爲東西谷之中界，嶺背石凹，作馬鞍形。鑿石
　　爲階級，其銳峭處，則纍小石爲著足地，下視群山，如兒孫環膝，
　　起伏高下，相距可數百丈。〔註133〕

此琴南深得六朝山水所力求「情必極貌以寫物，辭必窮力而追新」的意旨。

（二）色彩的表現

　　大自然的五彩繽紛，構成綺麗的世界，而面對多彩多姿所點綴的五顏六
色，作家們常藉以呈現不同的感受。在琴南的山水遊記中色彩的使用，也是
看得到的，如：

　　小溪宛宛如繩，盤出竹外，溪次有微徑兩三道，咸陰沉上沮白日，
　　細草翠潤香氣蓊葧。稍南多杉，霜皮半作深紫之色，雜立竹中。
　　〔註134〕

竹蔭下細草的色澤、氣味，經霜後半作深紫色的杉皮，均一一呈顯出來。〈湖
心泛月記〉文云：

　　提柳蓊鬱爲黑影，柳斷處乃見月，霞軒著白袷衫立月中。〔註135〕

蓊鬱的柳樹於夜晚所呈顯的黑，與明月、人物所穿著的白色，錯綜使用，色
彩鮮明而對稱。其餘如：

　　石角北向，壁紋絲絲象雲縷。有泉穴南壁下，蓄黛積綠，潝然無
　　聲。〔註136〕

由蓄黛積綠的青黑色，參以翠綠色，加以泉穴奔流宛若白虹，色澤協調，如
一幀青綠山水圖。又：

　　即林表望之，滃然帶雲氣，杜鵑作花，點綴山路，巖日矚吐出山，

〔註132〕林紓《畏廬三集》，〈記雁宕三絕〉，頁69上。
〔註133〕同註132，頁68下～69上。
〔註134〕林紓《畏廬文集》，〈記花塢〉，頁64上。
〔註135〕林紓《畏廬文集》，〈湖心泛月記〉，頁64下。
〔註136〕同註127，頁61下。

已亭午矣！〔註137〕

盈盈綠意的林表，繚繞以白白的雲氣，各色的杜鵑裝飾於山路中，日翳漸出，令人有舒放之感。另外，形容梅花則用「縱橫交糾，玉雪一色」、「叢芬積縞，彌滿山谷」〔註138〕，可知琴南對色彩或單一使用，或參互錯綜使用，均能恰如其分的表達出景緻的色澤。

（三）聲籟的表達

大自然當中，本有其天籟之音。或幽咽，或悠揚，靜心聆聽，則不免有所感。山水狀形本不易，而聲音之描摹則更困難。唐柳子厚的諸山水記中，善於用狀聲詞，琴南深得子厚的精髓，對於聲音之摹寫也微妙微肖，如：

人聲闃然，畫眉之聲始縱。〔註139〕

「始縱」二字寫畫眉的習性、遊人的聽覺。只因寂無人聲，畫眉鳥才叫得那麼歡樂，遊人才能聽見這縱情的叫聲。如此形容真是生動逼真，不禁有身歷其境之感。又：

或疏籬當竹，梵唱琅然。〔註140〕

「琅然」二字使用狀聲詞，盡將竹子相擊之聲描摹出來。另外對於〈遊方廣巖記〉中的龍尾泉，琴南則說：

夜宿閣上，微風起於楓柟之顛，和以泉溜，終夕清越可聽。〔註141〕

微風中楓樹、柟樹所發出的婆娑之聲，再和以龍尾泉的水聲，其聲之清越，宛轉傳神。其餘如「琅然作聲」、「如鳴珮環」的例子也頗多，如：

幽窈莫竟，投以小石，琅然作聲，如墜深穴。〔註142〕

泉脈西來，絕馹墜落其中，如鳴珮環。〔註143〕

吟誦之際，時時如聞其聲。又琴南也使用「樂器」所發出的聲音，來比擬大自然中所聽見的聲籟，在〈記水樂洞〉中，即如此比擬著：

泉平齒始外達，按齒遞瀉，幽細如鏘風琴。〔註144〕

〔註137〕同註129，頁62下。
〔註138〕林紓《畏廬文集》，〈記超山梅花〉，頁63上。
〔註139〕同註134。
〔註140〕同註134。
〔註141〕林紓《畏廬文集》，〈遊方廣巖記〉，頁61下。
〔註142〕同註127，頁61下。
〔註143〕同註126，頁62下。
〔註144〕同註125。

使用讀者所普遍熟知的樂器，來形容水樂洞所發出的聲音形態，既明確又不失其傳神逼真。

（四）動態的描寫

自然中奇趣天成，動靜瞬間，變化無窮。作者們憑著個人的感官直覺，來捕捉剎那間的景物；並將之描繪得栩栩如生，淋漓盡致。琴南在諸山水遊記中，對於動態的描繪也極其細膩傳神，如：

> 樵步出沒，瞥如猿猱。〔註145〕

用一個「瞥」字，將樵夫矯捷的腳步，在彌漫著白雲的林間，忽而出現，忽而隱沒的情形，生動的傳達出來。又〈記雲樓〉中云：

> 竹身大可盈握，細葉觸風，仰見碎光搖動者，天也。〔註146〕

藉由日照的碎光搖動，將風動竹林搖擺的狀態，細膩又完整的呈現出來。在〈遊西溪記〉中也用此相同的手法形容：

> 一色秋林水淨如拭，西風排竹，人家隱約可辨。〔註147〕

西風吹拂，使得竹林隨之起舞，由舞動的隙縫中，山居人家的房子若隱若現。其他對於動態的描寫，有：

> 蓋石狀凹而銳，前洩泉處埶微窪，因風灑，析散而爲珠簾也。〔註148〕

> 過澗之水，必有大石，互其流，水石衝激，蒲藻交舞。〔註149〕

> 細泉潀然，循幽竇，瀉於小池，池魚迎泉而喋，周以石闌。〔註150〕

皆能適切的表達出動感，不僅刻畫傳神，且使人有如親臨其境一般。

（五）情感的表達

遊記文除了藝術畫面的呈顯外，作者情感的滲入，才能使作品具有豐沛的感染力。《文心雕龍・情采》云：

> 文采所以飾言，而辯麗本於性情。〔註151〕

又言：

〔註145〕同註134，頁64下。
〔註146〕同註126，頁62下。
〔註147〕林紓《畏廬文集》，〈遊西溪記〉，頁63下。
〔註148〕同註141。
〔註149〕同註129。
〔註150〕同註123。
〔註151〕范文瀾《文心雕龍》，卷七〈情采〉，頁1下。

繁采寡情，味之必厭。〔註152〕

《莊子‧漁夫》篇中也說：

眞者，精誠之至也。不精不誠，不能動人。〔註153〕

因此文學作品的表現，是必需有眞實情感的表露，才能打動人心；也惟有發自眞實情感的創作，方能引起共鳴。琴南情感豐富，熱烈而眞摯，不僅對國家、對親人，對尋常的百姓，甚至對天地諸有情，皆有不盡的情思，透過其文字藝術的修養工夫，流露出生命中眞摯的情感。〈湖心泛月記〉中云：

月上吳山，霧靄溟濛，截然劃湖之半。幽火明滅，相間約丈許者，六七處畫船也。洞簫於中流發，聲聲微細，受風若咽，而悽悄哀怨。〔註154〕

由霧靄迷濛的湖山當中，幽火明滅，加之洞簫聲的若訴若咽，引來作者悽黯而沉重的心境。其言：

余讀東坡夜泛西湖五絕句，景物悽黯，憶南宋以前，湖面尚蕭寥，恨赤壁之簫弗集於此。〔註155〕

琴南在戊戌變法失敗後，感嘆政局的變化，時勢的逆轉，因此，即使是呼朋引伴的放情山水，還是難平胸中塊壘，仍不時流露憂國傷時的情感來。上述，即是比對南宋之前的湖面景況而興嘆，雖然悲憤中沸，仍不失其曲折含蓄。

因時感懷，見景傷情，乃人之常情，琴南憂國傷時的情感至爲濃烈，因此，於遊西海子時，則更強烈的展現出來，其言：

余繞過承光殿入瓊島，果見其石雜立，位置天成。因太息遼金元明諸朝之經營，殊弗類頤和苑專成於閹寺之手也。〔註156〕

又：

殿凄寂無人，黃幔四垂，左右兩配殿中，凝塵徑寸，想見當日，崇陵不豫，宮嬪屏息莫至，爲可悲也。〔註157〕

〔註152〕同註151，頁2上。

〔註153〕郭慶藩輯《莊子集釋》，卷十〈漁父‧第三十一〉（台北：河洛圖書出版社，1974年3月），頁1032。

〔註154〕同註135，頁64下。

〔註155〕同註135，頁65下。

〔註156〕林紓《畏廬續集》，〈遊西海子記〉，頁60下。

〔註157〕同註156，頁61上。

隨著所遊的景色，一步步的觸動心絃，既引發對光緒帝的悲憐，又感慨著王朝的興衰，他說：

> 嗚呼！離宮別苑易代，而生人之咨歎者，特資爲詩料攄其古懷而已。余則目擊盛衰，今復親謁涵元之殿，一一懷想當時，悲從中來，有不能自己者。遊後經月，而汰液池光尚隱隱於夢中照余枕席也。〔註158〕

琴南一本儒者之熱情，撫今追昔，歎千古盛衰之嬗遞，哀民生之塗炭，終不免傷心無奈！

　　綜觀琴南遊記文，不僅景物刻畫細緻傳神，且在情感的抒發上，多是心境的表白，因其作品多是親身經歷，相互印證；故文字間，洋溢眞摯的情懷，令人隨之悲喜，餘韻不絕。

二、廳堂亭園等記

　　亭台樓閣，園林庭院等人造景觀，常提供了人們遊憩之所，兼及抒情思考的憑藉，故往往深富情趣，在琴南的雜記文中，也有十多篇是專述及此的。同時尚有十五篇圖記，性質與此相類似。一般此類文章，通常交待了營造之原由，所經營景緻的狀況，再者即是作者寄寓己志，抒發己懷。然審視琴南之作，篇篇都無定式，且隨所感，應運而發。特將歸納如下：

（一）說明得名由來

　　景觀的建築，總要人爲的築室鑿池，引流種樹，方能有悠遊其間，而有閒雅的氣息，〈枕岱軒記〉中云：

> 翦治蕪穢，廓而爲庭，敞而爲軒，覆以茅茨，壘石濬池，植牡丹百本、檉槐、稚柳，高與人齊。君曰：不三年陰成矣。〔註159〕

經此一番整治工夫，此軒已成，則請命其名，琴南因而名之：

> 君之軒實枕岱之股，固背岱而莫見，然岱之高亦不因是軒而隱也。履其庭則日觀峙其東，傲來峰據其西，更西則隱隱見月觀。猶人曉起始見日，日不能見諸夜，枕之上，因名之曰：枕岱軒，示朝夕與岱親也。〔註160〕

〔註158〕同註156，頁61上。
〔註159〕林紓《畏廬續集》，〈枕岱軒記〉，頁55上。
〔註160〕同註139。

從軒的地理形式著眼，至所見的景物，因而名之，既不失其實，又得其閒適之意。當琴南在敘述一軒一園的景緻時，就如其作畫般，閒閒幾筆，疏密自成其致，而亭台樓閣已成矣，如：

> 園之構，無重樓邃閣之制，松檜中，書舍三數楹，拓餘地以藝蔬果
> 之屬，怪石四五，離立篁竹間，樸野仍如村居。〔註161〕

簡潔的數語中，書舍、松、檜、篁竹、蔬果加之怪石，都佈置完善，恬適之狀，猶如天成。

（二）闡明人生哲理

生活的哲理，生活的態度，往往從一個人日常生活去觀察，琴南自幼生活貧苦，然奮力向學，從不為獲重利、美名而諂媚阿諛，求助於人的，此得助於他祖母「畏天循分」〔註162〕的庭訓，因而他終身奉守，時時檢點言行，〈畏廬記〉中云：

> 余行年四十，檢身制行不足自立。出觀鄉黨朋友之間，間有譽而信
> 者，吾亦甚畏其淪而為偽也。因築室於龍潭浩然堂之側，顏曰：畏
> 廬。并記以存之，庶幾能終身畏，或終身不為偽矣。〔註163〕

光緒十九年（1892），當浩然堂側的畏廬落成時〔註164〕，琴南作〈畏廬記〉；他以「深知所畏，而幾於無畏」、「事不在變，而在常；用不在氣，而在志」為自勵；若是「據非其有，而獲重名美利，鄉黨譽之、朋友信之，復過不自聞，而竟蹈於敗」〔註165〕，那麼天下可畏的事，就沒有比這更大的了。因此他牢記「畏天循分」的祖訓，以「終身畏」、「不為偽」為他終身的準則。

在〈潛廬記〉中，則是對君子人，抱才智而不為世用的處世態度而發，其言：

> 潛之為義，見於《易》，復見於《詩》，有深沉之義。蓋深者淺之反，
> 而沉者又浮之反。嗚呼！淺者之載物幾何？而浮者之燭理又幾何
> 也？世之蘊才智，而不自檢攝，灼之而立熾，礙之而立反，于出處

〔註161〕林紓《畏廬三集》，〈蘇園記〉，頁65下。
〔註162〕林紓《畏廬續集》，〈先大母陳太孺人事略〉，云：「吾家累世農，汝乃能變業
　　　　向仕宦良佳，然城中某公官卿貳矣，乃為人毀輿且搗其門宇，不務正而據高
　　　　位，恥也！汝能謹愿如若祖父，畏天循分足矣。」（頁49下）
〔註163〕林紓《畏廬文集》，〈畏廬記〉，頁59上。
〔註164〕見朱羲胄《林琴南學行譜記四種》，卷一〈貞文先生年譜〉，頁15。
〔註165〕同註163，頁58下～59上。

之際，動輒有悔，去深沉之義遠矣。〔註166〕

闡述「潛」之真義，與說明世上蘊才智之人，更應檢攝自己的行為，否則動輒得悔，去「潛」之意甚遠矣。篇中既贊賞徐敬宜「其應鄉里之請，炤之時爾；其不可常炤，又歸之于潛，可謂無悶矣」〔註167〕之行徑，深符合「潛」之義，同時也希望士人能有此美德，以作為處世的座右銘。

另外，他也用「止」字來作為生活當中的戒，〈止園記〉云：

> 人而果知用止以完其生，則古來暴君、驕王、權相、梟將，下至貪污之官吏，寧人人自即於刑戮！蓋可止而不止，即所以稔惡而滋禍。〔註168〕

天有四時，卻能適如其分的止所當止，人的所作所為，也應當效法天的知止。暴君恣意為所欲為，權相、梟將恃寵而賣弄權勢，貪官污吏為求富貴而不擇手段，最終皆被於刑戮，所為何來？不知止也。琴南借由為廳堂作記的同時，表達出他用以為立身處世的觀點來。

（三）數說當代詩家的風格

琴南於詩一道，也曾刻苦自勵。十九歲時，即開始寫詩。1883 年，法軍炮擊馬江，擊沉大清軍艦數艘，傷亡數百人。國弱為列強欺凌，琴南極為憤慨，曾為詩百餘首，率多類少陵，天寶離亂之做作，惜越年盡燔之。陳衍《石遺室詩話》中云：

> 少時詩亦多作，近體為吳梅村，古體為張船山、張亨甫，識蘇堪後悉棄去。〔註169〕

早年在福州組織詩社，他的詩作曾散見於《福州支社詩拾》中。1897 年冬，因常與高鳳岐、高而謙、高鳳謙三兄弟及魏瀚等人，議論國事，慨嘆不已，因有仿白香山諷諭詩之作《閩中新樂府》，抒發了憤念國仇、憂憫時俗、倡導新政之情。另有《畏廬詩存》二卷。

琴南主張詩以寫性情，白描不加雕琢：

> 自遂己志，自為己詩，不存必傳之心。〔註170〕

〔註166〕林紓《畏廬三集》，〈潛廬記〉，頁 65 上。
〔註167〕同註 166。
〔註168〕林紓《畏廬三集》，〈止園記〉，頁 32 下。
〔註169〕陳衍《石遺室詩話》卷三（台北：臺灣商務印書館，1976 年），頁 11 上。下引此書版本並同。
〔註170〕林紓《畏廬詩存》自序，朱羲冑《林琴南學行譜記四種》，卷二〈春覺齋著述

力斥宗派門戶之見，以剿襲古人，消滅自我爲非。

> 至於分唐界宋，必謂余發源于何家，辦香于某氏，均一笑置之。此
> 集畏廬之詩也，愛者聽其留，惡者任其毀。〔註171〕

此琴南對詩所持的態度，然他卻不諱言自己所服膺者，如〈胡梓方詩廬記〉
中云：

> 方今海內詩人之盛，過於晚明，而余最服膺者，則君之鄉人陳伯嚴，
> 吾鄉陳橘叟，及鄭蘇堪而已。〔註172〕

陳伯嚴即義寧陳三立；而橘叟則是陳寶琛；蘇堪則是鄭孝胥，皆是江西派之
健者，汪辟疆《光宣詩壇點將錄》更將其三人目爲「同光派」之領袖〔註173〕，
足見琴南不因個人成見，而昧於事實，他更說：

> 三君中伯嚴師貞曜，神骨皆肖。蘇堪初亦取徑於孟，已而歸陶，近
> 乃漸爲山谷、臨川，仍宋骨而唐面。獨橘叟幽悄綿遠，清而不癯，
> 枯而能膏，氣肅而聲悲，古遺民之詩也。〔註174〕

陳三立，字伯嚴，江西義寧人；晚築室金陵，署曰散原精舍；故湖南巡撫陳
寶箴之子，光緒丙戌進士。戊戌政變，六君子被殺，其父子因參加維新運動
被革職，所以他詩集裏陶寫性情，難免有怨憤之作。《石遺室詩話》曰：

> 伯嚴論詩，最惡俗惡熟，嘗云：「某也紗帽氣，某也館閣氣。」
>
> 〔註175〕

可見伯嚴爲詩，既厭惡俗且又厭惡熟爛，而寫荒寒蕭索之境，則又傳神逼眞。
錢基博《現代中國文史》云：

> 三立之詩，晚與鄭孝胥齊名，而蚤從通州范當世游，極推其詩。
>
> 〔註176〕

又曰：

> 三立筆勢壯險，髣髴韓愈、黃庭堅。當世意思牢愁，依稀孟郊、陳

　　　記〉，頁5。
〔註171〕同註170。
〔註172〕林紓《畏廬續集》，〈胡梓方詩廬記〉，頁54下。
〔註173〕高拜石《古春風樓瑣記》，第十九集〈汪辟疆「光宣詩壇點將錄」斟註〉認爲
　　　陳三立、鄭孝胥、陳寶琛、陳衍，爲「同光派」之領袖（台北：臺灣新生報
　　　出版，1978年，頁113）。下引此書版本並同。
〔註174〕同註171。
〔註175〕陳衍《石遺室詩話》卷一，頁10上。
〔註176〕錢基博《現代中國文學史》（文學出版社，未著年代地點），頁212。

師道。顧三立喜之特甚！〔註177〕

又引伯嚴〈衡兒就滬學須過其外舅肯堂通州率寫一詩令持呈代柬〉一律，認爲是「志意愁牢」之作，可知陳伯嚴之詩有貞曜之風。而陳寶琛，字伯潛，號弢庵，又號橘隱，同治戊辰進士，名輩先孝胥，而詩名不如〔註178〕。錢基博在《現代中國文學史》中云：

> 宣統遜國，官太保，撫時感事，一託於詩，有《滄趣樓集》，尤長於五古，潛氣內轉，眞理外融，肆力於韓愈、王安石，出入於蘇軾、黃庭堅，幽思峭筆，略與孝胥相似！〔註179〕

而陳伯嚴《滄趣樓詩集‧序》云：

> 公生平遭際如此，顧所爲詩，終始不失溫柔敦厚之教，感物造端，蘊藉綿邈，風度絕世，後山所稱韻出百家上者，庶幾過之。然而純忠苦志，幽憂隱痛，纇涵溢語言文字之表，百世之下，低徊諷誦，猶可冥接遙契於孤懸天壤之一人也。〔註180〕

可知琴南對他「幽悄綿邈」、「氣肅而聲悲」實爲確切之評。另外對於鄭孝胥之評，又見於〈海藏樓記〉，其言：

> 古體取徑江謝，合響貞曜閒適之作，夷曠沖淡，而骨力之堅鍊，一字不涉凡近，詩體百變，咸衷以法，語質而韻遠，外枯而中膏，吐發若古之隱淪，則信乎其能藏其鋒矣！〔註181〕

鄭孝胥，字太夷，蘇堪其號，福建閩縣人也；中式光緒壬午鄉試榜首，與琴南同榜。自名其樓曰海藏，又集其所爲詩曰《海藏樓詩》凡八卷。錢基博云其：

> 三十以前，專攻五古，規撫謝靈運而浸淫於柳宗元，又以孟郊琢洗之；沉摯之思，廉悍之筆，一時殆無抗手！三十以後，乃肆力於七言，自謂爲吳融、韓偓、唐彥謙、梅堯臣、王安石；而最喜王安石。嘗言：「作詩工處，往往有在悵惘不甘中者！」〔註182〕

〔註177〕同註176。

〔註178〕同註175。

〔註179〕同註176，頁235。

〔註180〕轉引自高拜石《古春風樓瑣記》，〈汪辟疆「光宣詩壇點將錄」斠註〉，頁119～120。

〔註181〕林紓《畏廬續集》，〈海藏樓記〉，頁55下。

〔註182〕同註176，頁235。

無怪乎琴南云其「宋骨而唐面」！至於「語質而韻遠，外枯而中膏」的風格，錢基博也認同琴南的看法。由此可知，琴南雖不欲以詩傳，然對當代詩流，也相當的關心，評定其淵源、風格也可謂中肯。

第八節　哀祭類

哀祭類的作品，是哀悼逝者的文章，包括哀辭、祭文、弔文、誄等。哀祭之作，起源甚早，〈序目〉曰：

> 哀祭類者，詩有頌，風有黃鳥、二子乘舟，皆其原也。楚人之辭至
> 工，後世惟退之、介甫而已。〔註183〕

除了《詩經》、《楚辭》之作外，賈誼有〈弔屈原文〉、三國禰衡有〈弔張衡文〉、晉潘岳有〈金鹿哀辭〉、南朝顏延之有〈陶徵士誄〉、劉令嫻有〈祭夫徐敬業文〉等，以迄唐代，哀辭之作，更是大量出現。劉彥和《文心雕龍‧哀弔》中云：

> 原夫哀辭大體，情主於痛傷，而辭窮乎愛惜。〔註184〕

又說：

> 奢體爲辭，則雖麗不哀；必使情往會悲，文來引泣，乃其貴耳。
> 〔註185〕

可知哀祭文應以眞摯之感、哀傷之情爲主。反之，若僅止於華靡的詞藻，不具有哀傷的實質情感，就失去了其原意。在琴南二十五篇的哀祭文中，依其哀祭的對象，可分爲二：

一、祭親人

哀祭之作，既以表達哀傷爲主，那麼在祭悼親人時，感情眞摯，比較容易產生好的作品，又琴南「敘悲之作，音吐悽梗」，且他善於將濃郁的情感化爲平淡、質樸的語言，點點滴滴傾灑出來，如〈亡室劉孺人哀辭〉中的哀惋之情，他寫道：

> 余病時，積夕亡睡。孺人方孕女雪，羸荼若不能自勝其軀。余憐之，

〔註183〕姚鼐《古文辭類纂》，〈序目〉（台北：廣文書局，1961年），頁15下。
〔註184〕范文瀾《文心雕龍注》，卷三〈哀弔〉（台北：臺灣開明書店，1985年），頁31下。
〔註185〕同註184。

病中至無敢微呻。偶呻，孺人輒問，預置茗具，爇火以進。殘月向
盡，雁聲自遠而近。余戲孺人：「鬼嘯乎？去爾無多日矣！」孺人悽
然莫應。〔註186〕

又說：

既殮，棄所遺衣，均縷裂見絮，數襲皆然。生平未嘗衣帛衣、享專
味。夏日食瓜，見子婦至，立授之，辭則怒發。性直毅，論事每與余
左，往往至失歡。嗚呼！早知及此，恨其不讓吾孺人也。〔註187〕

這篇文章是悼念他妻子劉瓊姿的。瓊姿十九歲嫁給琴南，兩人結婚以後，琴
南的祖父、祖母、父親、弟弟相繼去逝，琴南染病，喀血十年。是劉瓊姿和
他相濡以沫，渡過了「貧賤夫妻百世哀」的艱難歲月，因此琴南一直對妻子
懷著深深的思念之情。在這篇〈哀辭〉中，他或者追述妻子對自己的體貼關
懷，以抒發哀情，或者嘆惋當日論事每每「不讓吾孺人」以表達悔恨，其憂
傷哀惋之情可謂濃郁真切，深沉懇摯。文中以平淡質樸的語言，把夫妻間的
恩恩愛愛寫得何其深沉！又以妻子言行衣著的平常事，表達出其失去妻子的
憂傷，濃厚的情感情表達以簡淡的語詞，無怪乎張俊才先生認為，這使文章
透發出醇厚的樸淡美來。〔註188〕

二、祭友人

　　琴南生平樂善好施，勇於助人，他的兩位摯友，王灼三和林述庵不幸早
逝，遺下孤兒，琴南毅然把他們收養在家中十幾年，親自教誨，可見他對朋
友是，相當夠道義的。然而從一篇篇的祭文中，我們更可看到朋友對他的影
響、包容和關心。〈祭丁和軒文〉中云：

余時病肺，嘔血盈斗，日必造君，自午達酉。君素輕死，視命若
帛，所貴自適，胡天胡壽！我聞君言，興會飆舉，委命於天，坐而
待死，竟不能死。〔註189〕

〔註186〕林紓《畏廬文集》，〈亡室劉孺人哀辭〉（台北：文津出版社，1978年），頁78
　　　　上。下引此書版本並同。
〔註187〕同註186，頁79上。
〔註188〕張俊才〈林琴南古文的陰柔美〉曰：在這裏，濃情與淡語相互依存，相映生
　　　　姿，使文章透發出醇厚的樸淡美來。(《河北師範大學學報》第三期，1988
　　　　年，頁2)
〔註189〕林紓《畏廬三集》，〈祭丁和軒文〉（北京：中國書店，1985年），頁69下。
　　　　下引此書版本並同。

琴南結識丁鳳翔約在二十歲時，那時琴南肺病嘔血，常到丁家談心解悶。丁鳳翔一向不以死為懼，視性命如敝帚，他所在意的只是「自適」而已，從不把壽夭放在心上。琴南看到丁氏如此曠達，漸無畏死之心，心情漸為開朗，終不為病所害。於是兩人情感日漸融洽。光緒間，琴南母親去逝，後又妻死子夭，丁氏十次臨弔，撫慰再三，其言：

> 乙未十月，余丁母憂，病妻侍母，亦以瘵休，仲子再夭，我痛欲踣。七日之中，君十臨弔，忍淚慰我，語必中要，如冰沃炭，滅我內燒，如付善藥，令我自療。〔註190〕

琴南得自於丁氏的這些情意怎能忘懷！琴南家貧無錢買書，雜收斷簡零篇，用心磨治；到光緒八年，琴南結識李宗言兄弟〔註191〕，李父曾捐資為官，家積圖書連楹，使得琴南能借讀之，〈畬曾李先生誄〉云：

> 君兄弟積書連楹，余一一假讀且盡。〔註192〕

在李氏家業興盛時，築園於省城光祿坊，名為玉尺山房。陡塘林麓，邃房軒台，賓客華盛。其後家道雖已中落，但還焚香開簾，在園中竹下設置筆硯，邀集同游會文賦詩，每月四、五次之多。其文：

> 君家世忠厚，太年伯光祿公善聲，被其鄉里，別業中有所謂光祿吟台者，一時名輩恆集而為詩。鹺業既敗，吟台別屬，君仍日招詩流，結為支社，月恆數集。〔註193〕

又〈李佛客員外哀辭〉亦云：

> 前後十三年中，月集於佛客之辛夷樓恆四、五。〔註194〕

琴南與李氏兄弟同里，常到李家聚會，見李氏詠史詩抗聲淒吟，積淚滿紙，便產生共鳴，著實在詩歌上下了工夫。同時又借讀李氏藏書，不數年工夫，三、四萬卷的藏書，借讀均盡。

另外高鳳岐兄弟，對琴南的友誼也是值得一提的，〈高子益哀辭〉云：

> 君之奉使於羅馬也，吾方構狂病，激訐驚爆；君則感咨若憫吾死，

〔註190〕同註189。
〔註191〕光緒八年（1882），林紓始友李宗言；光緒九年（1883）始友李宗禕。見朱羲胄《林琴南學行譜記四種》，卷一〈貞文先生年譜〉（台北：世界書局，1965年），頁11。
〔註192〕林紓《畏廬三集》，〈畬曾李先生誄〉，頁74上。
〔註193〕同註192，頁74下。
〔註194〕林紓《畏廬文集》，〈李佛客員外哀辭〉，頁77上。

> 臨餞嗚咽，互相抱詛，泣諫：「勿爲老狂以自困！」吾悲慚至不敢仰
> 視，奴僕驚吒。試問天下非骨肉之愛，曾如是之忠懇乎？〔註195〕

從高子益「勿爲老狂以自困」的規勸中足知其友誼的非凡。琴南年少任氣爲詩，一時鄉里之中目爲狂生。及老，又值新學提倡，琴南宛然以維護舊傳統的衛道者出現，高子益深怕琴南爲此而自困，因此誠摯的提出諫言。高氏三兄弟及家人其實對琴南都是相當包容和關心的，其又言：

> 三十年前，朝吾年母程太夫人於鑄龍堂，日蒙賜食，媿室夢旦及君
> 咸聚，飯吾或三數日不歸，間論事與媿室忤，奮髯抵几，聲震屋
> 瓦，而君與夢旦蕭閒若無事。似媿室有獨具之見，而余亦非無證之
> 談，片語疏解，即歡笑如恆狀。太夫人聞之，亦視以兒輩之爭棗
> 栗，微哂弗怪。〔註196〕

高氏兄弟若無開闊的胸襟，又如何能寬容這樣的爭辯，高氏母親程太夫人如果不是將琴南視爲兒輩，又如何對這樣的舉動不生氣？〈祭高子益文〉則用韻文的方式表現：

> 余方忤俗，日肆嫚罵，君憂吾禍，動色驚吒，綱紀戒行。餞君荒祠，
> 殷憂被顏，若構深悲，長跽抱我，泣涕連而，謂余老暮，鬢已成絲，
> 何爲任氣，斷送頭皮？病軀遠出，再見何期？生平至契，非爾莫怡，
> 此行懸懸，舍爾誰思？嗚呼哀哉！我心碎矣！幾拼殘年，願代爾死，
> 媿室知我，我淪肌髓，汝心尤厚，越出常軌，聞過則悲，聞善則喜，
> 苟非骨肉，何遽至此？交遍天下，誰則汝比？〔註197〕

琴南用自問自解、自說自訴、自悲自嘆的方式，來傾吐他對高子益的悼念之情，哀傷之情極富回返往復，一唱三嘆之致。

〔註195〕林紓《畏廬三集》，〈高子益哀辭〉，頁77下～78上。
〔註196〕同註195，頁78上。
〔註197〕林紓《畏廬三集》，〈祭高子益文〉，頁72下。

第五章　林琴南的古文藝術

第一節　在風格方面

一、抑遏掩蔽，伏其光氣

　　琴南譯述外國小說，速度快得驚人「耳受而手追之，聲已筆止」〔註1〕錢基博也說：「運筆如風落霓轉，而造次咸有裁制，不加點竄。」〔註2〕但他作古文則矜持異甚，或經月不得一字，或涉旬始成一篇。張僖〈畏廬文集序〉說他對自己的文章頗為秘惜，時時以為不足藏，摧落如秋葉〔註3〕。琴南自己也說不以古文示人：

　　　　余治古文三十年，恆嚴閉不以示人。〔註4〕

光緒二十七年（1901），桐城派古文家吳汝綸入都〔註5〕，琴南送了幾篇古文向他請教，吳汝綸讀後大為讚賞，稱道「抑遏掩蔽，能伏其光氣」〔註6〕。這

〔註1〕見朱羲冑《林琴南學行譜記四種》，卷三〈春覺齋著述記〉，〈孝女耐兒傳序〉（台北：世界書局，1965年4月），頁5。下引此書版本並同。

〔註2〕錢基博《現代中國文學史》（文學出版社，未著年代及地點），頁166。下引此書版本並同。

〔註3〕張僖《畏廬文集・序》云：獨其所為文頗祕惜，然時時以為不足藏，摧落如秋葉（台北：文津出版社，1978年）。下引此書版本並同。

〔註4〕林紓《畏廬續集》，〈贈馬通伯先生序〉（台北：文津出版社，1978年），頁25上。下引此書版本並同。

〔註5〕見朱羲冑《林琴南學行譜記四種》，卷一〈貞文先生年譜〉，頁26。

〔註6〕林紓《畏廬續集》，〈贈馬通伯先生序〉，云：光緒中，桐城吳摯甫先生至京師，始見吾文稱曰：「是抑遏掩蔽，能伏其光氣者。」頁25上。

「抑遏掩蔽」，是宋代蘇明允對韓昌黎文章的贊語。蘇氏《上歐陽內翰書》稱韓愈文章：

> 如長江大河，渾浩流轉，魚鱉蛟龍，萬怪惶惑，而抑遏蔽掩，不使自露。〔註7〕

意思即說韓文有氣勢而又能斂氣蓄勢。琴南《畏廬論文・應知八則・氣勢》一節中曾專門論述過這一點：

> 文之雄健，全在氣勢。氣不王，則讀者固索然。勢不蓄，則讀之亦易盡。故深於文者，必斂氣而蓄勢。〔註8〕

琴南幼年讀書即極愛《史記》，以後又研習韓文四十年。司馬遷的文章以龍騰虎躍，跌宕多姿見長；韓昌黎的文章則理足神王，深沉渾厚攖人。因此，史公的文采，昌黎的風格，對他自然有所影響。在琴南之作品中，常可發現其文字簡約曉暢，寓意深厚含蓄，既有龍騰虎躍之妙，又有斂氣蓄勢之美。如〈析廉〉是借論述爲官之道，對當時的官吏貪權貪勢，卻以「廉」自冒的無恥行徑，進行了深刻的剖析和揭露：

> 一日當官，憂君國之憂，不憂其身家之憂，宵靜澹泊，斯名眞廉。若夫任氣以右黨，積偏以斷國，督下以諉過，劫上以遷權，行固以遂禍，挑敵以市武，朘民以佐慾，屛忠以文昏，其人日怖然自直，其直以爲廉，夫公孫宏、盧杞之廉，豈後歟？君子不名之廉者，國賊也。賊幸以廉自冒，劫君、絕民、覆國，惡可因其冒廉而寬之？矧若人者，吾又安知其不外糠覈而內粱肉也。〔註9〕

由連續八個排句而下的句式，把作者胸中對貪權貪勢之徒的憎惡之情激射而出，酣暢淋漓，理足神王，具有龍騰虎躍，渾浩流轉的氣勢。隨即又舉例以反詰，據理而申述，不僅使行文跌宕生姿，又使排沓而下的氣勢得到蓄斂，頓顯其深沉。特別是「吾又安知其不外糠覈而內粱肉也」一語，言而即止，餘味深長，更使全文顯示出「抑遏掩蔽，能伏光氣」之魅力。

仔細品味〈析廉〉一文，不難發現文章的氣勢和鋒芒，作者皆能有節制的抑遏，使全文的氣勢、鋒芒呈顯出「掩蔽」的渾厚、深沉美。再看〈與魏

〔註7〕 蘇洵《嘉祐集》，第十一卷〈上歐陽內翰書〉（台北：臺灣中華書局，1970年10月），頁2上～2下。
〔註8〕 林紓《畏廬論文》，〈應知八集・氣勢〉（台北：文津出版社，1978年），頁24上。
〔註9〕 林紓《畏廬文集》，〈析廉〉，頁1上。

季渚太守書〉中的這段文字：

> 方今小人之多、任事之難，在古實無可比例。蓋上有積疑之心，下有分功之思。有積疑之心，則膚寸之失，足累乎全局；有分功之思，則觖望之事，彌甚於仇讎。故凡語言、酬應，精神稍不相屬，引憾已足刺骨，況又慷爽質直，自行己意，此人言之，所以不直於執事，必欲求逞者也。執事此行，短執事於新帥者甚夥。紓策執事，必坦然自信，然執事亦聞，鄭袖之短楚美人乎？〔註10〕

文中的執事魏季渚在當時任職福州船政局，爲人正直而熱誠。戊戌年春他護送一艘鐵艦，前往旅順時受到別人的誹謗和陷害。在此文中，琴南一開始便用「在古實無可比例」一語，極言當時官場的「小人之多、任事之難」。接著用對仗、排比的句式，對官場那些嫉賢妒能的「小人」們，發出了激烈的遣責。隨後採遞進式說明一個「慷爽質直」的人，在這種齷齪的官場上，是必遭暗算的。行文至此，氣勢、鋒芒已相當明朗地展現出來。然而琴南並沒有聽任這種氣勢、鋒芒一瀉無餘地盡情表露，而是及時地加以「抑遏」。接著在「執事此行，短執事於新帥者甚夥」這一句，是針對前文作具體的敘述，由於作者將磅礴激射的議論和抒情轉入平實的敘述，使得前面的氣勢和鋒芒不露痕跡地受到「抑遏」，而「然執事亦聞鄭袖之短楚美人乎？」，則是以比喻和說明的形象應照前文，生動地道出了官場「小人」的狹隘、多疑、善妒和狠毒。使文章的鋒芒和氣勢因爲「抑遏」，進一步得到了蘊蓄和充實，顯得更加有力度、有質感。

琴南古文中的蔽掩美，張俊才先生認爲是以借指式和化入式兩種方式構成的〔註11〕。「掩蔽」是作者將眞實的內在思想掩蓋、隱蔽在文章外在的表象意義之中，而不明朗直接地表露出來，此正有「含而不露」的特點。如〈讀小雅〉中云：

> 蓋女主之無識而好諛，甚於庸昏之主。既有所壅蔽，尤弗洞於外事，惟諛是甘，此正宦官宮妾得意之秋。〔註12〕

又說：

> 而況橫征暴斂，大興土木，妄殺無辜，而懍莫懲嗟，則宜乎弔古者

〔註10〕林紓《畏廬文集》，〈與魏季渚太守書〉，頁9上～9下。
〔註11〕見張俊才〈林琴南古文的陰柔美〉，載《河北師範大學學報》第三期，1988年，頁6。
〔註12〕林紓《畏廬續集》，〈讀小雅〉，頁6下。

不勝其〈黍離〉之悲也。〔註13〕

文章自始至終談的只是周幽王的寵妃褒姒,而眞正譴責的對象是誰?作者並沒有言明。然而在琴南的生長年代裏,以他深爲民憂的個性,對於慈禧太后的任用親信,虐殺忠良,挪用海軍軍費修建頤和園,以及企圖憑藉義和團的迷信「法術」對外宣戰等等作爲,琴南能無所感覺嗎?由於他不言明,內意需通過讀者的捕捉,使文章具有「蔽掩」之美。

二、抒情敘悲,含蓄深婉

關於琴南的善於抒情敘悲,前人多所注意,如張僖認爲:「爲文出之血性」〔註14〕,高夢旦以爲「音吐悽梗,令人不忍卒讀」〔註15〕,錢基博也說「工爲敘事抒情」〔註16〕,張俊才先生也說:

善於抒情敘悲,是林紓古文在藝術上最醒目的特點。〔註17〕

以上的看法完全一致。琴南自己也說:

天下文章,莫易於敘悲。〔註18〕

又在〈冷紅生傳〉中云:

生好著書,所譯巴黎《茶花女遺事》,尤悽惋有情致。嘗自讀而笑曰:

「吾能狀物態至此!寧謂木強之人,果與情爲仇也耶!」〔註19〕

是琴南認爲敘悲文章最容易寫,且他自己也承認擅長這一方面。的確,琴南的古文,具有這一方面的特質。或對生民之憫,或對國家之愛,或對骨肉之親,或對朋友之義,或夫妻之情,雖眾貌紛呈,情感殊異,有的激切揚厲,有的平和婉曲,總以含蓄深婉爲展現。〈蒼霞精舍後軒記〉在這方面的表達,可謂臻於極致了。琴南三十一歲中舉之後,曾在福州的蒼霞洲建有小屋五間居住,在這裏他們一家過了一段,既安靜又和諧的歲月。不幸他的母親過世,妻子也染病不起,又恰需遷居別處。兩年後此地爲人創辦了學校,琴南被聘

〔註13〕同註12。

〔註14〕見張僖〈畏廬文集序〉。

〔註15〕見高夢旦《畏廬三集・序》(北京:中國書店,1985年)。下引此書版本並同。

〔註16〕錢基博《現代中國文學史》,頁169。

〔註17〕張俊才《林紓評傳》(天津:南開大學出版社,1992年),頁242。下引此書版本並同。

〔註18〕林紓〈孝女耐兒傳序〉,引自朱羲胄《林琴南學行譜記四種》,卷一〈貞文先生年譜〉,頁5。

〔註19〕林紓《畏廬文集》,〈冷紅生傳〉,頁25下。

為國文教席，而每次前來上課，目睹故居舊景，不禁悲從中來：

> 欄楯樓軒，一一如舊。斜陽滿窗，簾幔四垂，鳥雀下集，庭墀闃無
> 人聲。余微步廊廡，猶謂太宜人晝寢於軒中也。軒後嚴密之處，雙
> 扉闔焉。殘針一，已鏽矣！和線猶注扉上，則亡妻之所遺也。嗚呼！
> 前後二年，此軒景物已再變矣！余非木石人，甯能不悲！〔註20〕

在琴南細膩的筆觸中，憑臨故居，念往日生活的點點滴滴，「猶謂太宜人晝寢
於軒中」的靜謐溫馨和「和線猶注扉上」的淒婉意境，此刻皆交融在他的感
受中，細緻入微而又含蓄的表現出其纏綿的感情。

又如〈先妣事略〉中，言第二次鴉片戰爭，敵艦闖入福州內港，聚集江
南橋下，乘機發炮尋釁。琴南家距江僅三里，處於敵炮射程之內。飛彈日夜
從屋上呼嘯而過，左鄰右舍奔徙將盡。唯琴南家無米下鍋，祖母又在病中，
只好留下，其言：

> 紓適家橫山，距江三里，飛彈蚩然，日夜從屋上過。比屋奔徙略
> 盡，宜人以無食，故不得去。先大母方病，大姊稍省人事，鍵紓不
> 令出，擁弟及妹環宜人而泣。宜人方縫裻，撫慰大姊言：「抵夜，盡
> 三裻，可得錢四百許，明日大父母及爾兄弟當飽食矣！」紓時幼沖
> 不知母言之悲也。〔註21〕

孩子們環膝而泣，老祖母臥病在床，無情的飛彈不停地在屋頂上呼嘯著，村
子裏的人幾乎都走光了，琴南的母親卻鎮定地縫著手工，一心一意地盼望著
明日以縫裻之錢換米，貧困交迫，無暇顧及安危的悲悽，又豈是筆墨所能形
容？在這段敘述中，琴南將胸中抑制不住的悲苦，娓娓道來，婉曲蘊藉，含
蓄深沉。不言母悲，而更敘述母以辭撫慰姊弟，其悲不言而喻，使文有「無
聲而哀」的共鳴感。

再從〈告王薇庵文〉中，看看琴南是怎樣把朋友死生之別的哀傷之情展
現：

> 方君呻吟於床第之間，聞余足音已自起立，既已慰余之憂，又數趣
> 予背誦其近作，微有所牾，則啞然而笑，數笑而氣不續，而君不恤
> 也。〔註22〕

〔註20〕林紓《畏廬文集》，〈蒼霞精舍後軒記〉，頁59下。
〔註21〕林紓《畏廬文集》，〈先妣事略〉，頁31下。
〔註22〕林紓《畏廬文集》，〈告王薇菴文〉，頁70上。

王灼三，字微庵，他風度凝遠，孝友誠篤，被琴南引為知己。當琴南遇有苦悶、委屈之事，或有什麼事情想不通，只要王灼三幾句話就能解除煩惱。在琴南貧賤坎坷之日，親戚形神不接，知交見而奔避，只有王灼三能愛之以德、接之以禮、感之以情。王灼三把自家的老屋騰出來給琴南作為塾舍，自己卻到史家設館，確實夠義氣的了。而王灼三則數日必歸，每次歸來都與琴南把手縱談世務、傾吐肝膽，彼此怡然而各忘其貧。面對這樣的好友病重時，琴南如何不憂戚呢？然而每次探訪，王灼三總是極力掙扎而起，促琴南背誦近作，稍有所愜，則啞然而笑，雖氣喘吁吁，還是不希望朋友難過。文中雖借王灼三不欲使朋友悲傷而強自立，欲笑而氣不續的情況，一股哀傷的愁緒油然而升，彼此又都不敢表明，含蓄委婉的真摯情感，溢於全篇。

在琴南的古文中，無論是悲憤怨抑，或是憂傷哀惋，他都不會以撕肝裂肺的方式吶喊，而是盡可能地將這血淚之情以婉曲含蓄展示在文章中，陳衍《石遺室詩話》曾說過：

> 畏廬於陰柔一道，下過苦功。〔註23〕

蘇雪林也說：

> 我終覺得琴南先生對於中國文學裏的「陰柔」之美，似乎曾下過一番研究功夫，古文的造詣也有獨到處。〔註24〕

足見其敘悲抒情，含蓄深婉的蘊藉雋永，早就為人所注目了。

三、寓意諷世，冷峻詼諧

琴南為人清介，秉性服善甚篤而嫉惡如仇，陳衍說：

> 紓頗疏財，遇人緩急，周之無吝色。〔註25〕

個性剛強善怒，好義尚俠。他的熱情不僅表現在此，他也相當的擁戴和愛護國家；然而，他的愛國思想和忠君觀念，是聯繫在一起的，擁護舊傳統，所以頗不滿於新文化、新思潮者，故他有不少篇章的古文，是針對此而發的。

〔註23〕見陳衍《石遺室詩話》卷三（台北：臺灣商務印書館，1976年11月），頁11上。

〔註24〕見蘇雪林〈林琴南先生〉（《人間世》半月刊，第十四期，1934年10月），轉引自張俊才〈林琴南古文的陰柔美〉，載《河北師範大學學報》第三期，1988年，頁1。

〔註25〕陳衍《福建通志》，轉引自朱義冑《林琴南學行譜記四種》，卷一〈貞文先生學行記〉，頁5。

加上他本人的性格「好諧謔」〔註26〕，常把作品寫得詼詭風趣，又有諷寓效果。1897 年，戊戌變法的前一年，琴南用白居易諷諭詩的手法，寫了《閩中新樂府》三十二首，率都抨擊時弊之作，這是他公開發表的第一部著作。鄭振鐸在《林琴南先生》一文中說：

> 在康有爲未上書前，他卻能有這種見解，可算是當時的一個先進的
> 維新黨。〔註27〕

類似這樣的作品，也見於他的古文中，如〈書葫蘆丐〉則是以一位瘋顛、滑稽、詭譎的乞丐，而對地方官吏發出的嘲弄和遣責。〈趙聾子小傳〉則描寫趙聾子的詭譎、搢紳先生的愚朽，刻畫得維妙維肖，使文章既有諷刺的光芒又兼有詼諧與風趣。〈書鄭翁〉中也說：

> 鄭翁年八十四，廢其左足，苦臭蟲穴榻，延慢連移，夏夜莫得即枕。
> 晨見僵蠅於地，蟻聚噆之，乃大喜，將求蟻以噆其蟲。揚糖屑於地，
> 引及其臥處，大饗蟻，蟻果大至，道緣沿鬚，循髮皆蟻也。而翁之
> 擾彌甚，將力起以清其榻，遽撲地死。〔註28〕

點出一個人不思自強，只想依賴外力，必然自食惡果的題旨。故事似乎有些荒誕，然借以諷刺清廷援引外兵「洋槍隊」打滅太平軍，將會招致外敵入侵，造成朝廷的覆亡。透過文中主角鄭翁荒謬的想法和作法，來諷刺清廷執政者的昏庸，使篇中達到冷峻的嘲諷作用。

又〈書顏屠之婦〉中，即嘲諷爲人繼室不體恤前妻之子，致使「狂狗喫子」，婦竟能「目若瞑」，因懼「見創而藥」。而平居則坐擁金錢，珍饌則自橐而噉之，最後遂以肥而無法逃於火的惡果。故事以勸人爲善的傳統題材爲中心，然透過琴南簡潔的筆法，動人的敘述，使得顏屠之婦的笨醜、肥癡且又貪婪之狀，靈活靈現，情節緊湊，而結局又大快人心，既詼諧風趣又寓意教化。

琴南古文鮮明的諷諭性，使得文中之事、物、人，予人以弦外音、味外

〔註26〕陳衍之子陳聲暨挽詩曰：「張目畢怒罵，解頤事諧詼。」載朱義冑《林琴南學
　　　行譜記四種》，卷三〈貞文先生學行記〉，頁 4。又《京華碧血錄》第四十八
　　　章：「吾鄉有凌蔚廬（林畏廬諧音）老矣，其人翻英法小說至八十一種，……
　　　其人好諧謔。」轉引自張俊才《林紓評傳》，頁 245。
〔註27〕鄭振鐸〈林琴南先生〉，載《鄭振鐸文集》第六卷（北京：人民文學出版社，
　　　1988 年），頁 351。
〔註28〕林紓《畏廬文集》，〈書鄭翁〉，頁 68 上。

味，增強其寓意的效果。

四、曲繪家常，平易近人

　　琴南散文美和散文風格是一種平易自然之美。不論議論抒情，還是敘事狀物，往往曲繪家常，平易近人，從容閑易，平順自然，同時又精美流麗，柔婉逸宕。《文心雕龍‧體性》說：「才有庸儁，氣有剛柔」〔註29〕，從屈原到柳宗元，由理論到實踐，所顯示出的楚騷美和幽美，偏於陰柔之美。琴南發揚這種散文的柔婉流麗，提倡平易自然的傳統，使得這種散文美更容易為人所接受。琴南曾盛讚狄更斯善寫家常之事、敘普通之人的特長，他曾說：

　　　　余嘗謂古文中序事，惟序家常平淡之事，為最難著筆。〔註30〕

又嘗舉《史記‧外戚世家》記竇皇后弟竇廣國事：

　　　　文帝召見問之，具言其故，果是。又復問他，何以為驗，對曰：「姊
　　　　去我西時，與我決於逆旅中，丐沐沐我，請食飯我，乃去。」於
　　　　是竇皇后持之而泣，泣涕交橫下。侍御左右皆伏地泣，助皇后悲
　　　　哀。〔註31〕

認為這本是生活細節，但經過史公的渲染，卻是不同凡響了。不丐將不得沐，不請將不得食，用「丐」字、「請」字，足見少君身世的落寞，竇皇后對其弟的深情。那種生離死別的慘狀悲懷，寥寥數語便盡呈紙上。《北史》中寫隋朝的苦桃姑，正仿照這種寫法，可是相差甚遠，因為作者沒有史公筆才，不能曲繪家常常態。

　　因此琴南個人在從事古文寫作時，則運用自己熟悉的家常平淡事為題材，如〈謁外大母鄭太孺人墓記〉中這樣寫道：

　　　　太孺人生時，歲館吾家者恆七八月，及歸陳氏，姊首哭於房，紓則
　　　　遷太孺人之衣，且哭且行，即受糕餌為涕所漬，亦腐溼不復可食。
　　　　母宜人至下鑰鍵紓兄弟，太孺人乃得歸。〔註32〕

外祖母要回家，外孫們戀戀不捨，邊走邊哭，此誠可謂極家常平淡之事。但正通過這種司空見慣的家常平淡之事，把普通人常見的祖孫間的真摯感情，

〔註29〕范文瀾《文心雕龍注》，卷六〈體性〉（台北：臺灣開明書店，1985年），頁8上。

〔註30〕轉引自張俊才《林紓評傳》，頁243。

〔註31〕林紓《畏廬文集》，〈述旨〉，頁2上～下。

〔註32〕見林紓《畏廬文集》，〈謁外大母鄭太孺人墓記〉，頁53下。

渲染得淋漓盡致。又如〈薛則柯先生傳〉中寫著：

> 家絕貧，夏日嘗不舉火。紓歸食，既度先生未炊，乃覓得先君襪，
> 實米滿中，負之以至。先生大怒咤曰：「徽，若年十一，竟行竊耶？」
> 紓泣曰：「先生侵晨授徽古文及詩，逾午猶不食。歸而對食心動，故
> 自以其米來，非竊諸他氏也。」〔註33〕

以父親的襪子，裝米送給老師，有著稚齡孩童的天眞想法，雖是得來先生的
一頓責罵，卻將幼童尊師的想法、行爲完全刻劃出來。〈外舅劉公墓誌銘〉中
又記述著：

> 公相婿及余，余方從群兒戲，公弗善也。越七年，余客臺灣，父執
> 某申前議，公得余上外祖母鄭太孺人書，再三讀，曰：「可矣！童子
> 戀恩，余於書中若聞其哭聲，性情哀摯，可妻也；顧非富貴中人
> 耳！」〔註34〕

婚姻大事取決於父母的當時，描繪第一次岳父相婿時，見琴南正和其他孩童
嬉戲，岳父不許。及後來讀其上外祖母書，發現了琴南的文才，因而才答應
將女兒嫁給他。由普通的相親歷程，寫出岳父相婿的觀點，此皆一般人所熟
悉的平常細節，讀來倍增親切。又〈鈞壙銘〉中描述：

> 鈞生，弗碩，五歲僅扶床立。迨長，肝風內煽，發時僵如死人。年
> 十三，從余讀書龍潭。夜寢，支體伸縮，時以手近吾乳，意似依其
> 母，紓愈憐之。〔註35〕

描寫不甚健康的幼兒，夜晚睡時似依戀其母之狀，生動鮮明。此一般孩童常
有之舉動，讀來平易感人。

五、寫景構圖，援引畫理

琴南不入仕途，一生從事譯書、執教、古文、作畫，而其繪畫成就頗
高，他的老師陳文臺，號石顚山人，是畫家汪瘦石、謝琯樵的學生，〈石顚山
人傳〉云：

> 山人長身玉立，疎髯古貌。善詩、工書，能寫高松及蘭竹，亦間爲
> 翎毛花卉。〔註36〕

〔註33〕見林紓《畏廬文集》，〈薛則柯先生傳〉，頁24上。
〔註34〕林紓《畏廬文集》，〈外舅公墓銘誌〉，頁38上。
〔註35〕林紓《畏廬文集》，〈鈞壙銘〉，頁48下。
〔註36〕林紓《畏廬文集》，〈石顚山人傳〉，頁15下。

又說：

> 紓事山人二十六年，得山人翎毛用墨法，變之以入山水。〔註37〕

足見琴南對於所學有所創新。此外，他個人更私淑黃笏山松、竹的畫法，他
說：

> 余不善竹畫松，則私淑先生四十年。〔註38〕

晚年更致力於作畫，七十高齡還每天六、七小時站在畫桌前苦心經營。他的
創作態度嚴謹認真，雖一小幅也不倉促落筆。其山水畫意境開拓，筆力精
到，諸多佳作。而且每作一畫必書一絕句於其上，時人稱之為「能詩善畫」
者。對於畫理也頗精研，有《春覺齋論畫》一卷傳世。因此在他的古文中，
寫景文字多注意構圖設色，遠近有序，濃淡有致，夏曉虹認為琴南是「以畫
家之眼觀物」〔註39〕，如〈湖心泛月記〉云：

> 霧消月中，湖水純碧，舟沿白隄止焉。余登錦帶橋，霞軒乃吹簫背
> 月而行，入柳陰中。隄柳翁鬱為黑影，柳斷處迺見月，霞軒著白袷
> 衫立月中，涼蟬觸簫，警而群噪，夜景澄澈。〔註40〕

記夏夜遊西湖，夜景澄澈中，純碧的湖面上有舟沿白堤行止，柳蔭中，堤柳
翁鬱為黑影，柳斷處才見月；而霞軒恰著白衫立月中。筆觸之中，遠近、設
色，皆有水墨畫的韻味。而〈登泰山記〉則是直接寫入作畫，談畫語，讀其
文，就如觀賞一卷岱岳圖。文中述及從柏洞遠觀經石峪：

> 萬柏交柯為深洞，初陽東出而西射，巖壁受水，晶瑩閃爍。於叢綠
> 之外，有物蠕蠕然，動於石刻上，以遠鏡窺之，人也。〔註41〕

證之琴南本身的《春覺齋論畫》云：

> 西人畫境極分遠近，有畫大樹參天者，而樹外人家林木如豆、如苗，
> 即遠山亦不逾寸，用遠鏡窺之，狀至逼肖。若中國山水亦用此法，
> 不惟不合六法，早已棘人眼目。〔註42〕

因知琴南所記，正是用西洋畫境的筆意描述。至於文中又云：

〔註37〕 林紓《畏廬文集》，〈石顛山人傳〉，頁16上。

〔註38〕 林紓《畏廬三集》，〈黃笏山先生畫記〉，頁64下。

〔註39〕 夏曉虹〈林紓的古文與文論〉云：「他精研畫理，常以畫家之眼視物。」載
《文史知識》，1991年3月，頁93。

〔註40〕 林紓《畏廬文集》，〈湖心泛月記〉，頁64下～65上。

〔註41〕 林紓《畏廬續集》，〈登泰山記〉，頁57上。

〔註42〕 林紓《春覺齋論畫》，摘自《林紓詩文選》（北京：商務印書館，1993年），頁
24。

壁勢自下而斜上，紋作大斧劈，可千仞。〔註43〕

這樣的描述，則是直接以中國繪畫的筆法來狀山勢。

第二節　在結構方面

琴南論文，相當的注重法度，常喜歡分辨《左傳》、《史記》、韓愈之文謀篇布局的章法，他認為「凡文皆不能逃法度，猶美人不能逃五官」〔註44〕，因此他自己寫起古文來，也很講究法度。以下就其作品的組織和布局，討論其結構上的特色。

一、綱領統御，主題明確

文章的謀篇布局，雖沒有一定之法，卻有一定之理。凡為文當先用力於謀篇布局，求其嚴整，此乃有一定之理；而縱橫變化，則不必有定法，須中乎繩墨規矩。劉彥和也強調作品的謀篇布局，提出：

> 凡大體文章，類多枝派，整派者依源，理枝者循幹，是以附辭會義，務總綱領。〔註45〕

又說：

> 眾理雖繁，而無倒置之乖，群言雖多，而無棼絲之亂，扶陽而出條，順陰而藏跡，首尾周密，表裏一體。〔註46〕

講究文學創作結構的周密連貫。而這結構的嚴謹，除了表現在段落層次的安排合理恰當，井然有序外；在篇幅的處理上，則需中心主旨突出，主次分明。琴南也說：

> 文分綱目，全在命意立格。〔註47〕

可知文章的綱目條理，層次安排，全為呈顯明確的主題。琴南的作品，在結構上皆能以明確的主題來統御綱領，如〈黜驕〉一文，寫驕的產生，及其敗壞之因。通篇言簡意賅，主題明確。在第一段中，他說：

〔註43〕林紓《畏廬續集》，〈登泰山記〉，頁57下。
〔註44〕朱羲胄纂述《文微·通則第一》，摘自《林紓詩文選·附錄一》（北京：商務印書館，1993年），頁388。
〔註45〕范文瀾《文心雕龍注》，卷九〈附會〉（台北：臺灣開明書店，1985年10月），頁9下。下引此書版本並同。
〔註46〕同註45。
〔註47〕同註44，頁387。

盛生驕，驕生闇，闇生決。驕闇之人，而護之以決，授之柄者，必

無幸也。〔註48〕

開門見山的切入題旨，指出盛、驕、闇、決的因果關係，同時也鄭重的宣布：

驕闇之人，若授以權柄，則必會遭致不幸。第二段則闡述說：

安石明古而不明勢，未成而敗；商鞅明勢而不明禍，既成亦敗。安

石學邃，商鞅術勝；然肥秦而秦甘其誅，富宋而宋倖其去。驕其學

術，顯違於人情也。以王、商而違人情，猶莫全其身，矧非王、商

而欲愚聾天下，悉就吾闇，得乎？〔註49〕

舉商鞅和王安石為例，說明兩人的時空雖不一，卻皆因驕其學術，違背了人

情，致使安石欲變法圖強使宋朝富強，而宋朝的人民卻不喜歡他；商鞅變法，

使秦國強盛，而秦人卻出商鞅以就刑法。以王安石、商鞅兩人的功績，一違

背於人情尚且不能全其身，何況沒有王安石、商鞅的才學、功績，卻想要讓

天下之人皆成愚、成聾，以就本身的驕闇，怎麼可能呢？此段仍就前面的主

題闡述，說明「驕闇」之人的下場。第三段接著說：

明者之行決，事後或有所冀，闇者之行決，莫冀矣！富貴者，無勳

業可也，求勳業以固吾富貴，喜事之小人至矣。匿慝者，言義必工；

淺謀者，論事易動，以其術貢之驕闇，猶試火於枯菅，沃盟於淫壤

也。國無政，而令驕闇者得行其志，吾屬虜矣！〔註50〕

末段承上例，進一步說明驕闇之人易招致小人之因，且國家若用驕闇之人，

很快就會為其所傾覆了。

　　此文用語簡潔，說理透徹，全篇以「驕」為主題，統御綱領，段段承接，

環環相扣，內容嚴正，論述明確，發人深省。

　　像這一類，有明確的主題來統御著文章綱領的，在琴南的文集中俯拾即

是。如〈贈林長民序〉一文，批評科舉，嘉許林長民不為科名制舉之文，特

贈以許之。第一段云：

事有充吾力以赴之，功有所止，且得美酬，雖恆人亦往往能之。功

有所止，則可永釋吾終身之勞。憑盛年之力，席易為之勢，故亦不

能限恆人以不至者，有美酬以為之鵠也。治制舉之學，而鵠於科

〔註48〕林紓《畏廬文集》，〈黜驕〉（台北：文津出版社，1978年），頁1下。下引此

　　　　書版本並同。

〔註49〕同註48。

〔註50〕同註48。

> 名，千數百年以來，雖韓、柳、歐、曾匪不顛倒於是，然亦斂其鴻
> 筆，俯就有司之繩墨，而後可得，既得而使歸宿於古作者之言。而
> 其先疲神殫精，取決於庸俗之眼，求倖於蒙昧之獲，於嚮道之心不
> 爲無閒矣！〔註51〕

此段言世人疲神殫精的求治制舉之學，千數百年以來，雖韓、柳、歐、曾亦
難逃以科名爲鵠。第二段則帶出主角：

> 紓來杭州，恆用是言以語其徒，而長民林生獨未嘗爲制舉之學，然
> 則長民固不願取決於庸俗之眼，求倖於蒙昧之獲，宜可肆力自進於
> 古之立言者矣。夫人世歲月附於處常者之身，百年猶不得其半，何
> 者？外無所希，內復匪所不足，夷猶從容，歲月之流失走逝，捷如
> 風飄，既覺而追逐之，固已老矣！長民果能效恆人之湊於科名者，
> 變其道以復古，安知無美酬者在歟？〔註52〕

以「長民固不願取決於庸俗之眼」，與前段「雖韓、柳、歐、曾匪不顛倒於
是」成對比的呼應，展現出長民不爲美酬所動，不湊於科名的超凡行爲。末
段云：

> 世變日滋，長民獨知幾而不見窘於制舉，長民可語也。天下定無名
> 爲知機，而自縱其歲月，令其後不可追逐者也，長民又必自知之，
> 而吾之懇懇於長民爲多事矣！長民與余旦晚且相見，因先贈此以速
> 其來。〔註53〕

嘉許長民在世變日滋的環境下，不汲汲於追求科名，是爲知機。在在以師長
的身份，懇切的嘉勉之。

　　本文描寫林長民不同流合污，在數千百年來的中國士子中，是何等的清
醒不惑！由林長民的「知幾」，反襯出餘人的汲汲營營。文中對於士子爲求科
名，而「斂其鴻筆，俯就有司之繩墨」及「取決於庸俗之眼，求倖於蒙昧之
獲」的心理和行爲，也予以批評，以此更襯拖出主題的明確，而統御著全文
的綱領。

　　要之，琴南的寫作態度嚴謹，而以明確的主題來統御著全篇的綱領，幾
乎充塞於他的每一篇文章中。

〔註51〕林紓《畏廬文集》，〈贈林長民序〉，頁13上～13下。
〔註52〕同註51，頁13下。
〔註53〕同註52。

二、脈絡貫串，前後呼應

思路脈絡的貫通，通過語言形式表現出來，往往是在前面的問題，後面就有答案；後面有發揮，前面就有伏筆；前面有「呼」，後面就有「應」。方望溪在〈書五代史安重誨傳後〉云：

> 記事之人，惟《左傳》、《史記》各有義法，一篇之中，脈相灌輸，而不可增損，然其前後相應，或隱、或顯、或偏、或全，變化隨宜，不主一道。〔註54〕

所謂的「脈相灌輸」、「前後呼應」就是屬於組織、結構等謀篇裁章的照應問題。在琴南作品的結構上屬於此類的為數不少，可以〈腐解〉為代表說明如下。

全文共分三大段，其第一段云：

> 蠡叟者，性既迂腐，又老而不死之人也。一日，至正志學校召諸生而詔曰：「嗚呼！世變屹矣！懍悻倡矣！聖斥為盜矣！弑父母者誦言為公道矣！俗固瘡耳；然何怙愉者之多也。吾方蟲蟲然憂其漸而不知變也，彼方誾誾詻詻以余為狂悖而悠泛也。嗚呼！余將據道而直之耶？抑將守吾拙坐而聽之耶？將息吾躬而逃之窮山耶？將泯吾喙而容其詆讕耶？將和光同塵偶彼廁溷耶？將虞吾決胜洞腹而與彼同其背誕耶？諸生其為我析之。」〔註55〕

首段設言先生向學生們感慨世態速變，綱紀沉淪，自己該如何自處呢？文中以類似〈卜居〉中的設問詞，一連提出了六個問題來。

第二段是假設學生的答話，其文：

> 語未竟，有笑於座者曰：「迂哉！先生，此何時耶？噬聖而牙吻，張哮道而聲名揚，驕私崇怨者財張，王醜言怪節者，方披猖撓蟻既肆，孰訟其枉？崖檢盡去，始成為放。先生固為衛道，然謹起而攻先生者，且以為淺衷浮表而莫人容也。獷暴陵縱而行此洶洶也，以腐為正，莫悉時趨之所從也。仲尼何才聽之衷冕而端拱也？錮數千年之聰明者孔邱也。翦暴夷凶劇彼輩之深仇也，聚無數之青年而從之冶遊，戮萬年之道統而肆其盲求，先生踽踽涼涼，無輔無儔，而

〔註54〕方苞《方望溪全集》，第一冊〈書五代史安重誨傳後〉（台北：商務印書館，1968年），頁50。

〔註55〕林紓《畏廬三集》，〈腐解〉（北京：中國書店，1985年），頁1上。

曰：『吾惟時之救』而乘險抵巇者，方將以先生爲戎首，且群起而捂
之，先生胡膠膠然開關而致寇？」〔註56〕

此段承前段先生的問題而來，以學生的詰問代替回答，提出「在披猖撓巇」
方盛的時候，奈何先生欲「衛道」，使眾譁起而攻之？何以踽踽涼涼，無輔無
儔而甘行之「惟時之救」的宗旨呢？引起學生一連串的質疑來。

第三段緊接先生的回答，其言：

先生啞然而笑曰：「汝胡言之怯也！墨突弗黔，篤於匡時，而孟子疾
之。楊子惜毛弗利天下，苟害天下毛亦弗拔，而孟子黜之。老言曠
而冥，佛言幻而深，韓愈乃攘老而闢佛。楊墨佛老匪獸匪禽，而孟
韓攻之若束涇焉。然則悖倫侮聖者，當益爲孟韓之所急。予乞食長
安，蟄伏二十年，而忍其飢寒，無孟韓之道力，而甘爲其難，名
曰：『衛道』，若蚊蚋之負泰山，固知其事之不我干也，憾我者，將
爭起而吾彈也。然萬戶皆鼾，吾獨嘐嘐作晨雞焉？萬夫皆屛，吾獨
悠悠當虎蹊焉？七十之年去死已近，爲牛則羸胡角之礪，爲馬則驚
胡蹄之鐵，然而哀哀父母，吾不嘗爲之子耶？巍巍聖言，吾不嘗爲
之徒耶？苟能俯而聽之，存此一線之倫，紀於宇宙之間，吾甘斷吾
頭，而付諸樊於期之函，裂吾胸爲安金藏之，剖其心肝，皇天后
土，是臨是監，子之掖我，豈我之慚。」〔註57〕

援引孟子斥楊墨、韓愈闢佛老自況，說明自己不得之衛道之因。甚且表明爲
存倫紀，即使是斷頭、裂胸、剖心皆在所不惜的決心。

本文在說明己爲「衛道」，卻爲世所不容，因此假設師生問答的話，來自
我解嘲，發洩自己的怨憤，譏諷當時所謂的新學者。首段以先生提出的感嘆
爲發端，中段句句是駁，末段則句句是解。脈相灌輸，前呼後應，相當綿
密。其格調雖本諸東方朔的〈答客難〉、揚雄的〈解嘲〉、班固的〈答賓戲〉
及韓愈的〈進學解〉諸篇，都是自疏己長。同時也把自己的諸多抑鬱，盡數
借由他人的口中說出，而自家卻依然執著，屹立不搖於所堅持者，藉此以明
己志。

由此可知文章的呼應，不是隨意的重複，而是有意識的強調和反複，有
助於讀者理解其文章的脈絡。琴南在文章中將這種方法運用得相當廣泛，可

〔註56〕同註55，頁1上～1下。
〔註57〕同註56。

知其爲文結構的一筆不苟。

三、虛實詳略，層疊變化

　　文章貴曲忌直，特別是文學作品，更講究波瀾起伏，層疊變化，而最忌平庸呆板。袁枚說：

> 凡作人貴直，而詩文貴曲。〔註58〕

謝榛也說：

> 長篇之法，如波瀾初作，一層緊於一層。〔註59〕

好的文章，大都是層疊變化、跌宕多姿的。而如何使篇章騰挪跌宕，曲折起伏呢？那就必須變化。《文心雕龍‧通變》云：

> 文律運周，日新其業。變則其久，通則不乏。〔註60〕

劉大櫆《論文偶記》也談到：

> 文者，變之謂也。〔註61〕

還說「變」表現在多方面：

> 一集之中篇篇變，一篇之中段段變，一段之中句句變，神變，氣變，
> 境變，音節變，字句變。〔註62〕

可知我國古代文論，向來主張作文不應平直無奇，一覽以盡，以致使人興味索然。而欲使文章具變化，則應知虛實映帶之法，朱宗洛《古文一隅》云：

> 行文須知避實擊虛之法，如題是送溫處士，便當讚美溫生，然必
> 實講溫生之賢若何，便是呆筆。作者已有送石生文，便從彼聯絡
> 下來，想出「空群」二字，全用吞吐之筆，令讀者於言外得溫生
> 之賢，而烏公能得士意，亦於筆端帶出，此所謂避實擊虛法也。
> 〔註63〕

可知「避實擊虛」，即是「虛詳實略」，文章一虛一實，方能層疊變化。

〔註58〕袁枚《隨園詩話》卷四（台北：廣文書局，1971年6月），頁4上。

〔註59〕明‧謝榛《四溟詩話》卷一，載丁福保輯《歷代詩話續編》下冊（台北：木鐸出版社，1983年9月），頁1150。

〔註60〕范文瀾《文心雕龍注》，卷六〈通變〉，頁8。

〔註61〕劉大櫆《論文偶記》（香港：商務印書館，1963年5月），頁8。

〔註62〕同註61。

〔註63〕朱宗洛《古文一隅‧韓愈〈送溫處士赴河陽軍序〉》，轉引自周振甫《文章例話》，卷二〈寫作篇〉（台北：五南圖書出版有限公司，1994年5月），頁65。

　　琴南的散文除了有明確的主題來統御綱領，其次就是「脈相灌輸，前後
呼應」的層次井然；再者就是以虛實詳略，來展現出文章的層疊變化。如〈謝
枚如先生賭碁山莊記〉，第一段敘：

> 吳航先生既老，甚思其舊所營之山莊，將移書遷琴歸臥。於是致用
> 堂諸生咸曰：「先生碩德重望，舍是莫從得師！」乃群聚以止先生。
> 先生既留，而中心無日不懷山莊也。莊實居九仙之麓，東西適當石
> 鼓，下聯平疇江色，野綠延納窗戶之內。吾嘗從瓊水步歸南臺，遠
> 望茅亭出於山椒，叢松覆之，途人猶識爲先生莊也。〔註64〕

在這一段中，以諸生之言，領起開端，用揚筆。其後述先生山莊之美，以抑
筆展現。全段皆屬實寫，然敘述方式簡略清晰。第二段則帶入論述的中心，
其文：

> 先生系出晉之太傅，公因名莊曰：「賭碁」。嗚呼！人觀是名，知先
> 生用世之心未嘗忘矣！符氏之銳意江南，晉之兵力未能當也。淝水
> 一役，太傅以不動聲色勝之。先生壯年目擊粵逆之變，感激揮涕亦
> 將肆力中原。顧不見用，乃發爲文章以洩其憤，而意態閒放，人莫
> 能測。非有卓識，又烏知先生之悲哉！今之符氏者，兇狡百倍于堅
> 時，鐵騎突過戈壁止吾塞上，且以侵探腹地，中原雖完好，異於當
> 日江南之被兵，而不測之憂，殆有過之。吾又甚惜先生已老之不能
> 爲國家用也。〔註65〕

由山莊之名，帶出了先生用世之心，以用世之心爲樞紐，一言淝水之戰的歷
史背景，一言當今現實的狀況，兩層相對照，虛實相伏。又以今之敵比擬爲
符氏，合歷史與時勢爲一，使篇章跌宕變化，展現出無數的波瀾來。第三段
則歸復平淡，其言：

> 紆近課浙西，擬就吾家處士之廬，營茅亭以居，憑弔宋季江山以抒
> 吾哀，顧處士生宋盛時，遼燄未熾，較諸太傅以兵力支殘晉，仕隱
> 故自不同，而幸不爲虜則一也。然則先生與紆同處今日，宜紆於先
> 生之莊，益不能無所倦倦矣！〔註66〕

在層層的變化後，以淡筆歸於實際，卻又以「憑弔宋季江山」的虛寫揚起，

〔註64〕林紓《畏廬文集》，〈謝枚如先生賭碁山莊記〉，頁57下。
〔註65〕同註64，頁57下～58上。
〔註66〕同註64，頁58上。

得「不爲虜則一」一語作結，頂起全文的波瀾。此承上段之餘瀾，卻是本篇章之宗旨所在。

全文實寫山莊，而虛寫歷史背景揚起無數波瀾，使篇章中充滿層疊變化。琴南的古文中，不惟全篇有層疊的波瀾變化，時而於一小段中，也可看出其跌宕之姿，如〈王禎臣先生哀辭〉中云：

> 嗚呼！善人之不右於天，其信然耶！或天惡薄俗，乃戕爲善之人，以益爲不善者之疾耶！果爾，天又何樂以粹學純行畀我先生，乃既畀之，而復頓折凌挫之以爲快耶！若夫爲不善者之死，亦云：積矣。群以爲可死，則亦莫過而數焉。而獨於先生之死，怵目愓心，太息怨憤，則亦可以觀人心矣！〔註67〕

在本段中，有頓挫、有起伏、有抑揚。句式有陳述、有感嘆、有疑問，如層峰疊巒。加上具有表情作用的「嗚呼」、「耶」、「矣」等虛詞貫串其間，更使文氣千姿百態，變化無窮，給人予深刻的感染力。

可知琴南除了嚴守法度，追求結構上的嚴謹，層次的井然以外，對於篇章的層疊變化，也表現的靈動，貫通而又曲折。明代唐荊川對作文強調「開闔首尾經緯錯綜之法」，做到「守繩墨謹而不肆」〔註68〕；則琴南的散文結構，可以說達到「守繩墨而不肆」與「神明變化」的藝術境界。

第三節　在語言方面

在文學的表現中，藉由敘事、議論或抒情來傳達內在的思想感情，語言的選擇，導致作品風格的形成有重大的關鍵。如李賀寫詩常用「鬼」、「血」、「泣」、「苦」、「寒」、「老」之類的詞。用這些詞所寫成的詩句，造成形象，構成冷峭的風格特點。又如蘇軾的詞中，大量的使用「大江」、「千古」、「長空」、「萬里」、「豪傑」、「雄姿」之類範圍廣大、氣勢雄偉的詞語，造成了壯麗的畫面，表現出豪放的風格，可知語言在形成風格上的重要性。琴南在古文語言上有著嚴格的要求，他認爲古文中不能「竄獵艷詞」，不能有「鄙俗語」、「輕儇語」、「狎媒語」，和近代才出現的「東人新名詞」。以下就其散文中所展現的語言特點討論之。

〔註67〕林紓《畏廬文集》，〈王禎臣先生哀辭〉，頁 76 下。

〔註68〕重刊《荊川先生文集》，卷十〈董中峰侍郎文集序〉（上海商務印書館縮印明刊本，未著年代），頁 208 下。

一、簡潔洗鍊

簡潔洗鍊，就是能以最經濟的文字來表達豐富的內容，做到言簡意賅，語約情深，常有言外之意，弦外之音。例如〈湖之魚〉中紀述：

> 林子啜茗於湖濱之肆，叢柳蔽窗，湖水皆黯碧若染。小魚百數，來會其下，戲嚼豆脯唾之，群魚爭喋，然隨喋隨逝，繼而存者三、四魚焉。再唾之，墜綴萍草之上不食矣。始謂魚之逝者皆飽矣，尋丈之外，水紋攢動，爭喋他物如故。余方悟釣者之將下鈎，必先投食以引之，魚圖食而並吞鈎，久乃知凡下食者，皆將有鈎矣。然則名利之藪，獨無鈎乎？不及其盛下食之時，而去之，其能脫鈎而逝者幾何也？〔註69〕

全文才一百五十二個字，在極有限的篇幅中，分四層段落，起承轉合，無不畢具。就中寫景緻，引人入勝，而描繪群魚爭食之狀，生動鮮明，且寓意深刻，足見其文筆的達意精練。著墨不多，而故事完整的。又如〈書楊孝子誅仇事〉中描寫：

> 楊孝子，滂閩縣之龍柄鄉人。父某見戕於族人俊，孝子訟之九年。時有鄉居進士某，左右俊，乃不復論，抵會赦得出。孝子號泣，思狙殺之；而俊矯捷善鬥，累嘗不得近，乃以刃自隨。又二年，始遇之族父家，孝子遽以刃進，俊疾格，刃脫腕而飛；俊更拘，孝子創甚，謀俊乃益劇。一夜偵俊飲於許氏，歸途出狹巷中，孝子被髮焚香，向柩而哭，合從弟四人，俱出遮俊。俊被酒逡巡，蹈孝子伏中。伏發，俊以手格刃，斷指；猶健進，時微雨滑逕，孝子與俊俱仆，俊伏孝子上，孝子呼曰：「眾來！伏吾上者，仇也；但斫勿刺！」眾交刃之，俊死，孝子無恙。〔註70〕

在短短的記載中，描述了楊孝子復仇的故事。從故事的發生、發展，高潮和結局都交代得清清楚楚，情節曲折多變，文筆生動準確，用語自然簡鍊，敘事明順，刻畫逼真傳神。

除了從整個篇幅看出琴南用語的簡潔洗鍊外，由一小段落的敘述中，也可看出其語言的簡約，如〈王灼三傳〉中這樣記載著：

〔註69〕林紓《畏廬文集》，〈湖之魚〉（台北：文津出版社，1978年），頁2下。下引此書版本並同。
〔註70〕林紓《畏廬文集》，〈書楊孝子誅仇事〉，頁66上～66下。

兄某浸潤其婦言,乘醉肆詈君,婦且以盆水覆其衾褥。余奔告君
於史氏,君夷然,方授其徒尚書,若無事焉。尋歸,朝嫂問薪價
貴賤,旁及他事已。聞妻哭於房,始徐入,自理衾褥曝之日中,笑
而語余曰:「家無奴媼,幸吾力尚能及此也。」若不聞有訟鬩之事
者。〔註71〕

在短短的幾十個字的記載中,不僅將事情的本末交待清楚,且對琴南己身、
王灼三及其兄、嫂、王妻等五個人的性格、氣質、作風,以平淡簡約的語言,
卻將之刻畫得鮮明深刻,曲盡其妙。在〈王禎臣先生哀辭〉中,敘友人王禎
臣之官大甯的窘境,其言:

吾聞大甯,治萬山之中,胥隸數人,雜耕作以赴公事。縣庭積草
經尺,堂宇荒蕪墟,大風覆牆,狼時入焉。食無肉,出無輿也。
〔註72〕

寫大甯的地理位置、差役情況、縣庭的簡陋、縣官的待遇等等,語言精約,
乾淨俐落,明白曉暢。在〈重修宋輔文侯牛公墓記〉中描述修墓經過:

遂召匠徒具畚鍤,碕者平之,翳者攬之。既焚既攘,具甃積磚,迆
羨迤漈,經二閱月功竣。〔註73〕

精闢的運用文字,以簡約的五個四字的句式,就讓我們感受到那種次序井然
的工作狀況,及繁複的重修過程。造語既簡潔凝鍊,而又蘊含豐富,充分發
揮了文字的表現力。在〈蒼霞精舍後軒記〉中描寫蒼霞洲的位置:

建谿之水,直趨南港,始分二支,其一下洪山,而中洲適當水衝,
洲上下聯二橋,水穿橋抱洲而過,始匯於馬江,蒼霞洲在江南橋右
偏,江水之所經也。〔註74〕

以白描的手法,代替了冗長的敘述,不但使蒼霞洲的所在位置清晰明瞭,且
又充分顯現出其短小精悍、結構簡單,少用修飾語的簡約風格。

我國作家自來多半提倡簡約的語言風格,劉彥和也說:「文以辨潔為能,
不以繁縟為巧。」〔註75〕觀琴南之文,可謂深得其旨。

〔註71〕 林紓《畏廬三集》,〈王灼三傳〉(北京:中國書店,1985 年),頁 16 下。下引
此書版本並同。
〔註72〕 林紓《畏廬文集》,〈王禎臣先生哀辭〉,頁 76 下。
〔註73〕 林紓《畏廬文集》,〈重修宋輔文侯牛公墓記〉,頁 53 上。
〔註74〕 林紓《畏廬文集》,〈蒼霞精舍後軒記〉,頁 59 上。
〔註75〕 范文瀾《文心雕龍注》,卷五〈議對〉(台北:臺灣開明書店,1985 年),頁

二、清麗淡雅

琴南的語言風格，除了簡潔洗鍊外，因他本人深懂畫理，工於繪畫，所以當他寫景佈局時，能運用各種色彩詞，講求節奏美，就像勾勒畫面，或五彩繽紛，或素雅可人，常把讀者帶進醉人的境界中，展現出其詞藻的豐富。琴南的詞采雖豐，卻非豔麗絢爛、華光四射的藻麗風格，他的語言雖描寫形象生動，富含色澤，卻能表現出清逸脫俗，猶如清麗淡雅的水墨畫。如〈記潭柘〉中寫道：

> 開窗見馬鞍山，蔥翠接於臥榻；戒壇之山枯瘠，而土石相負；潭柘得水，草木華滋，一望純綠。寺後泉脈西來，漲漲爭石罅而出，細路宛曲通龍潭，潭水儲為小池。雜樹互陰無人聲，隱隱聞雞鳴，乃不知是何村也。〔註76〕

蔥翠的馬鞍山，赭色的戒壇山，潭柘的純綠，白色的泉脈，碧綠的池水，以及雜樹的色澤等等，充分利用了色彩的調配；加之以泉脈西來的聲響，及時而聽聞的雞鳴聲，增添了節奏感，使作品有色澤有音響，造景既雅，詞藻也顯得清麗。在〈高筠亭先生墓誌銘〉中也描寫：

> 家臨霞江，江水周其廬，拓圃種樹，一望蒼綠。余嘗晨造其門，先生方課二僮藝蔬於圃，初陽甫升，蒼顏掩映，若在圖畫。童孫隔窗讀書，氣象雍和。〔註77〕

江水圍繞著房舍，周邊拓圃種樹，絢麗的朝陽甫升，高筠亭正在圃中教導著二僮藝蔬，童孫隔窗讀書，不只顏色搭配得宜，且能表現出一片祥和安樂的氣氛來。

除了色澤、聲響勾畫出情景外，琴南也用比喻等多種修辭方式來增加作品的描繪性，如〈遊西溪記〉云：

> 易小艒繞出庵後，一色秋林水淨如拭，西風排竹，人家隱約可辨。〔註78〕

又〈記翠微山〉云：

> 山勢下趣，望山上小樹皆斜俯如迎人狀。肩輿轉入林陰，始得一小

---

30 上。

〔註76〕林紓《畏廬續集》，〈記潭柘〉（台北：文津出版社，1978 年），頁 63 下。下引此書版本並同。

〔註77〕林紓《畏廬文集》，〈高筠亭先生墓誌銘〉，頁 37 下。

〔註78〕林紓《畏廬文集》，〈遊西溪記〉，頁 63 下。

　　寺，憑軒下瞰，老柏三數章，碧釅天日，有石級數十，所謂龍王堂
　　即在其下。〔註79〕

以「水淨如拭」、「小樹皆斜俯如迎人狀」的比喻帶些誇張，使文章的詞藻
豐贍，文彩繽紛；但並沒有造作、堆砌之嫌。在〈記超山梅花〉更是這樣
描述：

　　祠下花迺大盛，縱橫交糺，玉雪一色。步武高下，沿梅得徑，遠馥
　　林麓，近偎陂陁，叢芬積縞，彌滿山谷。幾四里，始出梅窩，陰松
　　列隊，下聞溪聲。〔註80〕

以「縱橫交糺」的比擬，「玉雪一色」的比喻，加上「叢芬積縞」的形容，於
是把梅花盛開的狀況、多寡、姿態等，完全的展現。

　　另外在〈記花塢〉、〈記雲樓〉、〈游方廣嚴記〉，〈記雁宕三絕〉等，亦皆
能表現出其清麗淡雅的語言風格來。

三、含蓄蘊藉

　　含蓄蘊藉的語言，寓意深遠，讀後令人回味無窮，亦即「言有盡而意無
窮」〔註81〕。而語言的蘊藉，主要在於凝練，含意深廣，表現出豐富而深刻
的思想內容，它常常運用婉曲、雙關、反語、借代和拈連等修辭方式，使得
語言含蓄，餘味無窮〔註82〕。在琴南的文集中，也常用此種方式，使語言深
富含蓄蘊藉，例如〈祭陳氏姊文〉中寫著：

　　在昔喪弟，母咽弗呻，今復哭姊，我心如醒。人哭所親，必遂其情，
　　我防母聞，無敢縱聲。〔註83〕

以拈連方式，把喪弟與哭姊順連在一起敘述，加強了文字的表現力；而又以
「母咽弗呻」、「無敢縱聲」的反語，表達了深刻的哀戚，增強了文章的感染
力。另外，琴南也使用對照及婉曲的方式，敘事說理，如〈子婦劉七娘壙
銘〉中道：

　　余夫婦觀其帷幔、奩具，陳設皆如其初來時，而七娘偃臥，氣如屬

〔註79〕林紓《畏廬續集》，〈記翠微山〉，頁 56 下。
〔註80〕林紓《畏廬文集》，〈記超山梅花〉，頁 63 上。
〔註81〕見嚴羽著‧郭紹虞校釋《滄浪詩話校釋》，〈詩辨〉（台北：正生書局，1972
　　　年 12 月），頁 24。
〔註82〕黎運漢、張維耿《現代漢語修辭學》，〈語言風格〉（台北：書林書店，1991
　　　年 9 月），頁 226。
〔註83〕林紓《畏廬文集》，〈祭陳氏姊文〉，頁 70 下。

絲。〔註84〕

以帷幔、奩具等陳設皆如其初來的景物，對比於子婦偃臥，氣息微弱，寓意出子婦來歸尚短，及其操持之謹慎，卻不幸地已病革，以此對照，情景交融，刻畫鮮明，雖不言悲，哀傷之感已油然而生。又〈亡婦劉孺人哀辭〉中云：

> 十稔中，余危病一，常病十數，得至今存者，微孺人力，余久即於
> 墟墓矣！尚及殯汝，且續續而哭耶！〔註85〕

體弱多病之人，得孺人之照顧，賴以存活，不言其妻茹苦含辛，而其苦狀不言而喻。又病者得存，照顧之人卻已先下世，令存活者如何？而今而後若再病，何人可相依？哀痛之情盡在不言中。

另外，蘊藉的語言風格，表現在篇章上或用倒敘，或用插敘、補敘〔註86〕，如〈周養庵籌燈紡織圖記〉中這樣寫著：

> 橫山老屋，樹古鴟啼，星火熒然。紓挾卷就母姊刺繡之燈讀，必終
> 卷始寢。視養庵城北隅故宅，機聲雜書聲至於夜午，景物歷歷印合。
> 余既欲狀其淒黯之情，寧非自狀？〔註87〕

在敘及周養庵母親的劬勞時，插入敘述當時己家的狀況，兩相應照，何其相似？因此既憐養庵之境遇，亦悲故家之貧；寫養庵母之苦狀，兼憶母之聲容，歷歷往事，一一追想，不禁愴然。充分表現出其語言的含蓄蘊藉。

歷來語言蘊藉含蓄，就受到推崇。劉大櫆說：

> 文貴遠，遠必含蓄。或句上有句，或句下有句，或句中有句，或句
> 外有句，說出者少，不說出者多，乃可謂之遠。〔註88〕

語言貴在含蓄蘊藉，但不是隱晦，若為了含蓄而使文章內容晦澀難懂，那便不足取。察琴南古文的語言風格，深具蘊藉含蓄，而又平易近人，可見其文字造詣之深。

〔註84〕林紓《畏廬文集》，〈子婦劉七娘壙銘〉，頁 47 下。
〔註85〕林紓《畏廬文集》，〈亡室劉孺人哀辭〉，頁 78 上。
〔註86〕同註 82，頁 227。
〔註87〕林紓《畏廬續集》，〈周養庵籌燈紡織圖記〉，頁 53 下。
〔註88〕見劉大櫆《論文偶記》（香港：商務印書館，1963 年 5 月），頁 7。

第六章 結 論

經過本論文的探討後，發現林琴南無論在人格上、以及古文理論、古文作品、藝術造詣上，確有其一定的成就及時代意義，歸納之有以下數點：

一、高古的人格

就林琴南生平作為而言，他實在有著愛國、忠君、孝親、重友、仗義、疏財的種種美德，可以說是過去中國讀書人的代表。

在他不算短的七十三年生命中（1852～1924），自鴉片戰爭起，至軍閥混戰止，是中國外侮內亂交相煎迫的大動亂時代，中間經過朝代的遞嬗、新舊的衝激，更歷既多，以他剛強的性格，自然憂心如焚，痛感民族的多災多難。他不僅對社會弊端大加的鞭韃，也提出了尚武、興女學、重實業工商等實際有效的方針。

林琴南天性慈悲，仁愛為懷，尊師重友。十一歲受業於薛則科塾師，老師家貧，幾至斷炊，一日見老師逾午猶未舉火，翌日以布襪貯米獻於師，雖換來師之斥怒，然「讀書人不可苟取」的師訓深植於心。當知交王薇庵病肺時，琴南為其料理醫藥，薇庵逝世後，為其治喪，並將孤兒孤女帶回撫養，視如己出，孤女成人後為之擇配，孤兒元龍讀書十年，考取秀才後，始離林家，自立門戶。而至友林述庵也在薇庵逝世後數年謝世，琴南亦為之治喪，並撫養其孤兒阿狀（林之夏），十年後亦進了學。時琴南亦僅勉可自給，而能任艱如此，可知其至性至情，待友死生如一。此外，資助亡友周景濤歸葬；定期貽金少時摯友丁鳳翔，待友之篤且誠，真令人感佩。

民國九年夏六月，先生聞悉閩中會城台江一帶，發生嚴重水災，不惜以

其賣畫之錢百元，悉數捐出助賑。民國十年夏四月，先生南遊雁宕，車過滄州，見饑民七百餘，夾車而號，乃罄其遊資賑之，仗義疏財，遇人緩急，賙濟無數。慷慨好義的性格，實具有古人之風。

二、古文理論

林琴南自幼博覽群書，校閱古籍不下二千餘卷，尤好史遷之文，所為古文，寢饋韓柳，浸淫永叔，對於古文有獨到的見解，而自己的創作亦頗得古人文心，基本上林琴南承襲古文傳統，主張文有義法，追求章法上的謹嚴縝密，強調作家的學養、閱歷，希望透過文章能達到「明道」、「立教」，進而有「輔世成俗」的積極功能。

另一方面，他論文比起以往的古文家更重視散文的美學，歸納之可分為三：

（一）追求情韻神味，強調自然流露

琴南認為只有從肺腑中自然流露出來的，才是天地間之至文，有是情始有是文，其中絕非刻意矯揉造作所能達到的。又以為文之極境，在於品其神味；有味之言，才能沁入心脾。而這一切，琴南都強調應自然流露，方能耐人咀嚼。

（二）主張展現個性，反對一味仿古

大凡傳統的學習方式，皆主張摹仿古人，書法上是，繪畫上是，古文的寫作也是如此。林琴南也主張學習古人，然而他卻希望，在學習古人的同時，應時時有個自我在，而不可專摹古人。他盛贊昌黎學孟子而無其跡可尋，所以特別提出了「會神離跡」的學習方式，認為為文應肖自己，而不當求肖古人，主張自我個性的展現。

（三）提倡親切真摯，表達深刻感人

琴南不止一次地舉出《史記・外戚世家》中，竇皇后與弟相別於旅舍中的記載，認為這段的描寫方式，雖寥寥數語，而慘狀悲懷，盡皆呈露。而歐陽修之〈瀧岡阡表〉，歸有光之〈項脊軒記〉，亦皆瑣瑣屑屑，均家常之語，乃至百讀不厭，琴南所追求的正是這種，平淡無奇卻深富人情味的寫作，因而特倡言之。

由以上可知，琴南的古文主張，一方面承襲著「文以載道」的傳統，嚴

守著文章法度；另一方面，也強調創作個性，重視散文的藝術觀。這在傳統的文論上，未嘗不是一種進步。

三、古文內容

經過本論文的分析詳察後，發現透過琴南古文作品的內容，可以感受到他愛國情殷、望治心切的情操。清末政府的腐敗，喪權辱國，國勢愈益陵替，而琴南秉性耿介，憂國憂民，憤慨國事日非，痛感民族多災多難，或上書陳策，或致書友朋，提出奮發圖強、救國救民的政治主張，其愛國熱忱，躍然紙上。及至新文學運動起，他又時時以存綱紀、繫倫常、保國故來呼籲國人，是以在其文中，倫常、愛國、匡時、救弊之言，俯拾即是，足見其古文內容，頗能反映出當時的時代環境。此其作品內容上的一大特色。

而其抒情敘悲之作，最爲人所稱頌，往往娓娓敘家常。由敘事的手法，轉入寫景抒情，重視文章意境的渲染，自然流露出感人的深情來。山水遊記則直追柳州，讀其文使人如置畫中，不論是怪石駢列，碧苔如錦的棲霞；或是蘆花萬頃，雪滿汀洲的西溪；甚至白雲深處，蒼翠四合的花塢；及萬竹掃天，微徑幽闃，寒泉如鳴佩環的雲棲等，皆能將湖山的靈秀之氣盡收筆底。至於林琴南的人物傳記，或描繪慷慨悲壯，頗有太史公之神韻；或詼諧風趣，形容逼肖，筆調活潑，這在傳統的散文中，則是相當特殊與突出的。

由此可知林琴南的古文成就豐碩，在理論上，能在傳統的矩矱中，強調鮮明的創作個性。而其作品，除了反映時代外，在抒情之作、山水遊記、及人物傳記的表現上，都是可圈可點的。

四、藝術造詣

琴南的詩、文、字、畫，皆有足傳，但爲譯作之名所掩，在文學史上是「介紹近世文學的第一人」，工詩善畫，詩多清新湛秀；畫亦深得古風神韻。

琴南多才藝，能畫能詩，能駢體文，能長短句，能譯外國小說百十種。自謂古文辭爲最。二十餘歲便從陳文臺學畫，陳文臺工翎毛花卉，蘭竹得謝琯樵指授，高雅出俗，琴南早年繪畫多以花卉爲主，盡得陳文臺之傳，敷色淡雅生動；他最初之所以致力於繪事，原是基於愛好和興趣，並無待價而沽之意，故凡有所作，輒隨意措置，不自珍惜，蓋其志在文章事業爾。在任職京師大學堂期間，因陳寶琛之引介，獲窺大內所藏古人畫跡，遂摒棄一切肆

力於山水畫的臨習，琴南的畫名，早年頗為文名所掩，自此聲譽漸著，求畫者不絕於途。他的山水畫，初靈秀似文徵明，繼而沉厚近戴熙，偶涉石濤，故畫裡渾厚中不乏淋漓之趣，其構景不落陳習，往往有駭人之景。

而其論詩以自然為工，自己著手寫詩，亦多能反映其人生態度及生活作風，詩味雋永，詩品極高。光緒十年，法人大舉入犯閩洋，福建海軍潰敗於馬江，且轉攻臺灣，琴南「有詩百餘首，類少陵天寶亂離之作，逾年則盡焚之。」愛國之情，流露無遺。題畫詩，常發自真情真性，直抒胸臆，渾成自然，絕無斧鑿痕，不受任何詩派、詩法所區囿。

林琴南的詩、文、字、畫皆有足傳，而他最以古文自豪，亦深得吳汝綸等人之讚賞。其文有抑遏掩蔽，含蓄深婉之美，且敘家常之事，有平易近人的特點。至於寓言文，則極盡詼諧風趣，又寓教化的意義。又林琴南深懂畫理，為文繪景，常能援引畫理，使其本身所兼具的藝術造詣臻於一爐。

五、影響——在文學史上的地位

琴南既是古文名家，以馬、班妙筆擅長；又是翻譯高手，在翻了一百多種外國小說的深厚功夫後，識習了西方文學的情韻、神味，這是琴南所獨具的根柢，不同於其他的古文家。因此他在寫作的取材上，往往能突破我國原有的藩籬，摻入外國筆法和寫作的取材觀念。經探究分析琴南的作品後，可知其作品的題材有三點，正是開啟了新文學的寫作先河。

（一）描寫下層社會

在琴南的古文中，一部分承襲傳統，歌頌忠臣、孝子、義夫、節婦等，具有強烈道德感化力量意識的人物；另一方面，他也關注到了病態的、卑污齷齪的市井小人物。因此，在他某些作品中，都刻意摹寫著社會底層的存在現象，如〈趙聾子小傳〉、〈僮遂小傳〉等。在《慧星奪婿錄‧序》中，則明確的說出這樣的觀點：

> 然而追摹下等社會之婦人，事又近實，似乎余之譯此，頓覺其無為。雖然，禹鼎之鑄奸，非啟淫祠也，殆使人知避而已。果家庭教育，息息無詭於正，正可借資是書，用為鑒戒，又何病其污穢。
> 〔註1〕

〔註1〕見朱羲胄《林琴南學行譜記四種》，卷三〈春覺齋著述記〉（台北：世界書局，1965 年 4 月），頁 13。

〈孝女耐兒傳序〉也說：

　　　　若迭更司者，則掃蕩名士美人之局，專爲下等社會寫照。〔註2〕

可知琴南在參照西方小說的寫作方式後，自己著手爲文時，在題材的選擇上，較之以往的古文家更爲擴大，其關心層面，也轉移至下等社會。這種觀念，無遺是突破了古文是傳統士大夫雍容華貴的藝術觀，而這種取材的層面，正和五四新文學運動時，魯迅著力表現「上流社會的墮落和下層社會的不幸」〔註3〕的主張，有著密切的歷史淵源，難怪林薇認爲：琴南是開五四時代寫實主義、平民文學的先河。〔註4〕

（二）敘說家常瑣事

　　前一節已言，林琴南特倡家常絮語，他在自己的古文創作中，尤其是在對親人悼念的文中，往往能在平凡的生活中述情，而語語均自肺腑中流出，雖覺瑣屑無奇，然而卻是最眞實的人生，較容易引起讀者的共鳴。他盛贊迭更司能敘家常瑣屑無奇之事，《塊肉餘生述‧序》中說：

　　　　若是書，特敘家常至瑣至屑無奇之事蹟，自不善操筆者爲之，且憫
　　　　憫生人睡魔，迭更司乃能化腐爲奇，撮散作整，收五蟲萬怪，融匯
　　　　之以精神，眞特筆也。〔註5〕

就中極力贊揚迭更司能將平凡無奇之事，敘述得綿細可味，不僅不令人生厭，且有「撮散作整」，涓滴不漏的優點，此眞不易也。在中國傳統的文人中，林琴南也知道太史公、歐陽修、歸有光等，亦有此等能耐，然而卻都未能明白的倡言，琴南算是首先明確提出這樣的取材審美觀，要求文章表現普通平凡的眞實情感。而五四以後，強調日常生活瑣細、平凡的描寫，無疑是琴南這種論調的再提倡。

（三）啟迪浪漫情懷

　　古文在傳統的範疇裏，一向被視爲載道的工具，就中的語言、內容都應依著「義法」的家數，因此在神聖的古文裏，甚少被用來描寫浪漫的羅曼

〔註2〕　同註1，頁5。
〔註3〕　魯迅《集外集拾遺‧英譯本〈短篇小說選集〉自序》，轉引自林薇《林紓選集》，〈文詩詞卷‧前言〉（成都：四川人民出版社，1988年7月），頁21。下引此書版本並同。
〔註4〕　林薇《林紓選集》，〈文詩詞卷‧前言〉，頁20。
〔註5〕　同註1，〈塊肉餘生述序〉，頁11。

史。琴南基本上遵守著古文神聖的功能，然卻也有些篇章能大膽的突破傳統，啓迪了新的文學觀。如〈冷紅生傳〉一文，是一篇頗爲別緻的自傳，中有琴南的諧謔幽默，也有他的眞率執拗，更用坦白的心理分析手法，記錄了自己是在痴情苦戀的女子面前「逡巡遁去」的彬彬君子，其言：

> 少時，見婦人，輒踧踖隅匿，嘗力拒奔女，嚴關自捍，嗣相見，奔者恆恨之。迨長，以文章名於時，讀書蒼霞洲上，洲左右皆妓寮，有莊氏者，色技絕一時，夤緣求見生，卒不許，鄰妓謝氏笑之，偵生他出，潛投珍餌，館僮聚食之盡，生漠然不聞知。一日，群飲江樓，座客皆謝舊昵，謝亦自以爲生既受餌矣，或當有情，逼而見之，生逡巡遁去，客咸駭笑，以爲詭僻不可近。〔註6〕

用這樣的題材來寫作古文，不僅是以小說筆法入文，不合於古文的軌範，且在內容的取材上，也是一大突破，啓迪了新文學運動後對浪漫自由愛情的歌詠。

　　林琴南向來被新文學運動者，視爲是他們最大的守舊敵人，然而就以上這些作品題材的觀點而言，又無疑是五四文學的先鋒，在文學轉型的過渡當中，琴南竟是扮演著重要又關鍵的角色。

〔註6〕林紓《畏廬文集》，〈冷紅生傳〉（台北：文津出版社，1978年7月版），頁25上～25下。

附　錄

附錄一：林琴南年表

說明：本表自朱羲冑《林琴南學行譜記四種・貞文先生年譜》摘選出，再斟
　　　酌以相關時事而成。

清文宗咸豐二年壬子（1852）

　　林琴南一歲。1852 年 11 月 8 日，壬子年九月二十七日丑時，先生生。福
　　建，閩縣南臺人也。姓林，字琴南，號畏廬，學者稱閩侯先生，幼原名
　　群玉、秉輝。薛則柯賜名徽。長自號曰冷紅生。客杭時，又自號六橋（西
　　湖）補柳翁。民國改元，自號蠡叟，晚又號，踐卓翁。

清文宗咸豐六年丙辰（1856）

　　林琴南五歲。雲溪公（先生父）客臺灣。家奇窮，先生寄食龍山巷外祖
　　家。時荔枝方熟，外大母鄭太孺人，知孫子嗜甘，乃質布衫，市荔枝百
　　顆，遍食諸孫。而訓先生曰：「鄰園荔樹千株，入夏荔香沁腦。然樹千而
　　味一也。孫子既獲嗜荔，當知它人嗷荔，其甘亦止是，無足羨也。孫子
　　不患無美食，而患無大志。」先生奉荔，泣而受命，遂耿介一生。

　　（1856 年 10 月）是年英法聯軍發動第二次鴉片戰爭。

清文宗咸豐八年戊午（1858）

　　林琴南七歲。

　　農曆二月初五（三月十九日），康有爲誕生於廣東省南海縣。

　　五月，英法聯軍陷大沽炮臺，攻入天津，清政府屈服，簽定《天津條

約》。

清文宗咸豐十年庚申（1860）

　　林琴南九歲。歲大祲，弟秉耀生甫二日，而雲溪公復遊台灣。貲盡，不能歸，一家九人，咸仰母陳太宜人，及伯姊鍼黹以自給。

　　農曆閏三月十二日（五月二日）鄭孝胥生。

　　八月二十一日，英法聯軍再陷大沽炮臺。二十四日，佔領天津。十月六日，英法聯軍攻佔圓明園。

　　《中英北京條約》、《中法北京條約》、《中俄北京條約》簽訂。

清文宗咸豐十一年辛酉（1861）

　　林琴南十歲。叔靜庵公始得館，月歸三金，母與伯姊仍日治針黹佐之。於是大父母與先生兄弟得不餒。

　　會玉尺山典屋被贖，遂遷家橫山，距馬口三里。

清穆宗同治元年壬戌（1862）

　　林琴南十一歲。從同里薛錫極（則柯）受歐陽永叔文、杜子美詩。薛於及門中，特偉先生。

　　雲溪公自臺灣郵致三十金歸，舉家乃盡得飽食。月積殘數百，購零本漢書及諸子史。凡三年，積破書三櫥，讀之都盡。大母陳太孺人意甚喜，謂：「吾家累世農，汝乃能變業向仕宦，良佳。但城中某公，官卿貳矣。乃為人毀輿，搗其門宇，不務正而据高位，恥也。汝能謹愿，如若祖父，畏天而循分，足矣。」先生矢之終身。

清穆宗同治二年癸亥（1863）

　　林琴南十二歲。

　　李鴻章署理江蘇巡撫辦理通商大臣事務大臣。

清穆宗同治三年甲子（1864）

　　林琴南十三歲。以薛錫極訓，往從朱韋如習制舉文。

　　始與王灼三（薇庵）交。

　　是歲以後，校閱殘爛古籍，可二千餘卷。

清穆宗同治四年乙丑（1865）

　　林琴南十四歲。朱韋如之居，鄰豪富，豪之餐也，輒羅珍異，先生恆潛就其庖，觀習烹炙，謂吾果有力者，必躬烹以奉母。

九月，曾國藩、李鴻章在上海設立江南機械製造總局。

清穆宗同治五年丙寅（1866）

林琴南十五歲。

六月二十五日，閩浙總督左宗棠奏設船政學堂於福建。八月十九日，設立福州船政局。

孫中山（逸仙）生。

清穆宗同治六年丁卯（1867）

林琴南十六歲。省父臺灣。

清穆宗同治七年戊辰（1868）

林琴南十七歲。即侍雲溪公於臺灣。

繼1864年太平天國革命運動失敗，捻軍起義也於本年失敗。

日本明治維新。

章炳麟（太炎）生。

清穆宗同治八年己巳（1869）

林琴南十八歲。仍侍雲溪公於臺灣。是年，歸取夫人劉瓊姿，同里劉有棻長女。劉翁每舉呻吟語、五種遺規，誨先生。又嘗與論道學源流，助以立身安命之道。

清穆宗同治九年庚午（1870）

林琴南十九歲。雲溪公邁疫，自臺灣歸。卒。時大父在殯，大母亦繼逝，喪葬接踵，苦不更翅。先生哀極而病肺，日必喀血，或猛至者，則盈碗矣。而猶挾簡冊，就母姊刺繡之燈讀。必終卷始寢，且漸恣肆為詩歌，鄉人目為狂生。

十一月四日，李鴻章接辦天津軍火機器總局，改稱天津機器製造局。

清穆宗同治十年辛未（1871）

林琴南二十歲。受外舅劉翁命，執業陳蓉圃之門。翁炊其膏火。始與丁鳳翔交。仍病喀血，而日讀書習畫弗輟。自謂果以明日死者，今日固已飽讀吾書，且習畫自怡。

九月，曾國藩、李鴻章奏請派陳蘭彬、容閎帶學生出國，學習軍政、船政、步算、製造等科學技術。

清穆宗同治十一年壬申（1872）

　　林琴南二十一歲。讀莊子有悟。

　　四月三十日，英人美查在滬創辦《申報》。

　　八月十一日，陳蘭彬、容閎率學生梁敦彥、詹天佑等三十人赴美留學，為近代中國首次派遣留學生。

　　曾國藩（滌生）卒。

清穆宗同治十二年癸酉（1873）

　　林琴南二十二歲。

　　正月二十六日（二月二十三日），梁啟超生於廣東省新會縣。

清穆宗同治十三年甲戌（1874）

　　林琴南二十三歲。始自課蒙謀給養。

　　長女雪生。

　　從陳文臺學繪畫。

清德宗光緒二年丙子（1876）

　　林琴南二十五歲。授徒王灼三家。

清德宗光緒三年丁丑（1877）

　　林琴南二十六歲。夏，讀書會城之北。

　　王國維（靜庵）生。

清德宗光緒四年戊寅（1878）

　　林琴南二十七歲。夏，五月初十日，弟秉耀赴臺灣，欲依叔求館，助養家人，先生泫然止之。秉耀乘其赴試，而卒拜母逕行。秋，九月初五日，以疾卒於臺。年才十九。冬十月，先生哭臨於臺城，以長子珪嗣之，自謂其越禮也。

　　妹錦香適同縣高鈞松之子衡。

　　喀血疾瘳。

　　始交周長庚。

清德宗光緒五年己卯（1879）

　　林琴南二十八歲。入邑庠。

　　仲子鈞生。

　　從弟秉華始持秉耀喪歸，權厝於玉尺山麓。

日本侵占琉球。

英文版《文匯報》創刊於上海。

清德宗光緒六年庚辰（1880）

林琴南二十九歲。

李鴻章在天津設立電報學堂。

清德宗光緒七年辛巳（1881）

林琴南三十歲。始與陳衍交識。

咸豐后慈安猝死。

李鴻章在天津設立水師學堂。

清德宗光緒八年壬午（1882）

林琴南三十一歲。秋，領鄉薦。

鄭孝胥二十三歲，舉本省正科鄉試第一。同榜尚有陳衍。受知主考宗室寶廷（竹坡）。

執友王灼三，以科考第三名，格於額，不得廩餼，先生爲乞假，得二百金，助成之。己將入都赴禮部試，尚不能得裘也。

始友李宗言、高鳳岐。

由橫山遷家瓊河，再遷蒼霞洲上，建精舍居焉。

清德宗光緒九年癸未（1883）

林琴南三十二歲。北上赴禮部試，報罷。

始友李宗禕。

李宗言兄弟積書連楹，先生既皆與交，遂一一假讀而盡。

十二月，中法戰爭爆發。

清德宗光緒十年甲申（1884）

林琴南三十三歲。法大舉入犯閩洋，福建海軍潰敗於馬江。清廷詔大學士左宗棠督辦福建軍務。先生偕周長庚上狀陳懇，遮宗棠於馬前，相誓不勝，則赴詔獄死耳。且爲詩百餘首，類少陵天寶亂離之作，越年盡燔之。

叔靜庵公以秉耀客臺，瘴死。遣子錦歸依先生，先生爲之取於高氏。

清德宗光緒十一年乙酉（1885）

林琴南三十四歲。與陳專純、黃彥鴻，同執業於謝章鋌，從學經義，有

志通洽漢宋。

六月，《中法新約》簽訂，中法戰爭結束。

英滅緬甸。

左宗棠（季高）卒，年七十四。

清德宗光緒十二年丙戌（1886）

　　林琴南三十五歲。始識沈瑜慶。

　　叔靜庵公卒。喪至自臺灣，先生慟號迎之江平。

清德宗光緒十三年丁亥（1887）

　　林琴南三十六歲，執友王灼三卒。其妻將縊以殉，先生破扉救之，哭視
灼三殮，引其孤元龍歸，衣食而訓誨之。凡十二年。且為籌得四百金，
權子母以供其妻。越三年，為嫁其女。元龍長，更為之娶。已而元龍領
鄉薦，以詩鳴於時。

　　《中葡北京條約》簽定。

清德宗光緒十四年戊子（1888）

　　林琴南三十七歲。讀書龍潭精舍。日與徐祖莆講誦程朱之學。時閩之當
事者，以苛法繩士，士持故事，大忤當事竟，有竟構先生與高鳳岐，以
悅大府者，閶城譁然，謂已革禮部試，且興大獄，先生乃泰定弗懾。

　　七月，張之洞在廣州籌建槍砲廠。

　　十二月十七日，北洋海軍正式成立。

清德宗光緒十五年己丑（1889）

　　林琴南三十八歲。又以公車北上。

　　日本公佈憲法。

　　慈禧太后宣佈「歸政」，光緒正式「親政」。

　　鄭孝胥考取內閣中書。以中書改官同知，分發江南，遂歸南京。

　　梁啓超十七歲，參加廣東鄉試，中舉，榜列第八名，主管官李端棻嘉其
才華，以堂妹許字。

清德宗光緒十六年庚寅（1890）

　　林琴南三十九歲。春二月，赴禮部試，報罷，同周長庚歸。

　　已而聞長子珪，與友子王元龍弗協狀，乃預留香於几。與珪同宿，至夜
午，故哭失聲，珪驚問，曰：「我夢王先生言爾陵其孤，將甘心於爾。」
珪泣而自明，則曰：「但炷香告先生，後不復爾，則無事矣。」珪果爇香

長跽自懺，而元龍遂竟其業以去。

冬十月初七日，同鄭舜皋、曹于南、丁鳳翔及陳林二小生，遊方廣巖，三日，得詩六首，紀天泉閣上。

湖廣總督張之洞在武昌創立兩湖書院。

梁啓超十八歲，受業於康有爲（三十三歲），執弟子禮。

清德宗光緒十七年辛卯（1891）

　　林琴南四十歲。仍讀書龍潭精舍，與詩流黃敬熙、黃春熙、何爾璜、周長庚、林葵、黃育韓、歐駿、卓孝復、陳衍、李宗言、方家澍、高鳳岐、林珩、李宗褘、方崑玉、王允晳、李宗典、劉鄲。凡十九人，結爲福州支社，恆數集，專賦七律詩，以相唱和。

清德宗光緒十八年壬辰（1892）

　　林琴南四十一歲。春，北遊京師，亦赴禮部試，不遇而歸。取道於滬，過杭州，留西子湖上六日，得詩二十首，多悲涼悽楚之音，蓋有感於趙宋陳跡，衷其不能復仇盡敵，以至亡國。

　　秋，築堂於龍潭精舍之後圃，以祠孟子，爲名堂曰浩然。

清德宗光緒十九年癸巳（1893）

　　林琴南四十二歲。春，浩然堂成。

　　二月初五，爲友周辛仲既卒之二十一日，先生與同社諸子，泣而禮祭之。

　　冬，門人劉永祺爲先生築畏廬於浩然堂右，先生爲文記之。

　　十二月十八日，爲子珪取婦劉七娘。

清德宗光緒二十年甲午（1894）

　　林琴南四十三歲。日本侵朝鮮，奉天戒嚴。閩中警報日數至。先生感憤鬱浡，無可自適。

　　冬，十月十八日，子婦劉七娘夭亡。十一月，葬之荔枝林阡祖塋之側，以文名其壙。

　　中日戰爭爆發，北洋海軍全部覆沒。

　　農曆十月二十七日，孫中山在檀香山組織興中會。

清德宗光緒二十一年乙未（1895）

　　林琴南四十四歲。春。北上遊京，與陳衍、高鳳岐、卓孝復等，叩闕上書，抗爭日本占我遼陽、臺灣、澎湖島諸事。

秋，赴興化府知府張僖之聘，分校試卷。行篋攜書，則詩禮二疏、春秋左氏傳、史記、漢書、韓柳文集及廣雅疏證而已。有某生者，懷百金過先生，冀夤緣得首列，子鈞出見，讓之使持歸。

冬，十月二十七日，母陳太宜人卒，以頸喉之瘻，癰而瘓也。夜必四鼓起，爇香稽顙於庭，而出，沿道拜禱，至越王山天壇上，請削科名之籍，乞母終養，勿使頸血崩，以怛老人。如是者九夕。既而太宜人逝，果不見血，先生居喪六十日，夜必哭祭，而後歸苫。

中日《馬關條約》簽定。

康有為三十八歲，會試中第五名貢生，保和殿二甲四十六名，賜進士出身。

清德宗光緒二十二年丙申（1896）

林琴南四十五歲。春，二月十一日，謁外太母鄭太孺人墓，於是凡二十四年。

冬，十二月十三日，葬姊陳太宜人於荔枝林之阡。

女雪于歸同邑庠生鄭禮琛。

康有為三十九歲，梁啟超二十四歲，名聲噪起，時人以康梁並稱。

清德宗光緒二十三年丁酉（1897）

林琴南四十六歲。春，正月，夫人劉孺人病革，所居之屋適易主，乃由蒼霞洲移新居，即閩城下皇街金皇巷之居也。二月初四日，劉孺人卒，四十有六歲。

蒼霞左右，皆妓寮，而先生嘗嚴關拒奔女及莊謝二姬。同縣孫葆瑨、力鈞，即先生舊居建為蒼霞精舍，聚生徒課西學，而延先生為漢文總教習，講授毛詩、史記、古文、閒五日一至。

與書縣豪乞興學，書凡權萬言，而豪謝拒之。

著《閩中新樂府》五十首。都三十二篇。

始從事翻譯西土文學書。

清德宗光緒二十四年戊戌（1898）

林琴南四十七歲。又北上至都。

二月，始見林旭於李宣龔京寓，是月仲子鈞殤。

閏三月，與高鳳岐及宗室壽富詣御史臺，上書論德人逼即墨事，請清帝因人心之憤，下詔罪己。並陳籌餉練兵外交內治四策，凡三詣臺，書格

不能入。

四月，與高鳳岐，林旭，李宣龔，同舟南下，及於浙江，遂僦屋杭州聖湖。初十日，與林旭，李宣龔，鄭孝檉同遊杭屬五雲山西北之雲棲塢。

取妾楊宜人（名郁，字道郁）。

六月十一日，光緒下〈明定國是〉詔書，宣佈變法，〈百日維新〉開始。

九月二十一日，慈禧太后再出「訓政」幽禁光緒於瀛臺。

戊戌六君子殉難；康有為四十一歲，去日逃亡；梁啓超二十六歲，逃往日本。

清德宗光緒二十五年己亥（1899）

林琴南四十八歲。春正月，客杭州，掌教東城講舍。以林啓、陳希賢聘也。旋歸閩，移家至杭。是月，交識林啓。（杭州府知府）與高鳳岐、陳希賢同訪處士夏同聲於其草堂，而觀宋梅於超山。

三月初六日，與高鳳岐、吳德瀟、邵章，同遊龍井山之九溪十八澗。是月十九日，女雪患肺疾歿。

夏四月，遊丘墳下，拜宋輔文侯墓。

秋九月初九日，與林啓、高鳳岐、郭曾鈞、陳希賢父子同遊秦亭山之西溪。初十日，與楊寶臣等十人，同遊花塢。

是歲，三子璐生。

農曆十二月二十四日，慈禧立載漪子溥雋為「大阿哥」。

清德宗光緒二十六年庚子（1900）

林琴南四十九歲。春訪高鳳岐於嘉興。夏五月十八日，義和拳發難天津，以仇天主教為名，殺外人為義，而虛驕蒙昧於人己之勢，官紳黨比縱容，勢遂洶洶。先生意甚非之然無如何也。

仍客杭州，貧甚。自號六橋補柳翁。

自謂光緒甲申迄於庚子，每有論著，未嘗逃惡笑於交遊之間，其深許之者，獨一林杭州，其次高歡桐，其次陳生杰士也。

結社於孤山。論詩不附西江，而尤力斥宗派門戶之說。

七月二十三日，宗室壽富、壽薰率其二妹侍婢，皆仰藥殉難。閏八月某日，聞於杭州，先生率門生陳希彭為之設位林社。亂定，乃至京師，行哭造壽氏之門。具其行狀，乞付史官。

農曆五月二十五日，因義和團事，清政府向各國使館下宣戰書。

七月二十日，八國聯軍攻入北京，慈禧挾光緒西逃。

十一月六日，清政府接受八國聯軍《議和大綱十二條》。

清德宗光緒二十七年辛丑（1901）

林琴南五十歲。仍客杭州，於南北諸山，屐履靡所不至。

秋，名其書齋曰望瀛樓。

仲女璿生。

就徵赴京師，主金臺書院講席。又受五城學堂聘，為總教習，授修身國文。始晤吳汝綸於京師五城學堂。

與論古文，汝綸稱先生之文曰：「是抑遏掩蔽，能伏其光氣者。」

始晤郭曾炘於京師榕蔭堂。曾炘時官禮部侍郎，會新政初興，清廷破格求才俊，敕樞近大臣論薦，取備特科，遂以先生入薦，堅辭不赴試，蓋有見於橫流之瓯，不願苟祿冒榮，寧以布衣終身。

《辛丑條約》簽訂。

李鴻章（少荃）卒，年七十九。

清德宗光緒二十八年壬寅（1902）

林琴南五十一歲。春三月，為嚴復續尊疑譯書圖，並記以貽之。有言曰：不毋乎名數諸學，其窮理也無程，範物也鮮度。

秋八月，吳汝綸以《古文四象》丐先生校勘，謂其書為古今至精之選本。

冬十二月，郵傳部尚書陳璧具疏薦擢先生郎中，疏且上，先生聞之，走書謝曰：疏果朝上，吾夕出都也。後此勿復相見，乃止。

清德宗光緒二十九年癸卯（1903）

林琴南五十二歲。客京師。撰〈賈誼董仲舒劉向贊〉各一首。其序略曰：憂世之不治，可也。憤世之不吾用，不可也。

司譯事於京師譯書局。

清德宗光緒三十年甲辰（1904）

林琴南五十三歲仍客京師。從事譯書教學。

四子琮生。

每聞青年人論變法，未嘗不低首稱善。

康有為四十七歲，遊歐洲各國，作〈歐洲十一國遊記序〉。

梁啟超三十二歲，辦《時報》於滬，梁作〈發刊詞〉，批評頑固勢力，又

譴責革命黨人。

清德宗光緒三十一年乙巳（1905）

　　林琴南五十四歲。秋七月，自謂四十以前，頗喜讀書，凡唐宋小說家，無不搜括，非病沿習，即近荒渺，遂置弗閱。近年與曾宗鞏魏易二生，相聚京書，乃得稍讀歐西小說家言，隨筆譯述，日或五六千言，二年之間，成書近二十餘種。

　　常言北洋大臣袁世凱必敗，願鄉人勿入其黨。

　　五城學堂諸生，有業卒者三十四人，將進於天津大學，先生撰序送之。

　　伍昭辰訪先生於春覺齋。先生與縱論歐西文學，昭辰大醍其言，先生猶自惜年老，未能請業西師之門。

　　八月二十日，孫中山在日本東京組織中國同盟會。

清德宗光緒三十二年丙午（1906）

　　林琴南五十五歲。夏六月，譯愛國二童子傳。既成，爲達旨之文，以告國之青年學生。勗治實業以自拔，振動其愛國志氣，又極言立憲政治功用，而示蘄嚮之思。且自述幼讀楊椒山年譜則閉房大哭。

　　秋八月，始主京師大學堂講席。授預科及師範館諸生倫理學，取孫奇峰理學宗傳中諸賢語錄。有益身心性命者，爲之旁通博證，詮釋講解，蘄其能於道器一貫，文行交修，未嘗分立朱陸門戶。而唯其是之歸，學者翕然尊信，聽無倦容。

　　始晤馬其昶於京師，其稱先生文，過於汝綸之所稱。

清德宗光緒三十三年丁未（1907）

　　林琴南五十六歲。春二月，大學師範館諸生，有既卒其業者，則師生禮集爲酬答，先生續圖紀其事，又爲文以詔之。略曰：天下方多事，客我者鱗集吾宇，登堂求噬吾哉，吾國之士，非資忠履義，務學以與之抗撓，勢岌岌且弗保，顧不治新學，徒慎守其門宇，而將以袪客，客將愈求進而無已。故國家日勵士，而盛資其學。即欲以所學淑天下，又曰：天下惟有國之人，始伸眉與強者耦，願諸君詔學者，念國勿安其私。

　　冬，始與趙炳麟相識而論交。

　　南遊於贛覽匡廬之勝，道出武昌，會番禺梁鼎芬，新除湖北按察使，即其官廨東廂居之，旋歸京師。

是歲，仍執教大學，著《小兒語述義》一卷，昭示世人端蒙養正之道。選編清朝文讀本，而撰序以申積理養氣敷文明道之誼，且誨人以治古文之塗轍，弗尙統系派別也。

四月二日，于右任、楊守仁等在上海創辦《神州日報》。

清德宗光緒三十四年戊申（1908）

林琴南五十七歲。春，自京師寓金五百圓歸閩，修繕祖妣陳太孺人墓阡。

夏五月，高鳳岐入京試御史，中第一，例當記名，先生喜其可以言利病而仁天下也。續徵車過關圖，送之。媵以詩曰：畫裏朱樓聳百尋，徵車過處柳陰陰。蒼梧父老空相憶，不換先生戀闕心。既聞朝議竟不記，則憤且涕，欲毀圖，諸名流力阻而罷。

六月，譯英國大俠紅蘩莒傳卒。而述其感於序曰：此務在有國者上下交警，事事適乎物情，協乎公理，則人心自平，天下自治。要在有憲法爲之限制，則君民均在軌範之中，謂千百世無魯意十六之變，可也。

秋，九月二十七日，高氏妹卒，五十二歲。

御史趙啓霖，糾劾親貴，被斥歸。先生集同志餞之京師龍樹院。

五子璥生。

子珪爲順天大城縣知縣，馳書示居官法戒。

十月二十一日，光緒卒，溥儀繼位，改元宣統，次日，慈禧太后卒。

清宣統元年己酉（1909）

林琴南五十八歲。秋，七月十五日，先生赴大學堂講授，道出萬歲山下，見楮製龍舟，長三丈餘，眾云：費至數萬，爲中元超薦德宗作也，於是太息不置，以爲群臣事君不以禮。徒增西人之誚笑，歸猶怏怏然焉。

八月，大學士張之洞以諫爭貝勒載洵、載濤之典兵，及倡外債，忤監國載灃意，受斥。抑抑而病，二十二日，遂沒，年七十三。先生爲之挽詞曰：「社飯語酸辛，更堪涷水新喪，倍覺傷心感元祐。太牢禮殷渥，果念曲江遺疏，絕勝遣使祭韶州。」語極沈痛，甚爲當時傳頌。

九月初一日，閩中有以何某劉某，力詆先生之書告者，先生覽而笑曰：二公未相往還，胡施重謗，謗至，我可資爲修省，且己必有弗檢，召人疑恨，其言果中吾病，當矢天改之，毀不當罪，視爲飄風過耳，無以舊諸心也。余近薄負時名，諛言日進，二公之言，味雖辣而趣永，聞之

滋適。

十四日，偕陳寶琛、梁鼎芬、陳衍、沈瑜慶，宴於張曾敭居，瑜慶爲語日本公爵伊藤博文，中朝鮮刺客安重根狙擊，死矣。先生喟然嘆曰：伊藤處心積慮，欲滅中國，先吞陪京，進乃蠶食，雖爲日人元勳，於我則元兇也。今已死，吾不敢曰日人即爲戢其野心。或可少挫其鋒，吾國當樞，乃皆庸才，不能乘此奮發有爲，則伊藤之死，於吾初未有補。

二十四日，沈瑜慶宴梁鼎芬，于式枚，與先生於陳寶琛寓齋，鼎芬自述庚子麻鞋赴行在，首覲慈禧太后，陳大阿哥當廢。慈禧爲之動容，馳諭榮祿，已而果廢大阿哥，去年再朝，力劾弈劻五十六事，德宗以硃筆一一識之，慈禧亦欷歔弗己，而弈劻安其位如初。先生及諸人聞之，皆大悲嘆。

十一月十九日，受大學文科聘。

十二月初七日，聞亡友壽富嗣子橘綠死，大哭奔弔重賻之，立嗣議定，更以書抵張曾敭。

二十日，觀清廷下諭，弗允各省諮議局縮短國會限期之請，以爲民心將失，慨然興嗟。

仍主講五城學堂，兼主閩學堂講席，又兼高等實業學堂講席。

清宣統二年庚戌（1910）

林琴南五十九歲。春正月，移就大學經文科，講授古文辭。

二月，監察御史江春霖，疏劾慶親王弈劻，老奸誤國，得旨嚴斥，回原衙門，乃乞歸養。先生寫梅陽歸隱圖，並作序送之。

秋八月，精選周秦漢魏之文，自謂嗜左傳、史記、漢書，日不去手。選六朝文，謂皆平日窺涉之篇，臨窗披閱，胸次爲之廓然。

冬十一月，以貴池劉世珩駢藏唐建中大小忽雷，爲制枕雷圖，又撰記，足成其韻事。

始識姚永概於京師。

及今客京師十年矣！於當世名卿大夫，未嘗有干謁。

裒集五十八歲以前所爲文，凡百有九首，都一卷，曰畏廬文集。刊以行，鬻萬數千部，濰縣張僖爲之序弇，稱其強半愛國思親之作，爲忠孝血誠之文字。

撰〈氣箴〉。

正月初三，同盟會組織廣州新軍起義，失敗。

十月十五日，于右任等在上海創辦《民立報》。

清宣統三年辛亥（1911）

　　林琴南六十歲。春正月，御史胡思敬上疏，論列親藩，並及中涓，亦自乞去。先生撰序送之。

　　與樊增祥，羅惇曧等集爲詩社，社集，必選勝地，先生爲畫，眾繫以詩。

　　二月，三女瑚生。

　　三月十五日，冒廣生集同輩，爲其先人巢氏作生日，於京師夕照寺，先生與焉。越秋，爲記，寓集霰之思。

　　秋八月十九日，革命黨起義武昌，舉國震動。先生聞南中警報急，乃於九月十九日，挈家避地天津。

　　九月二十七日，爲先生六十生日，家人即天津西開壽之，越日入都至故宅察視，隨復於津。

　　中輟大學堂講授。

　　冬十二月二十八日，清帝下遜位詔。國人更政爲共和國之號曰中華民國。先生自誓閉戶，效明遺民孫奇逢，以舉人終其身，而託墓銘於高鳳岐。且盡棄其所事，賣文鬻畫以自給，黎明輒興，日必作畫數事，譯書千餘言，暇則仍自讀書弗倦。

中華民國元年壬子（1912）

　　林琴南六十一歲。春正月十二日，先生自天津復於京師，同劉冠雄、高稔出飲酒樓。會屯軍譁變，縱火攻剽，火發可十二處，樓高而鐵關固，賊攻弗入。明旦歸，有詩紀之。

　　秋九月，移家復於京師。

　　自號曰蠡叟。

　　爲康有爲續萬木草堂圖。（是年康有爲五十五歲）

　　再主大學文科講席，姚永概與共事焉。

　　六子珣生。

　　一月一日孫中山在南京就任臨時大總統，建立中華民國。

　　二月十二日，清帝遜位詔下，清朝亡。

　　二月十三日，孫中山辭職。

　　三月十日，袁世凱在北京就任臨時大總統，北洋軍閥統治時期開始。

中華民國二年癸丑（1913）

　　林琴南六十二歲。春二月，赴陳寶琛招，與陳衍、力鈞，同遊西海子，爲文記之。

　　三月初六日，謁清德宗皇帝、孝定皇后陵，陵曰崇陵。

　　夏四月十四日，同陳寶琛、陳衍、高向瀛，遊翠微山。

　　大學經文科生業卒，將歸，先生作序送之，勉其力延古文之一線。

　　六月，先生題吾悟園文存。朱羲冑始覯先生於宣南春覺齋。

　　冬十月十六日，再謁崇陵，越二十日，清遜帝頒賜先生四季平安春條，爲之撰謁陵圖記。

　　仍與姚永概共事大學堂，既皆弗合而去，臨別，贈永概序，越月，又與之書。

　　七月十二日，「二次革命」發生，九月失敗。

中華民國三年甲寅（1914）

　　林琴南六十三歲。

　　夏四月與陳懋鼎、陳籙、林志鈞，同遊於魯，遂登泰山。

　　越日，朝謁孔林，至歷下亭，訪漁洋老人詠秋柳處。

　　清史館徵先生爲名譽纂修，謝卻之。

　　建言政府宜設局纂詞典，以一譯名。

　　以北京孔教會之請，赴講古文源流。

　　爲北京《平報》司編纂。

　　五月，始與宋小濂論交。

　　六月，集同里陳寶琛、傅嘉年、葉萷棠、曾福謙、林孝恂、李壽田、嚴復、卓孝復、郭曾炘、陳衍、力鈞、李宗言、張元奇、孫葆晉、鄭孝檉、與己爲十六人，爲晉安耆年會。襲宋司馬光居洛陽所爲耆英會故事也。

　　秋七月，赴李宗言、卓孝復招，再遊頤和園，有記。

　　九月初八日，赴陳寶琛招，遊玉泉山，亦有記。

　　冬十月，著《韓柳文研究法》二卷。刊行於世，馬其昶爲之序，謂先生獨舉其生平辛苦以獲有者，傾困竭廩，唯恐言之不盡，後生得此，其知所津逮矣。

　　十二月二十一，與清前湖北按察使梁鼎芬、前御史溫肅，同謁崇陵，先

生則爲第三次矣。

是月,跋戴文節公遺畫,自謂今得遺墨師之,固仍得列弟子行也。

是年,四女瑩生。

爲叔子璐取周景濤女履成。

與廉泉相見京師。泉盡出其收藏閩人王硯田遺墨視先生,遂撰〈跋王硯田畫卷〉。

一月十日,袁世凱下令解散國會。

八月一日,第一次世界大戰爆發。

中華民國四年乙卯(1915)

林琴南六十四歲。春正月,大書畏天二字,榜其宣南新居之門,自謂遵大母陳太孺人遺訓也。

二月,先生憂世習之日超虛僞而冒利,撰〈原習〉一篇。

三月,受正志中學校校長徐樹錚聘,授生徒以文,姚永概亦至。

夏四月二十四日,遊戒壇。明日,遊潭柘,並有記。

五月,大總統袁世凱,僞假國民代表會議,擁爲皇帝。又詭脅海內通儒碩望,署表勸進,於是僞內務部,亦以碩學通儒徵先生赴衙署表。先生稱病固辭,自計果不免者,則豫服阿芙蓉以往。

六月杪,南遊。自徐州觀山至浦口,有詩。

七月,至滬上,憩止高鳳謙寓樓。感其伯兄鳳岐之亡。懷其仲兄而謙之別,流連久之,贈詩而行。

訪鄭孝胥於海藏樓。

又訪沈瑜慶。

秋七月,歸於京師。

八月二十九日,同馬其昶、姚永概、姚永樸、朱孔彰凡十七人,觴姚永概於淨業湖上,壽其五十生日。

是歲,七子琯生。

是歲,作畫都百餘幀,各有絕句,題識其上。

撰〈感秋賦〉。

五月九日,袁世凱接受日本「二十一條」的要求。

十二月十二日,袁世凱宣佈承受帝位。

十二月二十五日,蔡鍔、唐繼堯等通電全國,宣告雲南獨立,護國運動

開始。

中華民國五年丙辰（1916）

　　林琴南六十五歲。春三月清明日，四謁崇陵，即宿葵霜閣。

　　袁世凱重先生名，屢以高等顧問延之，又徵爲參政，皆嚴辭拒謝，且告使者曰：將吾頭去，吾足不能履中華門也。

　　撰詠史詩八首，於洪憲人物，各致刺諷，而以淵明自況。

　　又哀集辛亥以來文，凡八十有三首，爲一卷，曰《畏廬續集》，付刊行。

　　著修身講義二卷，皆摭取理學宗傳，周、程、張、朱、薛、陸諸子，有益身心性命倫常之語，詮說闡發，而成帙者，自謂無門戶軒輊之見，從孫夏峰教也。

　　又傷近今少年之多失檢，撰讀列女傳，以寄悲諷。

　　夏五月，國務總理段祺瑞，屛從造先生草堂徵聘，弗起，有詩記其事。

　　秋八月十三日，爲亡友高鳳岐生日，以酒脯祀之，於是凡三年矣。陳寶琛、卓孝復，咸集爲禮。

　　冬十月二十一日，五謁崇陵。先齋於梁格莊清愛室，五鼓，乃具衣冠，同梁鼎芬、毓廉，至陵下行禮，且跪澆陵樹，有詩紀之。

　　清太傅陳寶琛，以先生所撰《左傳擷華》進遜帝，遜帝讀而善之，詢其行誼風貌，知更善畫。先生又繪兩筐以進。

　　十二月，遜帝書煙雲供養春條賜之。並不時出內府名畫，聽縱觀。先生狂喜，以爲三公不與易，遂名其樓曰煙雲樓。

　　亡友周景濤，沒既六年，而樞猶厝京師蕭寺，伙以五百金，命其子奉歸營葬。

　　清少保梁鼎芬，徵先生畫。爲續圖贈之。鼎芬以張永願菴壁上，署其背曰：林紓天下第一流。

　　袁世凱卒，黎元洪代理大總統。

中華民國六年丁巳（1917）

　　林琴南六十六歲。春正月元旦，以戒愼恐懼榜於門。

　　二月，與劉世珩重晤京師，爲撰〈雙忽雷本事序〉。

　　三月，執友丁鳳翔自沈於馬江，赴至，先生哀貧交盡矣。爲文祭之，又爲之傳。

　　夏五月，定武軍上將軍長江巡閱使張勳，與康有爲，謀復辟於京師，十

三日，挾清遜帝復位，號曰「虛君共和」。命除內外文武大臣，舉國咸憤，先生亦心非之。且爲清室危，而未能諫沮，乃託情於詩。

越日，建威上將軍段祺瑞，仗義討逆，或勸先生京避難，乃廑遣楊宜人挈稚子幼女避居天津。

二十四日，段祺瑞遣兵克京門，抵天壇，與張勳鏖戰，自卯至未，飛彈時過屋頂，其聲蚩然，先生悽然縣縣於清宮。

復撰五君詠。爲張曾敭、勞乃宣、胡思敬、溫肅、李瑞清，道志。

冬十月二十一日，六謁崇陵。是月，開文學講習會於城南，授左史南華及漢魏唐宋文。冀以廣古人之傳，當時名公碩士，謁階執弟子禮，而請業者踰百人。

是歲，見有立會尊孔子爲教宗者，則斥其爲幽陋愚闇。

自辛亥以來，既盡棄舊之所事，而益婟事賣文鬻畫，及此累成迻譯之書，凡百種餘矣。

鄭孝胥五十八歲，與馮煦、沈寐叟等赴「麗澤文社」講課。

梁啓超四十五歲，參與段祺瑞「反復辟之役」。十一月十五日。辭去"段內閣"財政總長，自此結束從政生涯。

中華民國七年戊午（1918）

林琴南六十七歲。春三月，國會議員議裁減優待清室經費，先生上參眾兩議院書，請勿裁減言。

秋七月，因海上某人要，與海內名宿樊增祥、陳衍、易順鼎，倡導文學。發其緒論，纂爲雜誌，傳布四方，以誘進天下學者。

冬十月十九日，赴淶水約毓廉，二十一日，同謁崇陵，先生則爲第七次矣。

除夕，清遜帝書有袟斯祐春條頒賜。

三月，南北戰爭開始。

十一月十一日，第一次世界大戰結束。

梁啓超四十六歲，宣布「中止政治生涯」。

中華民國八年己未（1919）

林琴南六十八歲。春正月元夕，爲兒輩畫燈，制蒼霞舊隱圖，並題詩以寄思親念故之情。

北京大學文科學長陳獨秀、教授胡適，倡爲文學革命之論，而錢夏諸人

和之。先生撰《妖夢》、《荊生》二小說，諷刺之。大學生張厚載，以揭海上報章，校長蔡元培除其名，將歸里，先生贈之序。

夏四月，仲女璿，于歸同縣陳宏簪。

越月，書與北京大學校長蔡元培，論新學。

再越日，與族姪懌論師道書。

六月，同門以文學講習會授古文法署爲《文微》。

秋九月，始與黃侃晤城南酒樓，侃亦力闢異說，棄大學講席，將歸於武昌，先生禮接慰薦之甚厚。黃執後生禮謹，先生謂朱羲冑曰：孰謂黃生狂士。

冬十月二十一日，八謁崇陵。

是歲，五女珠生。

累月寫大屏巨幛山水四十餘軸。

著《春覺齋論文》一卷。（越年，更名《畏廬論文》）

摯友梁鼎芬卒，先生行哭弔諸其廬。

正志學校諸生，有歷四年，畢業而歸里者，先送之序。

中華民國九年庚申（1920）

林琴南六十九歲。正月，撰〈腐解〉，以見篤志衛道，匡時弗懈。

三月，文學講習會輟講。

夏四月十四日，莊書於壁曰：對天立誓，絕口不言人短。

五月，直皖軍相鬨於近畿，先生作述變詩紀其事。

夏日齋居，制圖十二。

越日，閩中以會城台江一帶水災，赴告京師，先生析賣畫之錢百金，助振，撰哀閩詩。

十月二十一日，九謁崇陵。

書帖子訓子琮曰：祖父不爲惡，汝當爲善以繼之。文章足立名，汝當立品以輔之。又曰：讀書如積穀，愈多，總得救荒之一日，向學如行道不息，終有到地之一日。

中華民國十年辛酉（1921）

林琴南七十歲。自贊映象。

始與李兆珍定交。

夏四月，南遊雁宕，車過滄州，見飢民七百餘，夾車而號，立出十金，

屬巡士俵散，有詩記之。

五月初三日，與高鳳謙、鄭孝櫼、李宣龔、同遊於雁宕山之靈峰。明日，遊靈巖，又明日，觀大龍湫，腰輿過馬鞍嶺，下臨無地，雨盛磴滑，輿幾翻墜，自曰：此非死所。忽山風吹輿，輿定，遂越險而過，步行屬三百餘級而下。

越日，重至杭州。

越日，復於滬上，訪鄭孝胥（六十二歲）於海藏樓。

訪康有爲於其寓所。

歸塗，與冒廣生相晤臨淮車中，是夕，見月，廣生出甌隱圖花木詩同觀。

秋九月，撰七十自壽詩十五首。

撰〈述險〉一篇。

九月二十七日，爲先生七十生日，及門諸子，於生日前通啓中外，徵乞藝文，以爲先生壽。越日，海內耆舊名宿，如康有爲、陳寶琛、樊增祥、陳衍、左紹佐、周樹模、陳三立、柯劭忞、郭曾炘、嚴復、馬其昶、姚永樸、王樹枏、傅增湘、張元奇、王允晢、高向瀛、王式通、王葆心、李宣龔、孫雄、羅惇曧、秦樹聲、三多、江瀚、朱益藩、徐世昌，皆各投詩文爲先生壽。畫師如齊璜、陳衡恪，則以繢事爲壽。乃至名伶如梅蘭芳、尙小雲、程艷秋，亦各繢畫獻壽。

清史館總裁趙爾巽，遣使請於先生，願署弟子籍，眾聞大驚，先生婉謝卻之，引爲知己。

十月二十一日，十謁崇陵。

著《莊子淺說》四卷成，皆寢饋所得者，闡揚莊書之效。

五月五日，孫中山在廣州就任非常大總統。

七月二十三日，中國共產黨第一次全國代表大會在滬召開。

中華民國十一年壬戌（1922）

林琴南七十一歲。

春三月，清明日，復謁崇陵，凡十一次矣。

夏四月，戎馬在郊，礮聲隆隆，先生平選各家文集，自謂如聾瞶也。且曰：余固悉心於韓柳歐三家者，而於柳之游記，顚倒尤深，其餘諸家，略一寓目而已。

夏六月十七日，晨起忽病，延德醫狄博爾；秋七月初七日，疾乃霍然，家人迎歸春覺齋。

八月十三日，高鳳岐生日，先生復集其弟子於春覺齋，見禮祭之。如是弗忘者，於今十二度，有詩記之。

是月，撰詩曰〈辨岳〉篇，微刺直魯豫巡閱使吳佩孚之佳兵縱賊。

九月二十七日，七十晉一壽辰，有詩自以解嘲。

冬十月，裒集辛亥至是月以前所為詩，凡三百三十首，為《畏廬詩存》二卷，自作之序。

是月，清遜帝大婚，先生續四鏡屏以進，遜帝書「貞不絕俗」匾額賜之。

上書清太保陳寶琛，乞奏遜帝，剪除宮中縻費，發遣群閹。

中華民國十二年癸亥（1923）

林琴南七十二歲。

春正月元日，撰〈續辨姦論〉。

二月，主勵志學校講席。

三月，吳佩孚壽五十一，當時大吏螻趨洛陽獻頌，有為餂多金求先生繪事者，卻之弗為。蓋先生之意，久不直其驕橫佳兵也。

秋七月刪訂平生為文，凡百七十有九首，部居為六卷，命名曰：《畏廬文鈔》。以付黃岡陶子麟開雕，而命其弟子朱羲冑司校勘。

是月，主北京孔教大學講席。

中華民國十三年甲子（1924）

林琴南七十三歲。元旦，書春帖子張於門口曰：遂心惟有看山好，涉世深知寡過難。

春二月，為四子琮取馬逸高之女淑端。

裒集丙寅已來文，凡九十三首為一卷，曰：《畏廬三集》。

五月十六日，篋室楊宜人五十初度，為文紀其生平。

越日，撰〈壽郭曾炘序〉，未竟。

病中猶日作畫數事，自謂以分諸子也。

又續焦山圖，寄懷梁鼎芬，自署後死友，蓋續畫絕筆也。

秋七月二十六日，中夜，寒熱忽劇作，體溫至百有二度，俄而暈絕，諸醫束手無如何。二十八日，仰枕作絕筆書曰：清舉人林紓，於甲子月日

死，長子珪，以母命嗣仲弟泉，今以珪長子大穎，為次子鈞後，發喪，臨命書此，與京中及海內至交，並及門諸子為別，林紓絕筆。

八月初七日，書遺訓十事。

九月十一日，丑時捐館舍。

乙丑歲，篷室楊宜人及子琮，扶櫬歸葬於閩侯縣北五十里之白鴿龕。

附錄二：清史稿本傳

林紓，字琴南，號畏廬，閩縣人。光緒八年舉人。少孤，事母至孝。幼嗜讀，家貧，不能藏書。嘗得史、漢殘本，窮日夕讀之，因悟文法，後遂以文名。壯渡海遊臺灣，歸客杭州，主東城講舍。入京，就五城學堂聘，復主國學。禮部侍郎郭曾炘以經濟特科薦，辭不應。

生平任俠尚氣節，嫉惡嚴。見聞有不平，輒憤起，忠懇之誠發於至性。念德宗以英主被扼，每述及，常不勝哀痛。十謁崇陵，匍伏流涕。逢歲祭，雖風雪勿為阻。嘗蒙賜御書「貞不絕俗」額，感幸無極，誓死必表於墓，曰「清處士」。憂時傷事，一發之於詩文。

為文宗韓、柳。少時務博覽，中年後案頭唯有詩、禮二疏，左、史、南華及韓、歐之文，此外則說文、廣雅，無他書矣。其由博反約也如此。

其論文主意、識度、氣勢、神韻，而忌率襲庸怪，文必己出。嘗曰：「古文唯其理之獲，與道無悖者，則味力彌臻於無窮。若分畫秦、漢、唐、宋，加以統系派別，為此為彼，使讀者炫惑莫知所從，則已格其途而左其趣。經生之文樸，往往流入於枯淡，史家之文則又隳突恣肆，無復規檢，二者均不足以明道，唯積理養氣，偶成一篇，類若不得已者，必意在言先，修其辭而峻其防，外質而中膏，聲希而趣永，則庶乎其近矣。」紓所作務抑遏掩蔽，能伏其光氣，而其真終不可閟。尤善敘悲，音吐淒梗，令人不忍卒讀。論者謂以血性為文章，不關學問也。

所傳譯歐西說部至百數十種。然紓故不習歐文，皆待人口達而筆述之。任氣好辯，自新文學興，有倡非孝之說者，奮筆與爭，雖脅以威，累歲不為屈。尤善畫，山水渾厚，冶南北於一爐，時皆寶之。紓講學不分門戶，嘗謂清代學術之盛，超越今古，義理、考據，合而為一，而精博過之。實於漢學、宋學以外別創清學一派。時有請立清學會者，紓撫掌稱善，力贊其成。甲子秋，卒，年七十有三，門人私諡貞文先生。有畏廬文集、詩集、論文、論畫等。

附錄三：林琴南古文作品一覽表

一、論辨類

《畏廬文集》

〈析廉〉、〈黜驕〉、〈續司馬文正保身說〉、〈湖之魚〉等四篇。

《畏廬續集》

〈原謗〉、〈原習〉、〈惜名〉、〈唐藩鎮論〉、〈盧杞論〉等五篇。

《畏廬三集》

〈腐解〉、〈述險〉等二篇。

二、序跋類

《畏廬文集》

〈西湖詩序〉、〈國朝文序〉、〈慎獨處公牘序〉、〈金粟詩龕集序〉、〈郭蘭石先生增默庵遺集序〉、〈書杜襲喻繁欽語後〉、〈書宋張淏艮嶽記後〉、〈讀北史恩倖傳〉等八篇。

《畏廬續集》

〈桐城吳先生點勘史記讀本序〉、〈文科大辭典序〉、〈南爐記聞序〉、〈晉安耆年會序〉、〈跋王硯田畫卷〉、〈跋戴文節遺墨〉、〈跋姚叔節所藏石田山水長卷〉、〈書黃生箚記後〉、〈書同年卓毅齋殿試策後〉、〈讀烈女傳〉、〈讀儒行〉、〈讀小雅〉等十二篇。

《畏廬三集》

〈左傳擷華序〉、〈鳳岡劉氏族譜序〉、〈慎宜軒文集序〉、〈雙忽雷本事序〉、〈同學錄序〉、〈拜菊盦詩序〉、〈百大家評選韓文菁華錄序〉、〈鹿邑徐尙書奏議序〉、〈守岐日記序〉、〈謁林日記序〉、〈書昌黎處州孔子廟碑後〉等十一篇。

三、書牘類

《畏廬文集》

〈答某公書〉、〈答周生書〉、〈與魏季渚太守書〉、〈出都與某侍御書〉、〈上郭春榆侍郎辭特科不赴書〉等五篇。

《畏廬續集》

〈與姚叔節書〉、〈示兒書〉等二篇。

《畏廬三集》

〈答大學堂校長蔡鶴卿太史書〉、〈與唐蔚芝侍郎書〉、〈答姪鼐鴻書〉、〈答徐敏書〉、〈答甘大文書〉、〈上陳太保書〉等六篇。

四、贈序類

《畏廬文集》

〈送同年李畬曾之官江右序〉、〈送林作舟作令陽山序〉、〈贈李拔可舍人序〉、〈贈林長民序〉、〈贈陳生序〉、〈送黃石孫侍御出守徽州序〉、〈送王肖泉先生之天津序〉、〈送濤園沈公改官嶺南詩序〉、〈贈伍昭辰太守序〉、〈送周松孫比部出宰如皋序〉、〈送嚴伯玉之巴黎序〉、〈贈趙仲宣員外序〉、〈送岑西林宮保歸隱西湖序〉、〈送高梧州南歸序〉、〈程太宜人六十壽言〉、〈廣文周辛仲先生五十壽序〉、〈林迪臣先生壽序〉、〈滄趣先生六十壽序〉等十八篇。

《畏廬續集》

〈送覺羅善昌北歸序〉、〈送五城學生入天津大學堂序〉、〈送大學文科畢業諸學士序〉、〈楊昀谷太守入蜀詩序〉、〈送侍御江公歸梅陽序〉、〈送胡瘦堂侍御歸廬山序〉、〈送高子益之官雲南序〉、〈送梁節庵先生南歸序〉、〈贈姚君愨序〉、〈送劉洙源赴嶺南序〉、〈送姚叔節歸桐城序〉、〈贈馬通伯先生序〉、〈贈林宰平序〉、〈送陳任先之哈克圖序〉、〈贈王生序〉、〈贈王林二生序〉、〈送陳徵宇之官濟南序〉、〈力醫隱六十壽序〉等十八篇。

《畏廬三集》

〈贈金生錫侯序〉、〈送林生仲易之日本序〉、〈送正志學校諸生畢業歸里序〉、〈送魏君注東奉使比利時序〉、〈贈張生厚載序〉、〈贈李公星治序〉、〈髯公六十壽序〉、〈陳太保壽序〉等八篇。

五、傳狀類

《畏廬文集》

〈薛則柯先生傳〉、〈謝秋濤傳〉、〈冷紅生傳〉、〈陳猴傳〉、〈鄭貞女傳〉、

〈蕭貞女傳〉、〈孟孝女傳〉、〈趙聾子小傳〉、〈徐景顏傳〉、〈僮逐小傳〉、
〈書鄭翁〉、〈書葫蘆丐〉、〈書顏屠之婦〉、〈書楊孝子誅仇事〉、〈資政大
夫贈內閣學士陳公行狀〉、〈贈光錄寺卿翰林院庶吉士宗室壽富公行狀〉、
〈羅孝子事略〉、〈林明府政略〉、〈先姒事略〉等十九篇。

《畏廬續集》

〈高莘農先生傳〉、〈江陵戴烈婦傳〉、〈張貞孝傳〉、〈吳孝女傳〉、〈先大
母陳太孺人事略〉、〈叔母方孺人事略〉等六篇。

《畏廬三集》

〈石顛山人傳〉、〈王灼三傳〉、〈丁鳳翔傳〉、〈宋牧九先生家傳〉、〈陳墨
莊先生傳〉、〈昭武上將軍姜公家傳〉、〈吳星亭將軍傳〉、〈許節母張夫人
傳〉、〈南昌楊君若臣家傳〉、〈王烈婦傳〉等十篇。

六、碑誌類

《畏廬文集》

〈高筠亭先生墓誌銘〉、〈外舅劉公墓誌銘〉、〈楊伯裔先生墓誌銘〉、〈陳
德齋墓誌銘〉、〈李佛客員外墓誌銘〉、〈候選訓導李君繼室楊孺人墓誌
銘〉、〈誥授奉政大夫桐鄉縣知縣侯官方公墓誌銘〉、〈誥授資政大夫鹽運
使銜梧州府知府長樂高公墓誌銘〉、〈誥授光錄大夫二品頂戴升缺後加頭
品頂戴署浙江按察使分巡金衢嚴道郭公墓誌銘〉、〈母弟秉耀權厝銘〉、〈子
婦劉七娘壙銘〉、〈鄭氏女墓誌銘〉、〈鈞壙銘〉、〈劉明恭壙磚銘〉、〈叔公
靜庵公墳前石表辭〉、〈陳喜人先生墓表〉等十六篇。

《畏廬續集》

〈清通議大夫嘉善張君墓誌銘〉、〈清中憲大夫揭陽姚公墓志銘〉、〈清通
議大夫知府銜山東武城縣知縣薩公墓志銘〉、〈清故大善士無錫唐公墓志
銘〉、〈清誥封夫人唐母孫夫人墓志銘〉、〈欒望遠先生墓志銘〉、〈清贈通
議大夫佩卿章君墓志銘〉、〈張母謝夫人墓志銘〉、〈清文林郎翰林院編修
黃岡王君墓志銘〉、〈費鑑清先生墓志銘〉、〈清奉直大夫陽山縣知縣長樂
林君墓志銘〉、〈清學生劉君騰業暨未婚守節妻陳貞女合葬銘〉、〈醉郭先
生墓碣〉等十三篇。

《畏廬三集》

〈清朝議大夫花翎三品銜湖北試用道玉邑張公配顧淑人合葬墓誌銘〉、〈清善士唐先生廟碑〉、〈清廣州教諭李君墓誌銘〉、〈清榮祿大夫江西廣信府知府二品銜安徽候補道閩縣李公墓誌銘〉、〈清林文直公墓誌銘〉、〈清中議大夫翰林院檢討前新疆道御史梅陽江公墓誌銘〉、〈清奉直大夫學部主事閩縣周君墓誌銘〉、〈林夫人墓誌銘〉、〈清建威將軍提督銜補用副將閩縣楊公墓誌銘〉、〈清誥贈奉政大夫胡君嵩高墓誌銘〉、〈阜陽王公墓誌銘〉、〈清中憲大夫署潯州府知府陽原井君墓誌銘〉、〈鄞縣曹蘭彬生壙銘〉、〈清奉政大夫貤封中憲大夫花翎同知銜候選府經歷若谷李公墓表〉、〈清修職郎訓導徐君墓誌銘〉、〈馬遯庵生壙銘〉、〈清處士甘君紹堂墓誌銘〉、〈宋母張夫人墓誌銘〉、〈清中憲大夫祁州知州東麓王公墓表〉、〈清贈奉政大夫束麓李君墓表〉、〈清武德騎尉晉贈奉政大夫候選守備晰庵李公墓表〉、〈清安州馮先生墓表〉、〈屏南徐君霞軒墓表〉、〈清處士可園陳先生石表辭〉、〈箴宜女學校碑記〉、〈汕潮林氏建立太師公廟記〉等二十六篇。

七、雜記類

《畏廬文集》

〈金台話別圖記〉、〈林迪臣太守孤山補梅記〉、〈大學堂師範畢業生紀別圖記〉、〈尊疑譯書圖記〉、〈江亭餞別圖記〉、〈秋繁夜課圖記〉、〈梅花詩境記〉、〈重修宋輔文侯牛公墓記〉、〈謁外大母鄭太孺人墓記〉、〈謝枚如先生賭碁山莊記〉、〈浩然堂記〉、〈畏廬記〉、〈蒼霞精舍後軒記〉、〈再媿軒記〉、〈聽水第二齋記〉、〈遊方廣巖記〉、〈遊棲霞紫雲洞記〉、〈記雲棲〉、〈記九溪十八澗〉、〈記超山梅花〉、〈遊西溪記〉、〈記花塢〉、〈湖心泛月記〉、〈記水樂洞〉、〈記西安縣知縣吳公德瀟全家被難事〉等二十五篇。

《畏廬續集》

〈力孝子萬里尋親記〉、〈夕照寺為冒巢民先生作生日記〉、〈徐又錚塡詞圖記〉、〈曾伯厚西山永慕圖記〉、〈周養庵籌燈紡織圖記〉、〈濤園記〉、〈胡梓方詩盧記〉、〈枕岱軒記〉、〈海藏樓記〉、〈枕雷圖記〉、〈記翠微山〉、〈登泰山記〉、〈謁孔林記〉、〈明湖泛雨記〉、〈謁陵圖記〉、〈遊頤和園記〉、〈遊西海子記〉、〈遊玉泉山記〉、〈三謁崇陵記〉、〈記戒壇〉、〈記潭柘〉、〈淨

業湖秋泛記〉等二十二篇。

《畏廬三集》

〈止園記〉、〈禮園記〉、〈山居課子圖記〉、〈九謁崇陵記〉、〈番禺梁文忠公種樹廬記〉、〈風雨恩勤圖記〉、〈理耕課讀圖記〉、〈秋室研經圖記〉、〈泊園記〉、〈六合十齡童子賊中尋弟記〉、〈南湖舊隱圖記〉、〈黃笏山先生畫記〉、〈潛廬記〉、〈蘇園記〉、〈致遠亭記〉、〈邁園記〉、〈御書記〉、〈記雁宕三絕〉等十八篇。

八、哀祭類

《畏廬文集》

〈告王薇菴文〉、〈祭陳氏姊文〉、〈告周辛仲先生文〉、〈祭宗室壽伯茀太史文〉、〈祭故太常袁爽秋先生文〉、〈公祭潘烈士文〉、〈祭高梧州文〉、〈誥授光祿大夫兵部侍郎福建提督學政叔眉沈公誄〉、〈王楨臣先生哀辭〉、〈李佛客員外哀辭〉、〈亡室劉孺人哀辭〉等十一篇。

《畏廬續集》

〈高氏妹哀辭〉、〈祭周如皋文〉、〈釋斑貓文〉等三篇。

《畏廬三集》

〈祭丁和軒文〉、〈公祭江杏村侍御文〉、〈祭林文直公文〉、〈祭沈敬裕公文〉、〈祭高子益文〉、〈清番禺梁文忠公誄〉、〈畬曾李先生誄〉、〈冒母周太夫人誄〉並序、〈告嚴幾道文〉、〈張太夫人誄辭〉、〈高子益哀辭〉等十一篇。

參考書目

一、林紓作品及研究資料

1. 林紓選評，《林氏選評名家文集·元豐類稿》，上海商務印書館，1924 年 7 月初版。

2. 林紓選評，《林氏選評名家文集·汪堯峰集》，上海商務印書館，1924 年 7 月初版。

3. 林紓選評，《林氏選評名家文集·方望溪集》，上海商務印書館，1924 年 8 月初版。

4. 林紓選評，《林氏選評名家文集·歐孫合集》，上海商務印書館，1924 年 8 月初版。

5. 林紓選評，《林氏選評名家文集·劉子政集》，上海商務印書館，1924 年 8 月初版。

6. 范先淵校點，《論文偶記·初月樓古文緒論·春覺齋論文》，香港商務印書館，1963 年 5 月版。

7. 林紓，《畏廬論文·文集·續集》，台北：文津出版社，1978 年 7 月版。

8. 林紓，《韓柳文研究法》，台北：廣文書局，1980 年 7 月三版。

9. 林紓，《林琴南文集》，北京：中國書店，1985 年出版。

10. 林紓編纂，《莊子淺說》，台北：華正書局，1985 年 6 月初版。

11. 林薇選著，《林紓選集·小說卷》（上），成都：四川人民出版社，1985 年 12 月第一版。

12. 林薇選著，《林紓選集·小說卷》（下），成都：四川人民出版社，1987 年 3 月第一版。

13. 林薇選著，《林紓選集·文詩詞卷》，成都：四川人民出版社，1988 年 7 月第一版。

14. 李家驥、李茂肅、薛祥生整理,《林紓詩文選》,北京商務印書館,1993年10月第一版。

15. 曾憲輝,《林紓》,福建:教育出版社,1933年8月第一版。

16. 朱羲冑,《林琴南學行譜記四種》,台北:世界書局,1965年4月再版。

17. 《清史稿列傳》,台北:洪氏出版社,1981年8月初版。

18. 薛綏之、張俊才編,《中國現代文學史資料匯編(乙種)·林紓研究資料》,福建:人民出版社,1983年6月第一版。

19. 張俊才,《林紓評傳》,天津:南開大學出版社,1992年3月第一版。

20. 《林琴南傳記資料》(一~三),台北:天一出版社,未著年代。

21. 《中國大陸傳記資料·林紓》(第九十八冊),上海:師大圖書館製,未著年代。

二、文學史及其他史學論著

1. 《中國新文學大系》,上海:文藝出版社,1935年10月初版。

2. 日·青木正兒,陳淑女譯,《清代文學評論史》,台北:臺灣開明書店,1969年12月初版。

3. 傅樂成著,夏德儀校訂,《中國通史》,大中國圖書公司,1971年7月版。

4. 王爾敏,《中國近代思想史論》,台北:華世出版社,1978年10月。

5. 蕭一山,《清史》,中國文化學院,1979年12月版。

6. 郭廷以,《近代中國史綱》,香港:中文大學出版社,1980年第二次印刷。

7. 《中國新文學運動史資料》,上海書店,1982年5月。

8. 《中國近代文學作家論》,河南:新華書店,1984年3月。

9. 梁啓超著,《清代學術概論》,台北:臺灣商務印書館,1985年2月版。

10. 尤信雄著,《桐城文派學述》,台北:文津出版社,1989年1月再版。

11. 陳柱,《中國散文史》,台北:臺灣商務印書館,1991年3月版。

12. 劉大杰著,《中國文學發展史》,台北:華正書局,1991年7月版。

13. 王鎮遠著,《桐城派》(原出版者:上海古籍出版社),台北:三民書局,1991年12月初版。

14. 李瑞騰著,《晚清文學思想論》,台北:漢光文化事業公司,1992年6月初版。

15. 黃霖著,《近代文學批評史》,上海古籍出版社,1993年第一版。

16. 錢基博著,《現代中國文學史》,文學出版社,未著年代及地點。

三、古文理論

1. 范文瀾注，《文心雕龍注》，台北：臺灣開明書局，1985 年 10 月版。

2. 宋・呂祖謙評，《古文關鍵》，台北：鴻學出版事業公司，1989 年 9 月初版。

3. 明・吳訥，明・徐師曾，《文章辨體序說、文章明辨序說》，台北：長安出版社，1978 年 12 月版。

4. 清・姚鼐輯，李兆洛校勘，《古文辭類纂》，台北：廣文書局，1961 年 6 月初版。

5. 黃慶萱著，《修辭學》，台北：三民書局，1979 年 12 月三版。

6. 王葆心著，《古文辭通義》，台北：臺灣中華書局，1965 年 3 月版。

7. 薛鳳昌，《文體論》，台北：臺灣商務印書館，1977 年 6 月版。

8. 馮書耕、金仞千著，《古文通論》，台北：中華叢書編審委員會，1979 年 4 月三版。

9. 蔣伯潛著，《體裁與風格》，台北：世界書局，1982 年 11 月四版。

10. 朱任生編述，《古文法纂要》，台北：臺灣商務印書館，1984 年 9 月初版。

11. 楊鴻銘著，《中國文學之理論》，台北：文史哲出版社，1986 年 1 月版。

12. 陳必祥，《古代散文文體概論》，台北：文史哲出版社，1987 年 10 月初版。

13. 郭紹虞、羅根澤主編，《中國近代文論選》，台北：木鐸出版社，1988 年 1 月版。

14. 黃永武著，《字句鍛鍊法》，台北：臺灣商務印書館，1988 年 2 月十一版。

15. 傅庚生著，《中國文學欣賞舉隅》，台北：國文天地雜誌社，1990 年 4 月初版。

16. 胡師楚生著，《古文正聲——韓柳文論》，台北：黎明文化事業出版，1991 年初版。

17. 張少康著，《中國古代文學創作論》，台北：文史哲出版社，1991 年六版。

18. 李正西著，《中國散文藝術論》，台北：貫雅文化事業公司，1991 年 1 月版。

19. 黎運漢、張維耿著，《現代漢語修辭學》，台北：書林書店，1991 年 9 月版。

20. 周振甫著，《文論散記——詩心文心的知音》，北京：學苑出版社，1993 年 3 月版。

21. 周振甫著,《文章例話》,台北:五南圖書出版公司,1994 年 5 月版。

22. 吳小林著,《中國散文美學》(一～二),台北:里仁書局,1995 年 7 月初版。

四、其他專著

1. 《詩經》,十三經注疏本,台北:藝文印書館,1993 年 9 月版。

2. 《孟子》,十三經注疏本,台北:藝文印書館,1993 年 9 月版。

3. 郭慶藩輯,《莊子集釋》,台北:河洛圖書出版社,1985 年 3 月版。

4. 黃錦鋐註釋,《新譯莊子讀本》,台北:三民書局,1992 年 9 月。

5. 《東雅堂昌黎集註》,景印文淵閣四庫全書本,台北:臺灣商務印書館,1986 年 7 月初版。

6. 楊家駱主編,《柳河東全集》,台北:世界書局,1988 年 4 月五版。

7. 蘇洵著,《嘉祐集》,台北:臺灣中華書局,1970 年 10 月版。

8. 嚴羽著,郭紹虞校釋,《滄浪詩話校釋》,台北:正生書局,1972 年 12 月版。

9. 明‧唐順之著,《重刊荊川先生文集》,上海商務印書館,縮印明刊本未著年代。

10. 清‧方苞著,《望溪文集》,台北:中華書局,未著年代。

11. 清‧袁枚著,《隨園詩話》,台北:廣文書局,1971 年 6 月版。

12. 清‧魏源撰,《魏源集》,台北:漢京文化事業公司,1984 年 7 月版。

13. 清‧章學誠撰,《文史通義》,台北:中華書局,未著年代。

14. 清‧曾國藩著,《曾文正公全集》,台北:世界書局,1962 年 10 月版。

15. 清‧王闓運著,《湘綺樓文集》,《近代中國史料叢刊》第六十輯,台北:文海出版社。

16. 清‧劉熙載,《藝概》,台北:廣文書局,1980 年 7 月。

17. 清‧譚嗣同著,《譚嗣同全集》,台北:華世出版社,1977 年 10 月版。

18. 清‧陳衍著,《石遺室詩話》,台北:臺灣商務印書館,1976 年 11 月二版。

19. 清‧王國維著,《人間詞話》,台北:臺灣開明書局,1981 年 11 月版。

20. 李漁叔著,《魚千里齋隨筆》,台北:臺灣中華書局,1970 年 7 月初版。

21. 《古今圖書集成‧文學典》,台北:鼎文書局,1977 年 4 月版。

22. 高拜石著,《古春風樓瑣記》(第十九集),台北:臺灣新生報,1978 年 4 月出版。

23. 胡適著,《胡適文存》,台北:遠東圖書公司,1979 年 11 月版。

24. 丁福保輯，《歷代詩話續編》，台北：木鐸出版社，1983 年 9 月版。

25. 鄭振鐸著，《鄭振鐸文集》，北京：人民文學出版社，1988 年。

26. 錢鍾書著，舒展選編，《錢鍾書論學文選》，花城出版社，1990 年。

五、期刊論文

1. 陳頤，〈譯壇怪傑林琴南〉，《中外雜誌》三十卷四期，1981 年 10 月。

2. 孔祥河，〈論林琴南文學〉，香港能仁學院碩士論文，1983 年。

3. 姚崧齡，〈記林紓：不識外文的翻譯大家〉，《傳記文學》四十三卷六期，1983 年 12 月。

4. 張俊才，〈林紓古文理論述評〉，《江淮論壇》第三期，1984 年。

5. 黃侯興，〈林紓研究的幸事〉，《中國古代、近代文學研究》，1984 年 4 月。

6. 鄭逸梅，〈林琴南逝世六十年〉，《大成》第一二七期，1984 年 6 月。

7. 孔祥河，〈論林琴南文學〉，《能仁學報》第二期，1984 年 12 月。

8. 沈乃慧，〈林琴南及其翻譯小說研究〉，台灣大學碩士論文，1985 年。

9. 袁宙宗，〈衛道勇士林琴南〉（上、下），《中外雜誌》四十二卷六期，1987 年 12 月；四十三卷一期，1988 年 1 月。

10. 張俊才，〈林琴南古文的陰柔美〉，《河北師範大學學報》第三期，1988 年。

11. 王覺源，〈林琴南傳奇〉，《中外雜誌》四十四卷三期，1988 年 9 月。

12. 石允文，〈中國近代繪畫名家（十一）：畫家、文學家、翻譯家——林紓〉，《藝術家》二十八卷三期，1989 年 2 月。

13. 夏曉虹，〈說林紓的好名〉，《中國文化》第一期，北京：中國藝術研究院《中國文化》編輯部編輯，台北：風雲時代出版公司出版，1989 年 12 月創刊。

14. 孔立，〈可憐一卷茶花女，斷盡支那蕩子腸——介紹翻譯家林紓〉，《國文天地》六卷四期，1990 年 9 月。

15. 李彬，〈林紓、王國維比較論〉，《中國古代、近代文學研究》，1991 年 3 月。

16. 夏曉虹，〈林紓的古文與文論〉，《文史知識》，1991 年 3 月。

17. 洪峻峰，〈林紓晚年評價的兩個問題〉，《齊魯學刊》第一期，1995 年。

18. 賴芳伶，〈小談林紓〉，《興大中文學報》第九期，1996 年 1 月。